山羊一科◎著

你的一切故事

青春小说

群众出版社
·北京·

图书在版编目（CIP）数据

你的一切故事 / 山羊一科著 . —北京：群众出版社，2013. 5

ISBN 978 - 7 - 5014 - 5112 - 8

Ⅰ. ①你… Ⅱ. ①山… Ⅲ. ①中篇小说—小说集—中国—当代 Ⅳ. ①I247. 5

中国版本图书馆 CIP 数据核字（2013）第 057129 号

你的一切故事

山羊一科 著

出版发行：群众出版社

地 址：北京市西城区木樨地南里

邮政编码：100038

经 销：新华书店

印 刷：北京兴华昌盛印刷有限公司

版 次：2013 年 4 月第 1 版

印 次：2013 年 4 月第 1 次

印 张：9

开 本：880 毫米 ×1230 毫米 1/32

字 数：190 千字

书 号：ISBN 978 - 7 - 5014 - 5112 - 8

定 价：28. 00 元

网 址：www. qzcbs. com

电子邮箱：qzcbs@ sohu. com

营销中心电话：010 - 83903254

读者服务部电话（门市）：010 - 83903257

警官读者俱乐部电话（网购、邮购）：010 - 83903253

文艺分社电话：010 - 83901330 010 - 83903973

本社图书出现印装质量问题，由本社负责退换

目　录

第一章

雨过天晴

【1】

严美嘉。

名字的主人更希望所有人都这么称呼她，可惜大家除了在沙滩上晒鱼干的时候交口称赞这个名字真好真优雅外，她从来没听见过谁会站在药店门口这么打招呼。

“哦，夹子姐今天也起得好早。”

晒大鱼用铁丝，一劈两半后用铁丝穿过它们的脑袋，然后搭在海边的横竹竿上。像是凤尾鱼那种罐头玩意儿，就用夹子夹住尾巴，倒挂在直晃悠的长鳗旁边。虽然那种半爆裂的大木夹一点儿也不好看，但至少大家觉得严美嘉是他们日常生活中不能缺少的一个人才把她和夹子联系在一起的。

“小毅，你要的感冒药昨天新进货了哦。”夹子姐在药柜后弯下身，她把两盒祛风寒胶囊放到玻璃上，“妈妈的身体好点儿了没？”

“夹子姐……”杜海毅慢吞吞地说。时间太早了，他还没睡醒。

“嗯？”

“姐，他是来买菖蒲的。”鄂梓在一旁的木椅上开口。

脸上还留着席子印的男孩吃惊地瞪了一眼鄂梓，后者耸耸肩，“这里可是药店，不管辟邪。”

等到杜海毅彻底消失，夹子姐才把两盒药收回了药柜。她默不作声。

“你也知道那个女生吗？”鄂梓打了个哈欠，“夹子姐。”

“你们小孩子的事我怎么会知道，不过跳楼的事情已经沸沸扬扬了。传闻都很下流。”

“嗯。不过说起来那女生之前还是个无线电爱好者，她说她想做什么来着，防汛通信？总之有点志向。”

“你和她熟吗？”

“她可是我初中课外小组的同桌啊，我们坐一起好久。她很乖，真不知道大妈们是怎么捏造出那种恶心的流言。”鄂梓从椅子上跳下来。

“鄂梓啊。她死了，你一点儿都……不害怕吗？”

突然磨砂玻璃外响起了三声极为确定的敲门声，夹子姐自己先被吓了一跳。推拉门匀速打开，尹江团的身影出现在门外。她看见鄂梓，用一种怪异的眼神望着他，目光没什么神采，更像是穿透他看到了他的身后。

让人很不舒服。鄂梓一边避开对视，一边抓住机会对她道谢。

“那天在5层，那事情，多谢你了。”一句话切成了几段。

“我什么也没做啊。”尹江团一步一步走到柜台前，把叠成方块的处方交给夹子姐。后者走到小药室的必经之路正好被鄂梓挡住，“你又被欺负啦？”她挤过他旁边时关切地询问，却掩饰不住窃喜。鄂梓扭开脸，在这之前看到了处方单上的文字。

阿普唑仑。通俗的说法是佳静安定。

鄂梓小心翼翼去看尹江团。她仍旧是低低梳两条辫子的发型，穿着普通的短袖衬衫和七分裤。眼镜横在鼻梁。鄂梓觉得如果换个花苞头的话会把她的清秀衬托得更可爱一点儿，可惜尹江团那没型地垂在胸前的细软头发，应该是没法骄傲地梳起来的。

尹江团始终盯着玻璃柜一层的眼药水，直到夹子姐拿着一个白蓝相间的药盒走出来。

“给，”她热情洋溢的一拍让尹江团瘦小的身子一震，虽然这两个人互不相识，“我们家的鄂梓就拜托给你了，以后多保护他啊。”

“夹子姐！”鄂梓差点直呼其名。

“哪有的事。”尹江团想笑，牵动嘴角却变成一丝僵硬，她把药收进手中的塑料袋，迅速离开了药店。

“这女生是谁？挺文静的。”夹子姐回想自己是否见过这张脸。

“她就住在我家对面，”鄂梓解开了她的疑惑，“你来蹭饭的时候应该经常见到她。”随后又补充了一句，“亏你还说得出来，她可一点儿都不讨人喜欢。”

夹子姐愣了一会儿，不知道她的思绪又飘到哪儿去了。直到她回过神来，敲定了总结性的表态：“那就今天晚上也去你家蹭饭吧。”

【2】

每个学校都有这样一个记录册，上面写着一些可怜蛋的名字。他们或是最令人讨厌的人，或是最被忽略的人。明明大家同样是学生，却被这本记录册悲哀地划分成了许多类。这个本子不一定真的存在实体，但是上面写了什么，所有人都心知肚明。

在鄂梓还不认识尹江团的时候，他曾经在高一五班见过这个本子。早上7点前的楼道十分冷清，忽然从五班爆发出一阵狂笑声。难得从重点班听到这种声音，鄂梓探进头去，看到皓仔和另几个人围着二排的一张桌子。皓仔见到他后才勉强止住笑，“喂，鄂梓，你来看看我们的评分，超逗!”

“我不知道你们班谁是谁啊。”面对这个快被翻烂的笔记本最后一页，鄂梓扫了一眼最前列的名字，立刻发现这是全校排名，而最顶端的标题是“海滨一中最受欢迎的十人”。

反了吧？其实是“最讨厌”的。

“你看第一名啦。”皓仔急不可耐地指着No.1的名字。上面用丑陋的字体歪歪扭扭写着“尹江团”，后面跟着“100”的打分。

“尹江团……”这对鄂梓来讲完全陌生。

“我们班的大神，”皓仔哈哈笑着搂住了鄂梓的肩膀，“你一定要见见她哦，超级大衰神。比你还衰。”

海边的地价相比城里，普遍要低廉多了。只要不是风景好的那片高档住宅，大多数人都可以住在巷子的老式小楼里。房子两层，有菜圃和一小片庭院，抬头看到天空。春天，芬芳的泥土开满了野花。

夹子姐准时来蹭饭。鄂梓给她开门的时候，家里还只有他一个人。“你爸妈呢?”明明今天是国庆假的最后一天。

“罐头厂提前开工，”看到夹子姐对没能进门就开吃的遗憾溢于言表，鄂梓嘿嘿一笑，“失算了吧?”夹子姐立即把手里拎着的黑塑料袋打发给他，“去去，给我煮了去。”里面是一袋鲜蛤蜊。

她在门口脱鞋子，一边环视着鄂梓家的大厅。淡色的壁纸虽然已经用旧了，但是没有一点儿地方翻卷，老式的挂钟在墙上摇摆，下面放着储杂物的矮柜。她弯腰查看柜子的表面，鸡翅木因为被砂蜡保养得非常好，使用至今仍然没有出现丝毫的裂痕。鄂梓妈妈真是了不起。

墙壁的另一边有一张很大的水墨鲤鱼图，乍一看还以为是什么名画家的作品，裱好后装进镜框里。

“喂，你不知道我初中是美术班的吗?那个可在市里获奖了。”十分钟后，鄂梓端着一大碗煮蛤蜊，放到客厅的餐桌上。

夹子姐飞快地坐在了桌旁。她从热气腾腾的碗里取来一枚张口的贝壳，直接用手把饱满的肉实从中捏了出来，冒着的蒸气中还带着一股海盐的清香。

“给我讲讲有关那孩子的事。”

“哎?干吗听她的故事啊。”鄂梓知道那是尹江团，他拉开椅子坐在夹子姐的对面，倒了一小碟酱油。

“我好奇啊，哪有那么小的孩子吃安定的。”

说的也是。鄂梓想了想，决定就从运动会开始，毕竟尹江团就是在那天出名的。

“运动会那天我被安排到地下室旁边，负责把二十套桌椅搬进里面的储物室。我想反正自己也没有项目，就这么耗时间也不错。但是过了两个小时后还是觉得无聊得要死。这时候我看到楼梯口站着一个女生。不知道她为什么到这边来，因为逆光，我也看不清，我就说‘嗨，把你后面的桌子递给我’。她照办了。可是没想到她半途忽然没了劲，两个大零件立刻向我砸过来。好在躲得及时，什么伤也没受。”

“你从来没和我说过这事啊……”夹子姐面前的空壳已经堆成了小丘。

“她道歉，然后走掉。我以为这事情就这么完了，等我把一切弄妥当后，已经是中午了。运动会中午休息两小时，大家都结伴去食堂吃饭。基本上所有人都带着书包，因为没人会在操场上帮忙看着。我满手都是铁锈和灰土，在二层食堂门口洗了手。这时候我转过身，就看到了她一个人走上楼梯，身边经过几个篮球队的男生。大家都很开心，整个大厅的脚步声乱七八糟的，只有她低头时都快哭出来了。她两手空空。我就叫住她。‘你能帮我把书包从操场上拿回来吗?’她说得非常勉强。”

“她为什么不自己拿?”夹子姐已经解决掉了自己那份，现在她正征求鄂梓同意然后吃掉他的。

“据说是搞砸了老师交代的一件事，”鄂梓说，“结果不敢回班。”

夹子姐心满意足地把空壳推给了鄂梓，然后自己吃起额外的一份。

“总之我帮她把拉杆包带了回来。你相信吗，姐，那女生的书包超级沉，只能用拉的。真不知道里面装了什么东西。我回到食堂，所有窗口的队都已经排得很长了。我想这下午饭要泡汤了，不过还是希望能找谁插队一下。这时候我发现她就在三号窗口的第一个，于是我也不管别的，拉着书包就朝她跑过去。我看到她捏着六张饭卡，肯定是别人要她帮忙的。我刚想说话……”

“怎么了吗?”夹子姐追问。

“你见过别人狠狠摔东西吧，她那时候把六张饭卡全都砸到了台子上。没一点征兆。我们看着的人都吓呆了。然后她从我手中抢过把手，自己拖着书包走出去了。好半天才有人开始说话。”

“她自己呢?她自己也什么都没买?”

“不仅如此，有一张卡直接飞进宫保鸡丁里，盛饭大叔都气疯了。”

“真是可怕的性格……”夹子姐的脸上涌起一种后怕的神情，不过这并不妨碍她吃掉鄂梓那份的最后一个。

“她叫什么?”她把空壳倒在了鄂梓眼前，然后把所有乱张口的贝壳拢成了一座小山，“我哪天实地调查一下。”

“尹江团。”鄂梓说。夹子姐噗一下笑了。

“江团?什么嘛，这是什么名字?”

“饱腹后的大笑听起来底气很足啊。”鄂梓加以评论。

“啊糟糕，忘记了一会儿还要蹭饭呢!”夹子姐惊吓地捂住嘴巴。

“大笨蛋，我可是好好地留着整个胃。”

“你才笨蛋，你要是再用这副欠揍表情看我的话，小心我把开家长会的事告诉你妈妈!”

钥匙插入锁孔转动起来，两人不约而同看向了门口。鄂梓的爸妈下班回来了。窗外已经染上了星光，一阵清爽的海风随着进来的两人吹进了屋。

“鄂梓，你怎么这么没礼貌!”

胖胖的鄂梓妈妈冲着鄂梓气势汹汹而来，巴掌拍过他的脑袋，“自己吃了这么多，也不知道让嘉嘉吃一点儿。”

鄂梓一脸惊骇。

“阿姨——”夹子姐清脆的问好声让鄂梓妈立即笑逐颜开，“阿姨，我帮您做晚饭吧!”

“浑蛋啊。”鄂梓小声嚷嚷，下一秒钟就被妈妈用抹布向门外驱打。他抱头逃窜，唯一能奔逃而出的门口却很不巧地被再度出现的鄂梓爸堵住。

老爹站在门口，如获至宝地捧着刚从邮箱中取出的晚报。

【3】

是成为被讨厌的人，还是成为被忽略的人呢。如果必须要从两个之中选择一个的话。就算会被所有人视为无足轻重，鄂梓也宁愿成为后者。其实事实就是如此，他本来就是个被忽略的人。学生卡上的相片让人过目就忘，没有朋友，成绩保持及格万岁，但也不是经常被请进教育处的坏学生。这种人，只要坐在班里就一定是老老实实的那类，除非有人找碴儿，否则直到收学费时大家才会根据花名册想到这家伙。

可惜事实是鄂梓在年级里太有名了，没法贯彻自己这种理想意志。

课间时有人提到“鄂梓”，另外的人就会马上接话“就是那个被祺祺追得满楼跑的人”。听起来有点儿令人难堪，也是事实。闫景祺和鄂梓一个班，自从他发现鄂梓比想象中的要更好欺负后，鄂梓就成了他每天吓唬嘲笑的目标。祺祺心情好的时候抢走鄂梓正要吃的面包，窝火的话就一脚踹上他的课桌。

夹子姐每当看到这些场面时都会非常困扰。她中午从办公室走到教学楼三楼食堂吃饭，旁边就是鄂梓所在的高一八班。鄂梓灰溜溜地走出来和她打招呼，夹子姐看到在教室里嚣张笑着的闫景祺，她只能替他不甘心地叹气。

“你为什么不给他点颜色看看？”

“没有这个必要啊。”鄂梓总是这么无所谓地回答。

“可是你正在被欺负耶。”

回答通常是他笑一笑。夹子姐就很无奈地把双手插进白大褂的口袋里，然后和鄂梓一起吃饭去。

难过是肯定有的，但是当那天鄂梓在五楼看到尹江团的时候，他的心里也就稍稍宽慰一些了。尹江团坐在那里看着什么试卷，旁边放着她的塑料水瓶。鄂梓气喘吁吁，她就问他要不要喝水。他跑过去，确定没人再追过来了，才放心地仰头把白开水倒入喉咙。这之前，鄂梓因为对祺祺抢走自己刚买的威化饼干忍无可忍，就冲上去踩扁了他的豆沙包。这对鄂梓来讲已经是激烈得不得了的举动了，他做完就呆在原地。闫景祺看出来他在动摇，便趁机吵吵嚷嚷追着他满楼跑。闫景祺的爸妈都是运动员，灵活的基因也遗传在了儿子身上，运动会从不参加的鄂梓按说是没法跑过他的。只是祺祺总存心戏弄他，轻轻松松把他赶到五楼才狞笑一下罢休。

鄂梓靠在身后的墙上休息，仍然上气不接下气。学校的五楼通常是校展室以及用来存放闲置桌椅的空教室。鄂梓刚贴上去，墙皮就脱落了一大块。尹江团坐在展室门口的台阶上，抬头看他，又摘下眼镜揉了揉眼。

鄂梓看到她腿上搁着的书，是本小字号的数学习题册。

这就是鄂梓在药店谢尹江团的那件事。这次帮助之后，十一假就到了，“谢谢”却一直都没机会说出口。

楼道里的嬉闹声渐渐变少，夕阳从最后一排课桌爬到粉笔槽。还没觉得值日多久竟然就到了静校时间。

鄂梓杵着墩布直起了身，空旷的教室里除他便没别人。他有点后悔放学时草草就答应了齐泽洋的请求。那时他笨拙地靠过来说：“我接下来还有补习班啊……”话中意思显而易见嘛，直说要逃值日不就完了？

鄂梓好心答应了他，结果搞得现在自己一个人墩了全班的地。

衬衫后背因为被闫景祺的脏手抹了一下，现在留着一个大巴掌印。好在书包是双肩背的，出教室时鄂梓拍了拍裤子上的灰尘，下了楼。

楼道里充满了消毒水味。长假后的第一天，大家看起来都没什么精神，放学后所有人走得神速。经过一层时，鄂梓无意间瞥了五班一眼，教室保持着放学后的脏乱，一个汽水瓶倒在最后一排的空地上，地面黏糊糊一片。他停在门口，发现尹江团埋头在教室一角的小小身子。

看这副专心的样子，大概又是在做什么习题吧，学习帝。

尹江团像是忽然意识到了什么，她搁下笔，回头看到鄂梓背着书包站在后门口。

“要一起回去吗？”他提议。

【4】

拉杆书包拖在地上前行着，只用耳朵听的话感觉重量更像是行李箱。

“班里那么脏，”面对默默无语的尹江团，鄂梓随便找到一个话题，“你就这么直接出来了啊。”

“今天本来就不是我做，王皓非要我留下。凭什么？”真是与身材完全不符的强硬态度。鄂梓心想如果是自己被强迫做值日的话，恐怕就会像今天这样自己完成了。

“事出有因吧。”皓仔绝对是因为运动会那件事才这么记恨的，谁让他的饭卡泡了鸡汁。

“他们明明可以自己买，却要麻烦别人。我和这种人才不是朋友，所以也不会帮他们。”尹江团像在陈述客观事实，话中没有一点儿玩笑意味。

反正你是因为这事出名了。鄂梓没办法地想着，望着右手边的那片海滩。夕阳铺满了海面，连绵到海平线。海浪冲刷着粗糙的沙砾。因为不是观光海滨，礁石滩上没有一个人。

尹江团眼睛看着前方，一手拖着身后匀速作响的书包行走，必要的时候扶一下滑落的眼镜。现实是如果鄂梓不说话，她就永远不会开口，但是她能保持着步速在鄂梓旁边，从这点来看还像是两个人在结伴回家。仅仅是这样鄂梓就很满足了。

“月考都结束了，还要搬这么多书回家吗？”经过一个稍微繁华的巷口，鄂梓在等红灯时间。

尹江团看着自己搁在地上就像个小箱子似的橘色书包，才终于有叹息从她的语气中微微流露，“妈妈让我每天都带上所有的书……一本也不能落下。”

“没学到的书也带着？比如《语文（下）》。”

“嗯。”

“《健康教育》呢？”整个高中里最废物的课。

“连配套光盘都在里面。”

鄂梓长舒口气抬起头，一片火烧云倒映在他惊愕的眼中。

“妈妈……妈妈必须要我这样做。”尹江团觉出了自己给身旁这个男生带来的尴尬，她绞着手指想要解释，然后又放弃了，继续沉默地走着。

舒服的海风把她一边软软的辫子吹到了背后。

从这条滨海路走回家，只是十分钟的事，在最后一个转角，鄂梓看到了杜海毅正在旁边的五层居民楼下转悠，是那个来药店买菖蒲的初中生。

“你要的东西弄到了？”鄂梓见他一个人慢吞吞朝楼门洞走去。

小毅只是扬手指了指二层那间阳台上悬挂的一些青草，身影就消失在黑暗中。

经过横摆着几束白菊花的地面，鄂梓礼貌地合上双手，闭眼祭拜了一下。这在尹江团看来是相当不可思议的事，因为她完全不知道发生了什么。

“有个人从这栋楼上跳下去了，梁思思，你认识她吗？”

尹江团摇摇头，“为什么？”

鄂梓抬头望向晚霞下的楼顶，“说是和一个大学生在一起，偷父母钱，还在外面过夜什么的……不过那都是些流言，谁知道具体情况是怎样呢，”他似乎看出尹江团接下来的疑惑，于是继续说，“也许就是事实吧。但就算她真的喜欢那家伙，也没必要被说得这么肮脏。”

“流言是从学生传起的吗?”

鄂梓转头注视了一会儿尹江团，才笑了笑，“大妈们的恶趣味啦。但梁思思受不了流言传开后被学校里的人排挤，才最终从这顶上跳下去的。”

“你觉得这就是她跳楼的原因?”

“不然是什么?”

“不对，”尹江团支起书包，她扶着书包的手臂伸得很直，在广阔的大海前，异常的单薄，“那个女生根本没机会澄清自己就沦落到被大家的排挤之中了……除了去死，就只能这样下去。”

“呃?”鄂梓有点语塞了，他还没明白尹江团说的和众人一致的看法有什么区别，更不知道这女生为什么忽然认真起来。他困惑地望着尹江团被海风拂弄的长发。

“说得简单点，”尹江团鼓起勇气解释，“她自杀并不因为被大家讨厌，而是受到排挤后自知再也无法摆平流言，才绝望到上楼顶的。”

鄂梓又一次把视线对准只有一线的顶层。晚霞已经逐渐黯淡了。那上面除了风吹过，梁思思那时候站在那里，她心里真正绝望的，已经不会有任何人知道。何况在坠楼地探讨这些也有些对不起死者啊。

“不管怎样，我觉得你的见解挺有趣。”鄂梓说，以一个微笑作为结束，“有空再一起走吧，现在我得去找夹子姐了。”

“那是你姐姐……是你朋友吗?”尹江团站在原地

小心着措辞。

“孽缘吧。”鄂梓苦笑着挠挠头。

夹子姐一如既往上午去海滨一中上班，临近傍晚就到街口那间药店站到吃晚饭。她从城区的某个医科大学毕业，因为一时找不到不错的工作又懒得再去碰运气，就到离市区一小时车程的这个海滨小城当校医。工作轻松，办公室又大，还有床。虽然工资并不可观，但是据鄂梓所知，住在城区的夹子姐爸妈只希望女儿能开开心心的。

意思就是没钱时伸伸手就好。

夹子姐是大美人。不仅因为她不像常住海边的人那样被阳光晒成了小麦肤色，还因为她非常会玩，乌黑的长发把肌肤衬托得像奶油一样细腻，人又开朗，所以到哪里都让人喜欢。

鄂梓推开药店大门时，夹子姐并不在柜台。他走进去关上门，轻轻地绕到小屋。煤气灶开着，夹子姐背对着他站立，白大褂还穿在身上。

“你怎么了，”感觉出她的情绪有点低落，鄂梓走了过去。

夹子姐在烧水，她把一边的黑发拢过耳后，然后叹了口气，“和你妈妈通电话了呗。”

“说什么事?”

房间里充斥着哧哧的蒸气声，铁皮水壶里的水快要烧开了，夹子姐注视着壶嘴咕咕冒出的蒸气。

“当然是你的事了，你妈妈担心你……她说你小学的时候就一个人待着，初中也是，她希望你能改变一下。不然的话——这话是我想说的，你总不能一直被别人除了欺负就是忽略吧。”

鄂梓把书包扔在了一旁的椅子上，“干吗都这么关心我。”这问题让他有点沮丧。

“笨蛋，当妈妈的当然关心孩子。至于我，我们是朋友啊。”

“我们才不是朋友。”鄂梓迅速反驳。

夹子姐被这话噎住，而后她抿住了嘴，扭过头去，“你总这样。”

“朋友什么的……太脆弱了，”鄂梓把暖水瓶从桌台上拿下来，他扭开淡蓝色的塑料盖子，“不管最初说得多好听，到最后只有忘了之前说过的所有话，拿你开涮。”

水壶冒出了尖锐的鸣响，夹子姐熄灭了灶火。鄂梓在灌水的同时，她从桌台上拿来了一盒方便面。

“抱歉，可能说得有点过了。你别生气啊。”鄂梓把滚烫的空水壶轻轻搁回了灶台。

“我哪有那么小气，”夹子姐撕开酱包，她费力地把黏稠的酱料挤在面饼上，“谁让鄂梓你就是这么个人呢？不过我是真的在为你好。”

外屋响起了推拉门打开的声音，有人进来买药了。夹子姐擦擦手，朝外走去。

“喂喂，你不会打算吃这个当晚饭吧！”鄂梓急忙在后叫住她，“来我家吃吧，反正老妈每次都会做多。”

“哪能天天去蹭饭啊？”夹子姐出门口又探回头来，表情意外地郑重其事起来，“我希望你能交到一个朋友。”

鄂梓愣了一下。

“嗯，我知道……”他嘟哝着，不情愿地背过身，“谢了。”

【5】

一早就碰见闫景祺预示着一天的坏运，至少对于鄂梓来说是这样的。尤其是在鸡蛋灌饼摊前被他发现，就更是件令人难过的事了。鄂梓把双手插进裤子口袋，假装对他走向自己的现状一点儿没有察觉。

然而被他有力的手臂拍过肩膀时还是一震。

“我好饿啊。给我们带五个到班里，”祺祺摇晃着鄂梓，他的耳朵里塞着乐声吵闹的耳机，“明白吗?”鄂梓转头看了看路边那两个跨在单车上的男生，他们轻视地瞧着这边。他回过头，“我没带够钱。”

祺祺不高兴地踹了鄂梓一脚，然后松开他，“六个，留一个给祝雪。”

没带够钱并不是谎话，鄂梓全身上下找了一遍，最终买了七个灌饼。他本来是想要吃两个的，现在只好作罢。但是带着一大堆鸡蛋饼走进校门时，忽然又有一个主意跑进脑袋。

祝雪是七班的女生，本来是个超没新意的名字，但因为摊上了好姓，再加上名如其人，白皙的皮肤里透出淡淡的苍白，成了许多男生偷偷看的目标。

鄂梓拎着灌饼走到二层七班教室前，正出门的女生被为数众多的灌饼吓了一跳。

很快祝雪轻盈的身影出现在门口，她的目光像小鹿一样忽闪。

“闫景祺给你的。”鄂梓抬手拎起两个热乎乎的小袋。

祝雪没有接，她小声说：“他为什么不自己送?”

“因为他是猪。”

“为什么觉得我能吃下两张，我只吃几口就饱了。”女生矜持地皱眉。

“所以我才那么说，”鄂梓把剩下的五个油腻的袋子举起来，他表现出很同情，“看看他早上的饭量吧——他觉得你们在这点很一致。”

祝雪尖叫一声，一脸恶心地调头。

当鄂梓走上三楼时，他很自然地吃掉了两张饼。浑蛋闫景祺。

与此同时，尹江团正因为受不了班里的空气而起身走出。国庆假期后的第二天，月考成绩已经贴在了每个班级的墙上。她查了一下，发现自己是第二名。

考了第一的皓仔照旧在早读前和别人打打闹闹，自从运动会后，他就再没和尹江团说过一句话。尹江团独自走在楼道里，正碰见传达室的大伯举着一封信朝自己走来。

淡粉色的信封上盖着昨天下午日期的邮戳，发件人处写着“尹江变”。

尹江团收下了这封信。想找个地方偷偷打开，于是朝洗手间走去。窗子旁边是合适的地点。然而她发现自己没有小刀，神奇胶一经粘黏又很难再撕开，在不破坏信封的前提下，想打开还要花费一些力气。然而就在这时尹江团听到了两个同班女生的声音由远而近，她们正秘密议论着一班一个帅气的男生和他在校外的女朋友。

尹江团慌了一下。她们一定以为洗手间里没人。她不想让那两个人认为悄悄话被偷听了，更不想和她们碰见，于是她决定走进隔间躲一下再出来。尹江团拉开手边的一扇门钻进去，然而糟糕的是，池子里正好有一摊恶心的脏物在等着她。一阵恶心，她推门走出来，与那两个人打了照面。

其中一人越过尹江团看到她的身后，立即惊吓得掩住了嘴。

【6】

在上午快要结束的时候，夹子姐的医务室走进来一个紧捂肚子的女生。她进来后就蜷缩在了沙发上。夹子姐转过转椅看她，后者痛得膝盖都并拢在了一起。女生十分瘦削，但明显能看出来是减肥过度的成果，并且即便有头发遮挡，夹子姐还是能看到她的心形耳钉。

“怎么了?”

“痛经……”

“别装了，”夹子姐把记录板扔到了桌上，女生猛地抬起头，全身绷紧的力气都松懈下来。

“真疼的话绝不可能老老实实坐得住的。”

“我想要一张出门条。”女生略带迟疑地开口，但还是说得很流畅，“老师，我不想下午家长会时看见我妈。我八科全挂。”

“这种状况我很同情，”能到这种程度很了不起啊。夹子姐起身给自己倒了一杯纯净水，她悠闲地靠在玻璃桌案旁，“但是，不行。”

没等女生继续辩解，她便补充说：“不过你可以最后一节课提前出来，背着书包到我这躲一阵，下课铃一响就从后门出去，肯定不会碰到你妈妈的。”

女生望了望医务室外热闹的操场，上体育课的学生们正在进行着下课前的短跑考试。然后她回过头来感激地笑笑。

夹子姐在中午吃饭时把这事对鄂梓说了。教师的伙食非常不错，不仅有四种炒菜，横在餐盘里的大鸡腿也油光闪闪。

“这不是你经常帮我的法子嘛。”托夹子姐的福，鄂梓也能领到教师餐。

“对对，你就不用当着同学……的面被你妈妈打得抱头逃窜了……咕噜。”大口咀嚼时声音含混不清。

食堂里人声嘈杂，到处都是餐具碰撞的声音和说话声，谁也不会在意对方正在议论什么。夹子姐被米饭噎到后红着眼睛开口，鄂梓还以为她要表白什么，谁知道第一句竟然是：“尹江团好恶心哦。”

“哈？”鄂梓边说边吃掉拇指上的肉汁，把弯曲的鸡腿骨扔到一边，手中的筷子已然瞄准了对面。

“你不知道吗？不过我也是上操的时候听你们年级老师说的，尹江团便便后水也不冲，理直气壮地推门走出来，还瞪了被吓一跳的女生。”

“谁说的？”鄂梓能感觉到自己大张的嘴巴。

“她的班主任说是有两个女生跑来说的。真是看不出来哟，明明还很文静的。”经过的女生端着某浓酱盖饭让夹子姐的鼻子缩了缩。她一手托着下巴，另一手将不锈钢餐盘向后轻轻一抽，鄂梓猛地向下杵鸡腿的筷头便齐齐落在了桌面。

鄂梓尴尬地叹口气。

沉默一小会儿，鸡腿向反方向挪了挪。

夹子姐把餐盘整个推到鄂梓面前，她摆摆手，“忽然没食欲啦。”

“你没把下午家长会的事对老妈讲吧？”见对方摇摇头，鄂梓继续说道，“那就好……不过这次我考得还不错，她不来有点遗憾了。”

“自我感觉真好。”

鄂梓毫不客气地吃着鸡腿，“自行车爆胎的时候可别哭啊。”

“抱歉，今天我坐地铁回市区，”夹子姐摸摸他的头，“你就自己蹲在地上，想扎多少下就扎多少下喽。”

【7】

因为家长会，原定于放学后的测验取消了，这让学生们欢呼雀跃了一阵。可是很快这说法就被证实是假的，最后一节课统一改为了考试，所有人立刻又都沮丧起来。因此家长们在五楼阶梯教室听年级主任汇报时，大家就坐在教室里做卷子，各自怀着不同的心情。楼上的散会与楼下收卷子的时间几乎是同时的，伴随着家长们下楼时凌乱的脚步声，整个教学楼一阵骚动。

今天闫景祺来不及在回家之前小小地捉弄鄂梓就扯过两个男生仓皇而逃了。鄂梓一点也不担心，全班只有他收笔弹去桌上橡皮屑的动作最悠闲。一切妥当后，他拎起书包离开了教室。

楼道里的气氛不是很好，到处都能看见被家长盘问的学生。老师讲课的好坏，班里的座位分布，那个刚刚被点名表扬的年级第一名，所有简单的问题在此时都变得难以启齿。深思熟虑后也怕说错了哪句。穿着非校服的大人们与学校格格不入，他们之中就算最温和的妈妈，在家长会时也只能被联想成佯装笑容的蝎子。但是，一定要让爸妈知道自己在学校好好学习来着。

好朋友在楼道相见时小心翼翼地打招呼。

鄂梓摆脱了二楼，连通一层楼道的是大厅。不远处几个正在门口抽烟的家长朝着同一方向看。鄂梓向下走了一步，顺着他们好奇的目光看到一个女人的背影。她的头发盘起，穿着平整的西服套装。他再向下走一步，看到了被那女人抓着肩膀的尹江团。

她妈妈似乎在说着非常严厉的话，声音又急又小，偶尔有一两个高亢的词语冲出来，“第一名”“爸爸”“脸色”“江娈”——鄂梓对这样的训斥一头雾水。尹江团一边听，一边不住地点头，最后整个头都低下去了。

当鄂梓知道那个母亲让女儿带上所有的教科书，无缘无故——至少对鄂梓来说是无缘无故的，他的心里对尹江团的妈妈就讨厌起来。现在这种感觉更加强烈了，他清了清嗓子。

“妈妈……对不起。”尹江团在说完后抬起了头。瞧见了鄂梓，她的眼神空洞，让人觉察不出她是在看一个人。如同她来药店取药的那天，更像是穿过了鄂梓的身体，漠然地望着他的身后。

然而紧接着鄂梓就发现这次她就是在看自己身后。

祺祺一把揽过来的手臂把鄂梓的脖子卡得生疼，因为氧气的缺失，四肢也麻痹到很难行动，只能被他带到与大厅相反方向的初二年级。小孩子们今天下午统一去看了科技展，整个楼道连清洁工也看不到。

“你到底想干吗啊？浑蛋！”闫景祺在胳膊上用了力气，鄂梓用力挣脱，结果虽然暂时重获自由，自己还是被惯性以及另一股推力甩了出去。摔倒在地的瞬间，鄂梓清楚这家伙是因为祝雪才折回来的。

“看着你我真觉得恶心，小学也是，初中也是，你以为自己假装什么也不在意就等于没被人欺负，这样只会让别人认为你更像只臭虫一样随便都可以踩上两脚！亏了你摊上严美嘉这么个好人，一般人要是像你这样早没脸活了，连梁思思被传了流言以后都去死了……你怎么还活着啊？”

鄂梓尽量平稳地喘气，谨慎地看着对方把斜挎的书包扔在了地上。

“我问你啊，早上是怎么一回事？”闫景祺走过来，夸张撸袖的动作让人觉得他要大打出手。

“告诉祝雪你喜欢的其实是她同桌那个男生。”

然而却是一脚踢在了鄂梓的肚子上。祺祺看他痛苦地抱着腹部，似乎还觉得不过瘾，他又拎着鄂梓的衣领把他从地上揪起来，然后猛烈地撞向柜子，震得所有的挂锁一阵乱响。他没半点手下留情的想法，再加上天生的运动天赋，把他打到求饶简直轻而易举。然而无聊的是，鄂梓从来没有求饶过。即便是现在胸口已经被击打得发闷，泛起了呕吐感，面对再次挥来的拳头在视野中变大，他也只是尽力倾斜过头部，不惜把脖子歪到极限，想要避开。

拳头无声地落在了铁皮柜子上，紧贴着耳侧。

“为什么不打我？”这疑问被出拳的人说出便显得十分怪异。

“我才……不想和你一样。”胳膊的皮肤蹭过柜子发出吱吱声，全身都下滑到地。闫景祺稍作停顿，然后便弯腰拎起了书包，“那么的话，你这家伙就只能一辈子像只臭虫一样了。”他转身从书包里拿出了一部桃红色的nano，把耳机塞进两边耳朵，“永远没法改变。”

【8】

晚饭后门外响起了敲门声。正在洗碗的鄂梓妈一边甩着手上的水一边扭着胖身子急急忙忙地走向外面。她开了门，敲门者的说话声音微小到几乎听不见。

片刻后，屋门重新掩上。

“哟，是对面那家的大便女孩。”鄂梓爸安稳地窝在沙发里，借着边上台灯的亮光看报纸。

“老不正经的。”鄂梓妈狠狠瞪了他一眼，后者戴着老花镜佯装没听到。她几步走到楼梯口，冲二楼招呼了一声：“肥沱找！”

不安地站在门外的尹江团忽然听见这么一声，立即陷入了窘迫之中。肥沱是江团鱼的别称，即便自己曾经委婉地对鄂梓妈建议过，她仍然相隔很远就会开心地大声对尹江团问候：

“肥沱——阿姨给你煮了一点螃蟹，带回家和妈妈吃吧——”

每到这时尹江团都觉得脸上像火烧一般难过。回头看的路人也会觉得这女孩这么瘦小，叫肥沱也太滑稽了。

门后有走动的声音，鄂梓走了出来。

两人站在院子里，正好能笼罩在街道旁路灯的光线下。10 月份的气温逐渐降低，夕阳落下后的海风也带着一股凉意。尹江团拉紧了身上的薄外套，她低下头，“我来借卷子。”

“哦。”鄂梓点一点头。

“化学卷子放学的时候就找不到，也不知道去哪儿了……可能又是被王皓他们藏起来了吧，”尹江团抬头看了看飞舞在路灯旁的小虫子，犹豫着继续说下去，“还有昨天下午的考试卷，能也借我复印吗？”

“你要我的卷子？”鄂梓一脸纳闷，“我可没及格，复印了能做什么参考？”

尹江团憋着不说话。

“好啦，我没有说让你一定回答，”鄂梓轻轻拍了拍她，走到院口推开了栅栏门，“不过我们化学老师没留那张作业。我带你去找个四班的人，你们两班的老师不是一样吗？”

“卷子被妈妈撕了。”尹江团埋着头忽然说。

并没有太惊讶，还算在意料之中。那次家长会后，鄂梓得知那个母亲气急败坏的原因仅仅是因为女儿没能考到第一名。可第二名不也很好吗？至少看得出来她的确努力了。为此鄂梓妈还去敲了对家的门，尹江团住在对面的五层楼房里，据说当时那女人应门后不客气的态度让全楼为鄂梓妈捏了把汗。

虽然如此，鄂梓妈照旧对尹江团热情。

从家到复印店的时间大约是五分钟，绕到走海边那条没什么人的路的话时间会更长些。绸布一样的海面在没有月亮的晚上看起来黑黝黝的，像一块起伏不平的布丁。涨潮的浪头一次一次冲上礁石滩，发出苍凉的拍击声。

鄂梓慢慢地走在前面，尹江团就以同样速度跟着他。

“谢谢你帮忙。”身后传来声音。

“算不上什么忙，你如果太在意的话，就当作是你五楼营救的回报吧。反正我也正懒得写作业……”他枕起双臂，“啊，数学好烦。”

“今天的作业，我来帮你写。”尹江团像作出重大决定一般，停下了脚步，“好吗?”

“哎?”鄂梓也猛地停下，他回过头。远离路灯的地方，尹江团的身形就成了一小块剪影，只有她在镜片后的眼睛闪闪发亮，“你们的数学老师和我们不一样。我想多做些题目，毕竟下次一定要考到第一名。”她郑重地解释。

鄂梓放下了双手，他忽然觉得，自己对这个女生，实在是所知甚少。有些人一眼就能看穿，有些人只要接触就能感到心机很深。然而面前这个尹江团，有关她现在的境遇，她在这之前所经历的事，她的过去，全都无法看透，强烈的好奇感让他想知道尹江团是怎样一个存在。

“可，可以，”才觉出自己盯着女生看了半天，鄂梓的喉咙有些干涩，他愣了一下才回过神来，嘴巴因为超级惊喜而开心地大张：“求之不得!”

季灼灼家在糕饼店，父母车祸去世后，她就和姨父姨妈住在一起。糕饼店现在已经打烊了，但二楼的灯光还亮着。鄂梓停在楼下，双手扩成个喇叭叫她的名字。

没多久一楼的灯就亮起，出现在两人眼前的是个长发有点乱的女生。

“哦，”她平淡地打招呼，“鄂梓。”门内的灯照亮了一边巷口的地漏，尹江团惊奇地发现生锈的表面居然被长期倾倒入的各种颜料染成了彩色。

鄂梓说了两句，季灼灼便轻快地回到楼上，很快又拿着两张卷子下来，“你要的?”隔过鄂梓直接递给了尹江团，“明天给我。”

尹江团立即道谢。

季灼灼摇了摇手，继而转向鄂梓，“好像还有两块草莓心形饼，你们俩回去的路上分了吧?”

“那个不是我的女朋友。”鄂梓只好低声坦白。

“是吗?”季灼灼眨了眨眼。

“她是我的初中同学，那时候都在美术班。”回去的路上，鄂梓抱着一纸袋蛋糕店卖剩下的点心，和尹江团边吃边说。

“她好像很……很成熟。”尹江团拿着一块蜂蜜蛋糕。

“嗯，是个超强悍的家伙，曾经为了赶上十三中的艺术节开幕式，跑到路中间横在那儿拦车。”

“真厉害。”

“羡慕吗?”

“很羡慕啊。能够像她那样的话，就能主宰自己的生活了。”

相当书面的词让鄂梓差点发笑，然而接着他便大概明白了尹江团话中的意思。他沉默下去，耳畔便只有涛声。

“我初二生日的时候妈妈给我买了一个新书包。”尹江团边咬下一口松软的蛋糕边独自说，“我最初高兴得要死，因为妈妈很少送我像样的礼物。可是当她要求我把所有发下的教科书都带去学校，连计算机之类也包括在内的时候，我还是一下子觉得非常伤心……她说这才是她送给我书包的原因……就是让我能够每天做好一切准备去学校好好学习，带上了所有书就不会有一点知识上的遗憾。”

“然后你就……”

“只能照做了。”尹江团叹了口气，“虽然不情愿，但是没有别的办法。”

鄂梓看了看她，经过路灯时，尹江团的眼眶红红的。

“帮我个忙吧！”他连忙吞下手中最后半块饼干，把纸袋口掖一掖搁在了地上，“这回是说真的，拜托在我后背上贴一块创可贴。”他从衬衫上衣里掏出一个薄皮扔给了她。

尹江团心惊肉跳地看鄂梓撩起了衣服，在后背完好的皮肤上，正中间有一道深深的划痕。本来是很深的口子，但现在周围已经结痂了。她小心地撕开贴纸，然后把淡蓝色的创可贴覆在了伤口上，用指肚将褶皱抹平。

虽然这只是后背，但第一次接触男生的皮肤，尹江团仍然觉得有点脸红。“你怎么弄伤的？”她局促着掩饰。

“撞到柜子上了。”轻描淡写地带过，鄂梓而后举起一个粉红的信封递到她面前，这让尹江团吓了一跳。随后才发现是刚从自己外衣口袋里掉出来的。

“这是你姐姐吗？尹江娈。”

“嗯。”尹江团僵硬地点头。

“她人在哪里？”

“很，很远的地方……”

鄂梓的脑内忽然闪现出老爸那个“大便少女”的词汇，本来要对那件事一探究竟的，结果想了想还是作罢，只是和她告别，“快回去吧，在外面待久了你妈会不高兴的。”

“你呢？”尹江团把信封飞快地塞进兜中。

“当然是——”鄂梓弯腰把蛋糕纸袋从地上一把捡起，“给孽缘送去喽。”

“嗯。”尹江团被逗笑似的点点头。

【9】

鄂梓照例在经过跳楼事发地时停下来祭拜一下。这条路是海滨一中学生上学的必经之路，见鄂梓这样，有的人会满脸奇怪地回头看。地上的菊花已经没有了，只是经过的话，这里就像什么都没发生过一样。

不过说是在祭拜，其实只是礼貌地停一停。因为鄂梓没有什么好和梁思思说的，他闭上眼时，头脑中浮现的话也是尹江团那句“她自杀并不因为被大家讨厌，而是受到排挤后自知再也无法摆平流言，才绝望到上楼顶的”。

闫景祺收手离开前对他嘲笑一番，那个时候，鄂梓的心就因为这句话小小地颤抖了一下。

从小到大他也没有做过什么太出格的事，男孩们在一起玩，给小卖部捣乱，翻墙偷吃的，鄂梓总是站在巷口放风的那个。一旦有危机发生，他也被甩在最后，被抓住后就得挨一顿打。有的男孩听到竹板抽打皮肉就会大哭不止，鄂梓没有，但是那些孩子下一次还会冲在最前面，鄂梓仍然是个放风的。

于是就被大家认为是懦弱。原本几个要好的朋友也疏远他，家长们也会以怜悯的眼神看着这个被大家认为“很弱”的小孩。闫景祺从小学就立志要把学校闹翻天，每次抓到鄂梓都会狠狠欺负他一顿。老师看到的话会管，但多数时候闫景祺知道择时机拔腿就跑。谁也想不到鄂梓的胳膊早就磕青了。

鄂梓从来不打小报告，但也没一次去反击。一开始是害怕遭到对方更加野蛮的报复，后来便发现这样打来打去是件很没意义的事，到最后他自己也不清楚自己为什么不把拳头打回去。他初中时常常在海边发呆，因为笨蛋祺从来不屑于来这里。那时季灼灼双亲离世后她也常到海边画画散心，两人就在那里认识。

今天季灼灼也坐在海边。起得早些的话能在早读前争取到半小时左右的时间，足够画一张写生了。鄂梓站在她身后，看着她手中的炭笔流畅地在白纸上划来划去。

“早。”鄂梓说。

“早啊，”季灼灼手中不停，突然一股强烈的海风把她的画夹吹得哗哗响，各色的画作飞快地在风中翻角，“我昨天看到那个人的时候吓了一跳，长得真像十三中宣传部里的一个女生。”

“是谁?”

“说了你也不知道，我上次艺术节晋级初赛全靠她了。人还不错，挺机灵的那种。名字叫尹江娈。”

“昨天的是尹江团。”

还以为季灼灼会大吃一惊，至少对双胞胎姐妹表示一下惊讶，谁知道她取来橡皮抹了抹一条铅笔线，“是吗。”就好像得知她该收拾一下去上学了。鄂梓叹了口气，真佩服这种淡定。

“你这么一说我对这名字还有点印象，好像是宁光西口中学的吧，初三的时候，那女生可苦了，周六周日全是补习班。然后，”季灼灼整理完全部行头，走过去合上了马扎，把它夹在一旁自行车的后座，“那年宁西中只有她一个人考上了十三中。结果她居然没去，十三中的老师都替她遗憾。”

“这么大的事怎么没听人讲过?”鄂梓对季灼灼刚才说的完全一头雾水。两人走入上学的熙攘人群中，季灼灼推着自行车，“不知道的多了，宁西那年和实验中学合并，谁还会提她的事？”

“你说的十三中就是市区中心的那个校园超大的第十三中学？”

“是，但不是‘校园超大’，这头衔还是给上轩吧，那私立学校的校园真是大死人啊……公立学校里十三中算是最好的了，虽然配备、老师还是比不上上轩，但也都是一流的。所以我说尹江团学习那么刻苦，好不容易得到这机会却放弃了，真是脑残。”

“为什么不去十三中呢……”鄂梓的疑问变为了自言自语。

因为学校到了，夹子姐一边招手一边等在大厅前，季灼灼也要去后院放车。

“那个心形小饼干好好吃噢——”夹子姐站在台阶上大声地说。

“那是给小女孩吃的，不适合你这种高龄大妈。”鄂梓边说边拎起了地上刚接满水的暖水瓶，和她走向医务室。

“不用了，我自己来就行。”夹子姐很反常地想要主动劳动了，鄂梓几乎是吓了一跳。原来这家伙除了好吃懒做还会点别的。“说起来，”她最后提醒，“梁美辰要来看你了……还记得她吧？”

怎么会忘，超有气质的小学同学。因为爸爸工作变动，初三没毕业就直接去台中上学了。“什么时候？”

“今天下午。”夹子姐知道鄂梓要怒，连忙猛拍了他的后背一下，“说的早不如说得巧啦！”见鄂梓的眼泪差点下来，她缩回了手，“你怎么？”

“太激动了……”鄂梓吸着凉气说。

尹江团来学校的时间大概是7:05－7:07，在这之前的大段时间整个高一五班教室里只有皓仔和另两个女生。他们都是饭卡事件的受害者，恨死尹江团了。今天早上他们一边吃着皓仔从便利店买来的盒装寿司一边讨论治尹江团的办法。整个夏天的湿气都很大，一把废弃的墩布放在班级角落很久了。皓仔一边吸着牛奶一边在窗边转悠，当他看到墩布时首先恶心得差点反胃。在糟烂的木杆与墩布条相接的边缘，长出了五个暗橘色的蘑菇。因为生长环境并不是很好，蘑菇长得十分畸形，背光的一面趴伏着厚厚的绒毛霉菌层。

“我们把这东西揪下来放到尹江团的位子里吧！”其中一个名叫梦嫣的娇小女生凑着看时提议。另外两人立刻赞成。反复商议后，三人找来两根崭新的白粉笔当作筷子，由皓仔拿着，像夹丸子一般把蘑菇粒从墩布上揪下来，迅速跑到尹江团靠窗角落的位置，湿湿的一团丢进她桌洞的黑暗中。皓仔恶心得直吐舌头。

忽然出现在后门的鄂梓让聚精会神旁观的梦嫣吓得尖叫。

皓仔也收回了舌头，他呆呆地对鄂梓愣了几秒，然后开始第二个行动。

鄂梓很快看明白他们这是在捉弄尹江团。但是他并没阻拦。“喂喂，你不会把这事对尹江团说吧？”虽然不想不信任地补充，但皓仔还是这样发问。“虽然你和她关系不错，但本来我月考占了第一就让她气得够呛，这事再让她知道的话，我们就都完蛋了。”

在学校里最可恶的就是这类人，一边玩一边学习，取得好成绩后还没把它当一回事。

鄂梓摇摇头，“怎么会，我们又不是朋友……”身后忽然有一种异样的感觉，好像是什么阻挡了流动的风一般，鄂梓还没来得及吃惊，尹江团就挤过他平静地走进了班里。咯啦咯啦，拉杆书包拖在地上。

皓仔就站在尹江团的位子旁边，手里还捏着即将要放入的最后一个蘑菇。几秒后，教室里传出了他绝望的惨叫。

【10】

尹江团中午并不在食堂，夹子姐找了一圈，也没发现那小小的影子。最后她回到了门口的鄂梓旁边，失望地耸了耸肩。“说不定听完你那么一说伤心到吃不下饭了？回班找找吧。”

“我并不是故意的啊。”

“并不是所有人都能体谅你那句话的真正意思啊。”

亏了你摊上严美嘉这么个好人，一般人要是像你这样早没脸活了。祺祺是这么说的。

“姐，谢谢你。”鄂梓不由自主地叹气。

夹子姐笑了笑。

当鄂梓踏上五楼的地面时，他发现自己的选择是正确的。一切都像那天一样，尹江团坐在台阶上看习题，塑料水瓶放在脚边。他放慢步子，慢慢走过去，尹江团看到了他，于是也抬起头。有些松了的马尾让一些头发垂落下来，遮住了一边的耳朵。

“你在这儿啊，”鄂梓感到自己的声音在半废弃的楼道里发出回响，“早上真是对不起。”

尹江团在眼镜后的眼神仍然透出一股僵硬的冰

冷，但她的表情告诉鄂梓她已经原谅，或者，根本就没当一回事。“有什么呢，反正我们也不是朋友。”

“不……那个……不如换一个词……伙伴，伙伴怎么样？”鄂梓以为她是在抱怨，“虽然不是朋友，但是伙伴。”

“就算你当时站出来阻止，也只能减少他们这一次的恶作剧罢了。而且，那样你自己不也会被他们盯上吗？你又要被欺负了。”

鄂梓从来没感到这么难过过。

“皓仔他们总和你作对？”很久后，他才开口。

“嗯，我在重点班，周围都是一些享受争强好胜的人。只要我的学习还能进到前五，他们会永远这样下去的。”尹江团合上了腿上厚厚的练习册，“所以我要考出好分，直到有一天能战胜这群人。”

“既然这样，”鄂梓抬起眼神，“为什么当初不去十三中？”

没想到对方会了解自己这么多，尹江团慌了一下，而后，很清晰地能感觉到牙齿咬在了一起。她低下头。

“我必须好好学习……像我这样没法交到很多朋友的人，妈妈说了，除了好好学习就没有其他的出路……必须得到第一名。第一名拥有一切，第二名什么都没有。输掉了就意味着被排斥，永远无法从悲伤的命运中脱离。因此妈妈告诉我，为了我有一天能够掌握自己的生活，能够优秀到被人认可，这一切都是我必须承担的责任……”

“古板。”

鄂梓简单两字的总结对尹江团来说如同当头一击，她猛地僵在了原地，“古板？”

“是你妈妈，而且还非常喜欢刁难你！”

尹江团哑口无言。与其说惊讶，不如说是受到震惊，仿佛整个世界观都被颠覆了。鄂梓头一次看到她这么张大嘴巴的表情，不禁想再多说两句。但最终他还是放弃了捉弄人的想法，伸手摸住了尹江团的头顶。

“再怎么说，第一名也只有一个啊，与其挤破脑袋也要钻过去，不如老老实实过日子来得好。哪有那么多‘必须’，放轻松一点儿。”

虽然是这样劝着她，但是看似不起眼的这个女生身上竟然有这么沉重的东西，乍一听到她的理论时鄂梓还是被吓了一跳。他把手从她头顶拿下来，尹江团仍处在一种混乱中。

“别总说会被大家排斥之类的话，你要是愿意的话，今天下午一起去麦当劳怎么样，见见我的小学同学，说不定会成为朋友的。”鄂梓一半是真想让她高兴起来一半为在等待的时间找一个伴。然而尹江团却拿学习作为借口，连连退缩。

“偶尔出去玩一下有什么关系，脑袋里那根弦总紧绷绷的话，有一天要断掉的。”

鄂梓的话说完后，两人僵持了好久，直到最后——“好吧。”尹江团终于点了头。鄂梓也松了口气，这样对夹子姐也有个交代了。楼下的预备铃打响，收拾好东西，尹江团站起身时看出鄂梓欲言又止。“还想说什么？”

“那天的那件事……大便什么的……”

“当然是瞎编的了！”尹江团别过脸去。

鄂梓笑了笑，那时候他还不知道自己即将犯下大错误。

【11】

梁美辰的爸爸是造船厂的工程师，他们一家住在海滨的联排小别墅中。所以在她小学以及初中的那些年里，她一直受所有男生瞩目，凭借着聪明赢得了所有老师的喜欢。她还和鄂梓上同一所幼儿园的时候，就已经是脖挂粉红色 nano，洋装黑皮靴的打扮了，女生在哪里玩过家家，谁是猫谁是爸爸都只有她一人可以决定。她请小朋友周末去家里玩时会给他们端上精致的冰激凌奶油蛋糕和她自己都不知道该怎么喝的红茶。由此成为女生中一号人物，大家极力讨好她，为了能周末被选中去吃难得一见的甜点。然而事与愿违，得到这种机会次数最多的却是鄂梓，就算他从来没围在梁美辰的身边她也喜欢邀请他。鄂梓是她最需要的那种人，不像其他男生那么捣乱，只是个安静的倾听者，不管她说什么都不会质疑和反驳。

直到初中时梁美辰进入宁西中，而鄂梓选了紧临大海的学校，两人才就此减少了联系，最后她去了台湾。

从学校坐公交车到麦当劳要两站，下车后就是这个海边小城所谓的中心地带了，有一条购物街，几栋写字楼和四散在各处的热闹小吃摊。鄂梓和尹江团坐在靠窗的座位，他去买了香芋派还有可乐，冰镇的纸杯外表不停地渗出细密的水珠，手感冰凉。

鄂梓端着盘子走回去时，尹江团正低头看着一本小说，俨然一分一秒都不能放松的架势。而当可乐里的冰块受到他放盘的动作而哗啦啦地晃悠一下时，她猛地合书抬起了头。

封皮被奶油色的包装纸细腻包好，看不到名字。

“在看什么呢?”鄂梓坐下时问。

“嗯……是……”尹江团支吾着。

“是妈妈必须要我看的。”两人几乎异口同声地说。

而后又笑了起来，“《钢铁是怎样炼成的》。”尹江团低下头承认。她在等着鄂梓的嘲笑，可是却迟迟没听到那个每次把书名说出后都会听到的声音。按住书皮的双手松了松，小说被鄂梓拿了过去。

“你不觉得很奇怪吗?”尹江团终于忍不住问。

“正常，说明你妈妈希望你将来有出息，我想不会是你自己选择的吧。不过好看吗?”

“没多大意思，但是我觉得……保尔……一直都在做着很了不起的事。”尹江团用手指捏着吸管，气泡就纷纷粘上内壁，在傍晚的阳光下变成小小的斑点。她悄悄去瞧他，鄂梓快速翻动着书页，厚厚的小说从头到尾，很快就被他看完。

“小说里的人总是干过一些很伟大的事，这样一辈子也不会后悔，”尹江团见他没有说话便自言自语地补充，“可是我除了学习就没做过别的了……”

“那最想做什么出格的事?”鄂梓把小说还给了她，尹江团立即陷入了纠结万分的思考之中。上班族下班回家的忙碌影子在十字路口来来往往，被太阳残存的一点热度蒸得后背冒着汗，但已经不至于到鼻尖都要渗出汗珠的程度了。再怎么说季节也缓缓步入了秋天，听说过一阵子还会有台风。

“淋雨，”尹江团郑重其事地回答，“我想好好淋一次雨。”

“啊? 就这点儿?”鄂梓对这种梦想非常失望，他把香芋派最后一点儿整个儿吞下肚，“太无聊了吧。”

“因为妈妈从来不让我和姐姐淋雨，只要天阴，就必须带上伞……有一次我们全家去度假，是我们还在上小学的时候。眼看着天气越来越糟糕，在河边玩的人不是收拾回去就是把那种特别大的伞撑起来了，只有姐姐还在河里捉蟹。我一边从旅行包里找雨伞一边叫她快点回来，可是她根本就不听。这时候雨下起来了，雨点又大又急，整个河面上都是雨雾。”

“被风一吹还会像浪头似的一阵阵飘。”鄂梓说。

“我穿着凉鞋，但是想到姐姐衣服湿透被妈妈骂的样子我就管不了那么多，踩着草和泥巴到她身边，把伞给她打开。可是姐姐根本没要，她往河的更深处走了一步，还回过头来扔给我一只活螃蟹。水淹到她的膝盖，我一个人举着两把伞，担心得都快哭了。但是我也永远都忘不了她那时候的样子，裤腿和袖子都挽得高高的，额头的头发被雨淋得贴在脸上，连睫毛上也是水珠。姐姐非常开心地对我招手，她说：‘哭什么，多好玩啊。’我觉得那时候的姐姐身上没有一点犹豫和害怕，在雨里非常耀眼。”

“你爸妈呢?”

“他们就在旁边的烧烤店吃鱼，没多久就赶过来了。爸爸给姐姐裹了一条浴巾，把她抱起来，两个人嘻嘻哈哈地往回走，妈妈就使劲捏着我的胳膊跟在后面，她一个劲儿地告诫我不能像姐姐一样。”

尹江团说完后抬起头，见鄂梓闲适地望着窗外写字楼楼顶的最后几抹夕阳，她便又低下头去，轻轻摸着自己垂落在胸前的两绺发辫，“很遗憾，我有时候在想，如果那时候我能扔下伞和姐姐一起淋雨的话……”

“你姐姐是不是胆子特别大啊?”鄂梓忽然直起身，换了个舒服的姿势再度趴下。

大概本来也知道对方是不会听自己说这些发霉在心底的感慨的，尹江团喝了一口可乐，顺着他的话题继续下去，“其实胆子小得不得了。怕鬼，晚上睡觉都不敢关灯。”

“哎……怎么会想到怕那种东西。”

尹江团十指拢着纸杯的外壳，可乐快喝完，纸杯也逐渐变得干燥了，“据说胆小是因为想的东西太多的缘故。”

怪不得啊，鄂梓叹气。“我就连明天的事也没有好好想过。”

“真好啊，”尹江团羡慕地说，“大概谁都想那样吧，这样每天也就稍微觉得轻松些了。”

愣了一下，似乎是因为听到这话没有反应过来，而后鄂梓望着尹江团的眼睛，嘴角向上弯了弯，竟然变成了微笑。然后笑起来，大笑，最后笑趴在桌上。

“干吗啊你?”觉得四周的视线都注视过来了，尹江团想要止住他。

“我很开心啊!”鄂梓还在笑着，“不知道为什么从你这种人口中听到这话就觉得超开心!”

都很心酸吧，其实。

“鄂梓!!!”

伴随推拉门弹簧的吱呀一响，要等的人终于出现了。梁美辰拖着行李箱朝这边小跑过来，染成偏黄的棕发随着步伐在胸前飘动。鄂梓起初都没有认出这个穿着白色小西装外套和铅笔裤的女生是梁美辰，直到她把纯黑的墨镜摘掉，鄂梓看到她粘了假睫毛的眼睛才发现这就是小学时的女王梁美辰。她的眼睛可是鄂梓永远不会忘的标志，梁美辰从小学五年级就开始贴睫毛了。

“想死你了，”她挤过鄂梓就坐到他的旁边，口音里捎带着点台湾腔。感觉不够热情，梁美辰又紧紧抱了抱他，最后在他脸颊亲了一口。

“我们也就大半年没见，你怎么成这样了？”鄂梓看着她挂在脖上的蛇形吊饰。

“不怪我，怪你们这边太土啦。”梁美辰拍拍手，指甲上的小亮片闪着细碎的光芒，“饿了饿了，从机场直接跑过来的。有吃的吗？”一边说一边已经把手伸向了盘子里剩下的那个香芋派，本来是买给尹江团的。

“我就不客气了！”酥脆的外皮被一口咬下，里面还温热的淡藕色内馅几欲流出来，空气中弥漫着一股甜腻的香气。梁美辰把身边的黑皮包举起，“鄂梓，你看我的新包包漂亮吗？爸爸给买的生日礼物哦。说起来爸爸还叫我问候你呢，你最近怎么样啊，在一中？”

鄂梓敷衍着她间隔超短的提问，去望尹江团，只见她两手握拳按在双腿上，如果鄂梓没看错的话……她是在发抖。

忽然抬起头，尹江团冷冽地瞪向这个凭气势足以把她压到地下的女生，鄂梓看不懂她眼神中那些复杂的东西，但他有种不祥的预感。

果然，梁美辰看到她时也不由自主地一震，前一秒还亲密地挽过鄂梓胳膊的手臂都失去了力气。“尹江团？”她很快恢复了平静，看了看自己手中只剩半块的派，“我吃了你的东西？那真是抱歉。”

“原来你们认识啊，那就省事了。”不祥感稍微散去了，鄂梓起身走出座位，“去那家咖啡馆吃晚饭怎么样？初中时经常一起去的，美辰没忘吧。”

“木獭？”梁美辰把没吃完的派扔进盘中，跟着也站起来，“好啊。”

“我还要回家写作业……”尹江团不知为什么头也不抬了，鄂梓抬手把她的去路拦下，“你又这样了，一起去吧。”

她不置可否，但至少是停下了。

木獭咖啡馆在滨海最繁华的十字路口街区，最高写字楼的一层，这附近开了许多家小型公司和餐馆，赶上晚高峰的时候，许许多多行人和车辆在等待信号灯下令通行。虽然档次和市内的西餐厅没法比，但在海边就算是味道非常不错的餐馆了。鄂梓还记得那时候梁美辰每次都要点焦糖布丁，这回也不例外。咖啡馆里的好位置已经被上班族们占据，几个人坐在整个一层的中间。

日落了，太阳沉入海平线，夕阳的红光以察觉不到的快速度逐渐褪去。

“尹江团，你和鄂梓一个学校吗？你怎么没去十三中啊。”等待上菜的时间，梁美辰边用湿巾擦手边说，然后转向鄂梓，“没和你讲过？我们初中是一个学校的。”

“这问题我也想知道。”鄂梓附和。

“我不想去十三中。”尹江团回答得十分冷淡。

“为什么，你还是讨厌你姐姐？”梁美辰露出惋惜的神情，“再怎么说也是你姐姐对不对，虽然她挺聪明漂亮，可是你不也学习很棒吗？初二那阵你每次考试都能超过我，我也很羡慕你的。”

尹江团默不作声。在鄂梓惊讶的神情中，海鲜焗面和布丁被服务生端上来，搁在了梁美辰的面前，她把它推给他，仍然面对着尹江团，“怎么不说话？这么内向是交不到朋友的。”

尹江团仍然默不作声。鄂梓能感觉到她在尽力压抑着心中的什么。他一边用叉子卷着面条一边用手肘碰了碰梁美辰，后者回给他一个甜美的笑容，用纸巾擦掉了嘴唇上的唇彩。

“那，我们聊聊初中，鄂梓。你还不知道我们宁西中好玩的事吧。”

“知道你们那儿有一个政治老师，每天上课都和学生从头聊到尾，快到期末了才把教材从头到尾念一遍标题。”

“没错，他可真讨厌！他总那么讲课，害得我们班没几个人及格的。不过班上有个人超强，上课从来不听，也不回答他的任何问题，完全自学，结果期末考了年级第二。”

“嗯，学习帝。”鄂梓把一些肉酱送入嘴中。

“可是班里没人喜欢那个人。你知道吗，那家伙不仅从来不和我们班一起去春游秋游什么的，还趁我们不在从课桌里偷别人的卷子，垃圾总是随手乱扔。”

“太过分了吧。”

“不光这样，那家伙只要考了高分就开始嘲笑别人，孤立我们，觉得自己不可一世，可了不起了。我到现在也不能相信，明明看起来像个好人似的。”梁美辰喋喋不休地说着，她拿起餐刀，轻轻切下了一小块布丁。

“骗人。”

尹江团低着头，在梁美辰停下吃东西的间隙说出了这两个字。她只点了一个吞拿鱼三明治，还是鄂梓帮忙给她要的。鄂梓原以为尹江团沉默的原因是因为梁美辰吃了她的派，可是现在又觉得事情没这么简单。

“好好吃。鄂梓，你不尝一口吗？”梁美辰只顾吃自己的甜点。

鄂梓见餐桌上又是一阵尴尬的沉默，便转向梁美辰，就着刚才的话题追问：“那个人最后怎么样了？”但他很快发现这真是件蠢事。

“最后，那个家伙不择手段，终于考上了想去的学校。”梁美辰把吃布丁的小勺放在盘沿，她抬起头来，望着他，微笑着，黯淡的灯光让她的睫毛在下眼睑投下细密的阴影，“她一个朋友也没有。没有人是她的朋友，被大家抛弃了……很可怜。你想知道她是谁吗？”

“住口！”尹江团忽然按桌而起，三人的柠檬水因为过大的震动而晃晃悠悠，洒出的水珠溅在白桌布上。尹江团就像受到威胁的兽类一般全身战栗，双手的手指狠狠抠着桌面，瞳孔因为愤怒和震惊而放大。影像挣脱了束缚钻出来，和眼前的景象重合。原本努力不去回想的事，在脑海中变得愈来愈清晰。于是泪腺脱离了控制，眼角在这种极不正常的状态下滚落了泪水。

梁美辰被她突然爆发的怒吼吓了一跳，她首先发现自己这位置已经被包围在了一层所有客人的视线中，连吧台后的服务生都呆呆地举着即将放进榨汁机的桃子，望着不知出什么事的这几个中学生。

“我有朋友。”尹江团的发辫从脖上垂了下来，“就算你不承认，我现在有他。鄂梓就是我的朋友。”她喘着粗气坐下来，一手使劲指着鄂梓，好像希望他能伸出手来抓住她才好。

“鄂梓？你不是不打算交朋友吗，你怎么反悔了啊？被人用跳绳绑起来的滋味多难过啊，不是吗？”梁美辰凑近瞧了瞧鄂梓无力望向尹江团的眼睛。

继而她表现得很无奈，“那就说吧，她是你的朋友吗？”

尹江团几乎是凝视着鄂梓。榨汁机响了起来，短暂的骚动结束了，客人们也回到了各自的谈话中。在他们看来，无非是高中生在闹些青春的小别扭。

“我们……”鄂梓觉得口干舌燥，夹子姐的好心忠告之类不知道为什么就窜了出来。如果现在点点头，那么就可以回去向她炫耀自己人生的大突破，终于也能承认朋友了，说不定就此改变，也不用再被祺祺捉弄了。

鄂梓握紧了搁在桌上的左手，可是与其再去承认某人是朋友然后再次体验伤脑筋，被朋友欺骗，希望落空的感觉，不如保持现状。就算现状是被忽略被欺负。

“我们是伙伴。”他说。

【12】

和梁美辰告别是一小时后的事。时间是晚上七点，两个人走在人迹稀少的道路上，涂鸦米字旗的行李箱在凹凸不平的地面缓缓前行，鄂梓的眼前是连绵至远方的路灯。

“你还回来吗？”鄂梓真希望她别再回来了。

“说不好，这次回来是求爸爸请了个小假，学校下次就不会批啦。”梁美辰牛仔裤上的链子在路灯下闪闪发光，“谢谢你今晚陪我吃饭哦。”

鄂梓舒了口气。一小时前，在他说完那话后，尹江团将三明治上插着的金黄色星星旗使劲朝他这边甩过来，可是中途便飘落进了装水的玻璃杯里。然后她拖着书包大步离开了西餐厅，很快就消失在过马路的人群中。梁美辰仿若什么都没发生，一直吃到最后的冰激凌蛋卷，照旧说说笑笑的。然而这一小时的时光对鄂梓来说却艰难得要命。

“梁美辰，尹江团到底是怎么回事？”路上已经快空了，下班的人们吃完饭后不是回家就是到近海边的露天小店继续喝酒。朝市区驶去的海鲜冷藏车发出很大声响，偶尔有几辆私家轿车经过，也是朝向城里的。

“我哪知道。”梁美辰把行李扔在一边，向路中间走了走，“你们这地方也太恐怖了吧，走了二十分钟不见一辆出租车。我家那边到晚上十点钟还有的是呢。”

“那可是风景区啊。”鄂梓叹了口气，“你说尹江团的那些，都是真的？”

梁美辰没说话。她失望地松懈下身子，拉住了行李箱的拉杆，“走啦，我只好去坐公车。”

这时忽然一辆明黄色的出租车出现在了转角，朝这边飞快地驶来，鄂梓伸手拦下了它。后备箱打开，他帮着她把箱子塞进去，最后叫住了她。

“我只想知道你是不是在骗人。”鄂梓挡住后车门。

梁美辰见实在躲不开，于是她抬起腿，烦躁地踢开脚前的一粒小石子。“我没骗你，”继而她推走鄂梓开门进去，而后又把车窗降下，抬眼望着他。“什么友情啊信任啊……那家伙只要学起习来，眼里就只有分数。”

【13】

台风来得毫无征兆。鄂梓放学回到家时，天边已经是乌云密布了，风很大，吹得他的头发撕搅在一起，夹子姐也是。她倚着院子的栅栏门站等鄂梓放学，另外也顺便在便笺本上写下去超市要买的东西。

鄂梓见到她，没什么精神地招招手。

和梁美辰那次见面已经是一周前的事，夹子姐把整个事情的前前后后都搞清楚了，她没有评论也没有批评，就是安静地听完。毕竟知道鄂梓的心情因此很糟糕。

“快下雨了，你还在这干什么？”他推开木门走进来，经过了夹子姐的身边。

“写点需要买的东西，”夹子姐合上小本，一把拉住了他的书包提手，“小子啊，你怎么回来这么晚？都该吃晚饭了。”

“数学考试，你松手——”鄂梓见身后的人没有放手的意思，便直接把书包脱下来，夹子姐被突如其来的分量拽得身子一歪，差点摔倒。

“你干吗啊？”她有点生气。

“你干吗啊？”鄂梓也完全不想和她开玩笑，“要吃饭就进屋，不吃就回药店去。”

夹子姐注视着他，微微蹙眉。

“鄂梓？你回来啦，家里香油没有了，你去超市买一瓶回来啊。”半掩着门的屋里传出鄂梓妈的声音，“快去快回，要下雨喽。”

“嗯!”鄂梓答应一声，接着就空着手向院外走，被夹子姐几步追上来，“拿上伞!你妈妈也真是的，使唤人也不看看现在是什么时候……喂，我和你说话呢!”

鄂梓极不情愿地停下来，他回身，朝她伸出一只手，“本。”

夹子姐先是愣住，而后赌气一般把便笺本摔了过去。

自从尹江团不再和他说话后，鄂梓就非常地沮丧。他知道自己让尹江团感到难过，但是他又不觉得自己是故意做错了什么。她在麦当劳里回想和姐姐捉蟹的事，还有她曾经说过的很多话，都让鄂梓觉得新鲜，有种耳目一新的感觉。仿佛同样是看一个东西，视角却大不相同了。可是他也知道梁美辰大概是没有说谎的，至少话中的大部分都是真实。因为鄂梓亲眼所见，尹江团是怎样把饭卡摔在台子上然后愤然离开，还有她从来不做值日。虽然他不和尹江团同班，但是鄂梓能从皓仔的愤恨上感觉出她平日里绝对做出了让他们发指的事，是啊，不然怎么会有大便传闻。

可是比起那些，现在最让鄂梓觉得脑袋里一团乱麻的是这两个女生的过去。她们的关系一定很差，所以才互相有一种憎恨的情绪。但梁美辰伪装得太好了，鄂梓觉得自己如果早一点把这两个人拆开，不去吃那一顿饭，事情一定不会变得像现在这么糟糕透顶。以至于尹江团认为自己是存心想要嘲笑她，还觉得她连个朋友也不是。

鄂梓想要解开这个矛盾，他甚至想自己是不是应坦白地对她讲自己因为小时候被大家欺负所以才讨厌

“朋友”二字，可是尹江团不理他。鄂梓几次经过五班门口时假装叫皓仔，实际去看尹江团时，她就在角落的位子上坐着，埋头看着习题册和参考书，背书，复习与预习，实在累了就摘下眼镜休息一下，然后又起身带着练习册找老师提问。每次两班联上体育课，只有男生在一起时，皓仔就会对鄂梓说，尹江团那笨蛋就算那么努力学还是考不了第一，虽然最近的物理有点难，但她也不至于不及格吧。接着就是一通嘲笑。

每到这时鄂梓都很想帮助她。她五楼的书桌对着窗子，虽然窗帘永远拉着，但鄂梓知道台灯的灯光不到深夜是不会熄灭的，而且有时还会传来女人的咒骂与呵斥声。一定是尹江团的妈妈。每到这时鄂梓总觉得责任重大，他得想办法帮她摆脱掉这种压抑的心情，不然她只会越来越混乱，怎么可能考出好分。

可是有谁能一起帮忙，要怎么帮她，鄂梓一点头绪也没有。

当他快要走到超市的时候，大雨滴已经从天砸了下来。地面先扬起了一阵灰尘，而后很快被雨淋成了深色。等到鄂梓跑进敞开的大门，身上的校服衬衫已经湿了一半。超市没法像街边小店一样提早关门，大门口聚集了许多避雨的人。

虽然付款台已经挂牌暂停结账了，一旁闲着回不了家的收银员肥仔还是很乐意鄂梓买了一大堆东西，至少可以暂时让他放下手机里无聊的俄罗斯方块。

“哎……你怎么回家啊？”肥仔一边扫着曲奇饼干一边有点郁闷地问。

“走回去吧。”鄂梓如实说。

“真惨，至少我还有人接，”肥仔回头看了看墙壁上的圆形挂表，已经将近六点了，外面的天色因为大雨而显得格外昏暗。他从柜台下熟练地摸出一个塑料袋，“是我姐，我姐可好了。”

鄂梓把东西一样一样放进袋中，威化饼干差一点塞不进去。肚子里已经感到非常饥饿了。

“你怎么啦？愁眉苦脸的。”

鄂梓抬起头来，他自己也能觉出现在一定是一脸的困惑。很想找人闲聊，可是偏偏因为大脑思考得过头，反而懒得说话了。这时，肥仔放在收银机旁的手机跳了起来。

“我姐来了！”肥仔三下两下锁好放现金的抽屉，从地上拎起了自己的大背包，“别发愁了，大不了淋个落汤鸡，你要是不嫌贵在这儿买一把伞也行啊……不然再晚点刮起风来可就不好玩了。”

鄂梓冲肥仔摆摆手，身边又冷清下来。他根本不是忘了带伞，不过现在也没必要解释，他便也转身走向出口。

如果说那“姐控男”的废话里有一句是有用的，大概就是“姐姐一定会帮我”。这给了鄂梓一个启示。他把塑料袋扎紧，然后从超市门口走了出去，双手抱着袋子。还等在这儿的人没有几个了，大多数都选择沿着屋檐小心翼翼走回家，鄂梓也选择了这种方法。

穿过巷子的这条路对于回家来说有点绕远，但鄂梓要先去蛋糕屋找季灼灼，他贴着墙壁独自走着，一边的肩膀已经被从屋檐不停淌下的雨水打湿。在耳边一片水声的寂静空间中，他还在思考着尹江团的事。

转过一条略宽的小路时，鄂梓看到了不远处的便利店。不知是谁叫了一声他的名字，在大雨中辨不出声音的方向。鄂梓刚想回头，就被身后的人使劲拍了一下肩膀。

闫景祺抹了一把脸上的雨水，他站在鄂梓面前。两人身高并不相差很多，但每次祺祺都要故意站得很直，以便低头轻蔑地看他。

“你小子越来越像个女人了，不光这几天蔫耷耷的，还抱着东西走。”他嗤笑一声。

鄂梓并不想理他，本来就够心烦意乱，另外给夹子姐买的东西不能被这家伙抢走或是弄坏。于是他假装什么也没听到地继续朝前走，这本来是一贯的做法，可这次他却觉得心中非常愤怒。

“喂，什么东西你抱得那么紧?”闫景祺饶有兴趣地跟着他走，好像一只刚抓到了耗子的猫，“你不是来大姨妈了吧。”

鄂梓使劲咬紧牙，继续前行。

“把你怀里的卫生巾给我看看啊，窝囊废!”闫景祺才不在乎他是不是被惹毛了，拎起自己已经被雨水淋得湿透的挎包，瞄一下便准确地摔中了他正要迈步的那条腿。冰冷的触感一下子浸湿了裤腿，腿弯一麻，抱着的东西摔进了雨水中。

闫景祺停了下来。他本来还想再嘲笑这个永远不会反击的家伙几句，可是现在他见事态不妙，鄂梓回过头来的眼神里充满了怒气。闫景祺没了声音，忽然间感觉自己手足无措。

白色的漆皮面飞溅着摔落的水珠，躺在地上的包拉链裂开，那部粉红色的 nano 连同耳机掉进了水中。鄂梓弯腰将它一把抄起，另一手拎起了祺祺的挎包，朝他逼近。

“别动那 mp3，拜托……”闫景祺嘴上说着，脚下却不由自主地后退。凭他的经验，这种情况下自己免不了被揍上几拳。

鄂梓停在了他的身前，闫景祺看着他的眼睛，后者愤怒到了悲伤。鄂梓什么也没说，他想去扯，或者掰断他的 nano，不然就像他曾经对待自己那样，狠狠给他肚子一拳。然而使劲地瞪着闫景祺努力掩饰着慌张的惊讶表情，鄂梓最终什么也没有报复。

他用尽全身力气把书包摔向对方的胸口，让他条件反射似地一震。

“操。”闫景祺小声骂了一句。

“操？”鄂梓听见自己冷冷地笑了起来，“有本事你就操个试试，来啊？浑蛋！”他把粉红 nano 的耳机线团了团，连带机器一同给他扔了过去。

海面的风浪很大，黑色的浪头拍击在礁石上，裂出狰狞的白沫。天空一片阴霾，海平线蔓延着浓重的水雾。滨海路已经拉起了警戒线，好在没有封道。不知名的海鸟在低空飞翔，鸣叫声十分凄厉。

季灼灼打开门，强烈的海风立即从室外强灌了进来，她额前的头发都飞到了头顶。路灯的橘色灯光下，雨点相当密集。鄂梓站在外面，露出一个微笑。

季灼灼把他拉了进屋，“说你是来买点心的？”那可就疯了。

“我问你，”鄂梓擦了擦眼睛，他接过季灼灼递来的一条干毛巾盖在头上，“十三中学生会那女的手机号是多少？忘了名了。”

季灼灼看了他一会儿才反应过来，“你说尹江娈啊。”她用脚踝蹭了蹭一边的小腿。

鄂梓让她把号码写在一张小纸条上。

“你找她干吗，”季灼灼打量了一下鄂梓抱着的超市塑料袋，“她已经有男朋友了，人家可是学生会主席。"

"我在你眼里像个泡妞高手吗，拜托，别再这么淡定地关注我的恋爱运了。好吧？"鄂梓着急想要出门，他扳动把手。

"好吧，"季灼灼无事地抽掉他头上的毛巾，"随便。不过——"见鄂梓已经出去了，她扒着门板探出头去，"打算在风雨之夜翘家？"

"明天见。"鄂梓头也不回。

头顶没有雨淋下时，冰冷的感觉才被体会出来，还有饥饿。电话亭里只能容下一个人。平日经过这里时没有注意，今天却意外地发现四壁密封竟然如此好，电话机和放联络簿的小钢板完全是干燥的。

鄂梓把超市的购物袋放在角落，从裤兜里掏出写着电话号码的小纸条，水性笔的痕迹有几处被晕开了，但不妨碍阅读。他从身上翻找出几枚硬币投入，然后拨通了这串手机号。嘟嘟的接通声响了起来。鄂梓靠在玻璃四壁上，狭小空间里凝滞的空气让他觉得更加寒冷。得到的启发便是这个，至少这个人能帮助尹江团，或是告诉一些关于她的过去。尹江娈，双胞胎姐姐，十三中学籍的学生，就在电话那头。

正在胡乱地想着的时候，电话通了。

"喂？护肤品推销就算了，我这儿有点忙的。"女生的语调透出了悠闲，背景音是吵吵闹闹的电视。

"尹——尹江娈吗？"鄂梓不想放弃这个机会，"你听我说，我是尹江团的同学，有件事想拜托……"

沉默了一下，对方的语气顿时冷淡下来，"哦，妹妹的同学。"

"你知道……梁美辰吗？或者，你妹妹初中的事，我犯了个很糟糕的错误……另外她的压力太大了，我想找你帮忙，你会帮她的吧……”一想到对方是自己从未谋面，连是否愿意听这些话都不知道，却又和尹江团的名字只差一字的人，鄂梓就越发语无伦次起来。他说了很多，但大多都不记得了。直到他停止，电话两头陷入一阵僵滞。

“梁美辰是谁啊？”对方有点不快地开口，“虽然我还是不太明白你的意思……如果学习不好的话，上个补习班不就全都解决了？”

“补习班？”话不经过思考就脱口而出，像个白痴一样。电话亭外风雨交加，鄂梓的大脑却一片空白。

果然遭到了对方的笑话，“哎……你叫什么啊，是住在山洞里吗？上轩的，或者别的，当然是越好的补习班成效越大啦。”料到他会追问，女生立即率先堵住缺口，“没别的事我就挂了。以后发短信，别再打了。”

噎了一下。鄂梓按了按电话线，忽然一阵夹杂着雨点的狂风把玻璃门吹开，他忙去抓把手，“可是你妹妹现在很需要帮助啊。”

电话那边欲言又止，虽然什么也没说，但鄂梓听得出来对方在迟疑。稍后，她笑出了声，“那么后天下午放学，六点，你到十三中门口来找我。”

【14】

季灼灼很早就坐在了沙滩上，她把自行车放在一边，抓出笔匣中的一大把使秃了的铅笔。所以当鄂梓上学经过时，季灼灼正在马扎上用刻刀一下一下地削着木杆，球鞋旁边一片零散的碎片。

鄂梓走过来，又背过身打了个喷嚏。

“你的感冒越来越严重了啊。”季灼灼在手心上轻轻磕了磕笔尖。

“别说得这么开心，你有纸吗?”鄂梓说罢望了眼天空，台风基本过去，但下雨的可能性还是非常大。

“你没看到昨天放学后的大场面，真可惜。”季灼灼把一卷厕纸丢给鄂梓，后者叹口气撕下一截按在鼻子上，恐怕全校女生中就只有她毫不顾虑地使用这种东西了。边想着，鄂梓边问她是什么情况。

“祺祺在便利店里捣乱，爸妈被请进教务处。校长让他明天早上在每个班面前读一遍检查。”季灼灼一如往常言简意赅。她把小水桶中的涮笔水倾倒在沙滩上，地面立刻出现一小片紫罗兰花的颜色。

“一共要读八次?”如果说请一天病假会错过大快人心的围观教务处行动倒是有些遗憾，但在众目睽睽之下反复读八遍检查，对闫景祺也太狠了吧。这可不是玩笑啊。

一边收拾东西一边看着鄂梓张大嘴巴，季灼灼推起自行车走入了去学校的松散队伍中。“所以你开始同情昔日敌人了吗?”

“才没有!”鄂梓像是被狠狠刺激到了似的一下子回过神。后背上的创可贴是昨天发烧时无所事事才撕下来的，被欺负的那种耻辱感也一直都在记忆里，想报复他都来不及，怎么可能同情?

“我只是在想闫景祺怎么会踢店……”鄂梓说，刚一低头鼻水就一涌而出，他忍不住又打了个喷嚏。

整整一天大家都很亢奋，闫景祺的座位是空的，只有书包在一旁的挂手上待着，那部粉红色的 nano 躺在他课桌里一本柔软的练习册上。鄂梓最后一节体育课请了假。鼻子堵得脑袋昏昏沉沉的，他趴在桌上，等着最后一个同学从身边走过了才慢慢闭上眼睛。窗玻璃又溅上了雨滴，鄂梓想起那个下大雨的阴沉傍晚，当自己最后把 nano 摔给他的时候他的眼神里有多惊慌。这粉红色明显是梁美辰的风格嘛，鄂梓安静地琢磨，真亏他一边这么娘炮一边还能把人揍得爬着走。不过话说回来，梁美辰在 nano 机器左下角刻了一只小熊。

鄂梓睁开了眼睛。

闫景祺拿着反复修改好几遍的检查，疲惫不堪地从教导处走回了教室。他没想到所有人都不在班里，鄂梓突然从他的位子旁边露出头把他吓了一跳。

“你在干吗？死一边去。”闫景祺把检查团成一团扔他，然后诧异地看着他背起书包走出了教室。明明离放学还有半个小时……祺祺仰头瞧了瞧表，又低头检查位子里，什么都没少。

下雨让黄昏提前了，绯色的云彩挂在西边的晚霞中，雨滴却接连不断地从天空坠落。这真是一番奇妙而瑰丽的景象，也似乎只有海边才能看到。而一小时后他从十三中地铁站口走出来时，天已经黑透了。柏油马路倒映着路灯的光辉，鄂梓身边经过的是穿着市里最高贵校服的学生。一身白色的他们从宽敞无比的白石门中走出，经过头顶“市第十三中学”的金色牌匾。门内一大块石头有红字刻的校训，置身在大片的花坛中。

肥大丑陋的公立校服把少年和少女的身材包裹得没形，他们淡漠地瞥着鄂梓。但不管怎么说，这并不妨碍他们成为众人一致认定的未来精英。毕竟全市只有十三中这一所学校敢把校服设计成耀眼的白色，学生们背后的“市立十三中”几个红色行楷字就像是对其余所有人发出的挑衅。

鄂梓身边经过一个穿着不知名中学绿色校服的男生，他低头经过十三中校门口，淹没在了精英们放学的人潮中。

看到这里……鄂梓低头看了看自己身上的白衬衫校服，除了胸口绣上的一小块校徽能证明身份，虽然朴素到有点土气，但也不错啦。

前方忽然有个人逆着人流朝他走来，田园风格小碎花的包包跨在肩上，一见鄂梓就惊讶地跑动起来。而鄂梓盯着她的脸，仿佛一下子看到了尹江团在十三中上学的样子，就像个梦中的预言，触手可及却又……

“原来就是你打的电话啊。”女生仰脸朝她绽开一抹笑容，是骄傲的直发，而非黑色中夹杂半褐色的细软发丝，反射而不是吸收那些灯光。散发着公主般耀眼光芒的头发衬托出一张精致的脸蛋，原本尹江团的影子立刻烟消云散。

太不真实了。

咖啡馆没开冷气，温度刚好。自从两个人面对面坐下后鄂梓就一直没能开口说话，精心准备的台词一下子全都失效了，看起来尹江团的姐姐并不是电话里那个有点不耐烦的家伙。他没有绕弯子就直入话题，把尹江团如何努力学习，她的书包，她见到梁美辰后的愤怒全都告诉了尹江娈。然而她虽然点头听着，反应却有点不尽如人意。

“那天你打电话的时候我正和爸爸吵架，他总是在鸡蛋里放葱花，说什么大葱对身体好啦……没办法啊，最讨厌葱花了。”尹江娈若无其事地用小勺搅拌着摩卡咖啡表层的可可粉，“哎？这么晚喝咖啡会不会睡不着觉啊……”

鄂梓便问她有没有在听。

“在听呢，”尹江娈眨了眨眼睛，随即改口，“不过帮不上忙。实话说，虽说是姐妹，我对她一点儿不了解……似乎爸妈分开后江团就渐渐变得奇怪了。”

“……离婚？”

鄂梓觉得全身的神经都紧绷起来，似乎即将打开一个尘封多年的黄桃罐头，整个人都蓄势待发。

“三年前的事了。他们两个离婚，尹江团和妈妈去海边住，我直到现在还和爸爸在一起。”尹江娈努力说得云淡风轻，但还是藏不住眼神的失落，“我们有时候写信，她说妈妈的脾气变得越来越不好，眼里除了让她学习就没有别的。前几天我寄出的信到现在都没有回复……看来她过得挺糟啊。”

这种无责任感的幸灾乐祸让鄂梓有点儿不舒服，然而欣赏着自己指甲的尹江娈接下来又泼来一大盆冷水。

“她活该。”

“……啊！”

“她就是活该。中考的时候我让她加油考到十三中来着，她不来我有什么办法？”尹江娈说，有点忍无可忍，接着又略显无聊地望向窗外雨中的夜景，一些长发顺着肩膀滑下来，“另外，我觉得她就是个笨蛋。我只花她一半的时间就能考上十三中。但是爸爸就是不能明白这点。比起我他更关心尹江团，每个月都给她们两个寄钱……”

“不来十三中总是有原因的！”而且只许爸爸对你一个人好，这种想法也太自私了吧。鄂梓握了握拳。

“嗯，原因吗，”尹江娈一边用手拢着耳鬓的头发一边小口去嘬咖啡，发现不烫，于是就捧起杯子来喝，“原因就是：她讨厌看到我。谁知道她脑袋出了什么问题，可能是觉得我们长得太像了？”

就算这句话是嘲讽，从鄂梓这样的旁观者来看，虽然性格截然不同，但她们却悄悄地神似着。这种联系是从母体中就开始孕育的，就算不情愿她也没法消除。

正是如此，鄂梓才觉得自己对眼前这个用舌头小心地舔去嘴上的咖啡胡子，一脸“不关我事”的大小姐越发气愤起来。

“看着你妹妹被大家欺负你无动于衷吗？”

“你不是搞错了吧，我和你在这里坐着是为了某人的人生困扰？”尹江娈把袖子往胳膊肘抓了抓，露出白皙的手腕和一块小巧的腕表，“我可是觉得你连上轩的特重班都不知道，才想看看你到底是个什么人的啊。她是颓废也好，痛苦也好，和我有关系吗？”

“你怎么能这么说？”鄂梓觉得自己的声音有点大了。

“不然我怎么说，”尹江娈也坐直了身子望着他，喝光的摩卡咖啡杯撂在桌上，“她自己过不好当然是她自己的事，他们刚分开的时候我和江团都很伤心，妈妈的脾气的确是有点古怪，可是爸爸也很讨厌啊。爸爸总给我做我不喜欢吃的菜，还擅自做主把我的窗帘换了颜色……可是这些我总算都克服了。现在我在宣传部工作，很快就能当上副部长了。我觉得我长得不难看，也受欢迎，男朋友还是上轩学生会的会长，女生们只能羡慕我。至于男生……”

“你爸爸要是知道你这么想一定伤透心了。被捧成掌上明珠的日子你都已经习惯了吧，”鄂梓觉得心里的火气越来越大，他明明是来求助的，却没想到身为亲姐姐却口口声声说出这种话。

尹江娈卷着自己头发末梢的动作停下了，“收回你的话。”

“我才不会收回事实，”鄂梓还在继续，“我从来没见过像你这么过分的人，我要是你我就劝爸爸把尹江团也接来一起住……要我看是你被关心得太多了！”

“死到一边去吧！”尹江娈突然大声地呵斥他，“给我闭嘴！”

面对这种突如其来的激烈反应也罢，一天当中被人两次说“死到一边去”也罢，鄂梓并没觉得自己做错。然而他没想到的是，尹江娈说完后眼睛立刻蒙起了一层雾气，眼圈也红了。

“反过来呢，妈妈甚至都不接我的电话。”一滴眼泪落在桌上。

鄂梓剩下的话全部噎住了。

“宁愿让我挤车回家，爸爸也要在下班后去看她。那么温柔，还带着点心和小礼物什么的，她连一顿饭都不和爸爸吃，爸爸回家后心情不好全都被我看在眼里，可是我什么都不能改变！这种绝望你体会过吗！”尹江娈抹去眼泪，似乎一下子想起了很多伤心事，泪水不受控制地流淌下来，她咬了咬牙，接下来的声音几乎歇斯底里：“你明明什么也不知道！突然出现然后开始教训我，好像自己把什么都看透了似的，他人的痛苦你到底知道什么！”

泪珠大颗大颗从脸颊滚落，尹江娈抓起挎包便夺步走向咖啡店门口。中途她发现手机落在了桌上，于是便折回来一把抓走它，上面的小狮子痛苦地乱晃。

夹子姐孤单的影子被车站灯光拉得好长，天还在微微地下着小雨，鄂梓走过去拍她时，她防水帽衫上的小雨滴也被震落了几滴。夹子姐安静地抬起头，看到鄂梓半是抱歉半是疑惑地看着自己，便拨掉头上的帽子，露出里面的紫色棒球帽，冲他微微一笑。

"总算决定回来了吗——"她伸了个懒腰，又长长舒了口气，"等你好久了，谈得如何？"

鄂梓身后的车门关闭，空荡荡的公交车继续向前行驶。

"哎，你知道啊。我就知道老妈肯定会漏嘴。"

"喂，你这小子说话很绝情啊，我可是等了足足两个小时。如果你不情愿的话我们就此拜拜也行。"夹子姐双手插在上衣口袋里，说罢便转身走开，"是不是这几天下雨下到你的脑袋里去了？零件生锈了吧，笨蛋。"

意识到自己的过错，鄂梓想要追上她，可是前面的人却同样加快了脚步。实话说他感冒还没好，刚才和尹江奕的一番吵嚷又很耗费精神，鄂梓此时此刻一点斗志也没有了。他停下来。

"我是笨蛋好了吧……"

"好不容易我这么体贴地等你，你就不能换一副不是苦大仇深的表情？"夹子姐回过头。

鄂梓努力让自己的脸部振作起来，但是失败了。于是夹子姐只得叹气，两人一同走在坡度很缓的小路上。不快也不慢，就这么很有默契地并肩而行。鄂梓回头看看车站，雨把站牌冲刷得很亮。

"碰钉子了？"夹子姐用胳膊肘挤了挤旁边垂头丧气的男生，听他把之前的经历全都讲了一遍。已经过了晚饭时间，沿海的道路上行人渐渐少下去，食品店门口的橙色灯泡照亮了身体的左半边，另半边却是黑压压的礁石滩，海浪凶狠地拍在石头上，却意外地发出温柔的声响。

“你还真是不会说话耶，明明已经发生了那样的事，你怎么能再刺激她一遍呢?”

“说的也是啊，但是除此之外我想不出其他能让她对尹江团稍微认真一点的事了。”鄂梓望着远处黑色的海平线，天空中似乎有几只夜飞的海鸥，“抱歉，这几天连我自己都被刺激到了。我和你说过梁美辰的事吗?”

见她摇头，鄂梓便讲了目前糟糕状况的罪魁祸首。

“哎?”夹子姐听完后显出了更大的诧异，“难道两个人是敌人？因为什么?”

“一无所获。”鄂梓耸耸肩，“梁美辰回台中了，我总不能去问尹江团吧。何况她已经彻底不理我了。”

“真可怜……”夹子姐喃喃自语。

“嗯，还好吧。”

“你脸皮还真厚，我说尹江团啦!”捶了鄂梓脑袋一下，接着夹子姐便神情失落地松开手，“听你这么说，她身上背负的可是一般孩子没法承受的压力，在这之上她还被你拉去见她的初中敌人。而且，”夹子姐转过脸来，两人走过了季灼灼家的糕点店，“而且我敢说你当时背叛她来着。”

“的确……”鄂梓抓了抓头发，躲开视线，“我没承认跟她是朋友。”

“那孩子好不容易才能信任你，你一下子让她失望透顶了。”

“可是我哪儿知道那两个人的底细……”

“话是没错，已经发生的事是不可挽回的，我也没有想要责备你的意思。但是鄂梓，是时候该面对问题了。尹江团和你的不同之处就在于，她即便曾经被梁美辰伤害过，还是相信朋友。而你，看起来好像在面对现实，其实早就封闭自己的内心了。期望别人那么多，却离正确越来越远了。”

一滴雨水掉在夹子姐的睫毛上，她眨眼睛的时候，雨滴便留在下眼睑，“以为自己假装什么也不在意就等于没被人欺负，总这么逃避下去……什么时候有个头儿？”

鄂梓侧眼望着黑漆漆的海面。要说这话在之前也被闫景祺说过啊。这两人的同步率还真高。然而忽然脸就被人双手捧住，整个身体都扭转过去，他吃惊地望着夹子姐离近的双眼。

“明白吗？有时候就算不用最好的方法也可以解决问题的，关键是自己去面对。所以不要沮丧啦！”

“呜噜呜噜……”鄂梓被她挤着腮帮说不出话，然而夹子姐已经完全沉浸在自己刚才的一番演说中了，她的眼睛染上路灯倒映的星光。

“嗯……年轻就是好啊，连皮肤都……”

鄂梓用力从她的虎钳中挣脱出来，并且后退几步和她保持距离，“喂喂喂！你一个老女人对着小男孩瞎深情什么，别人会以为你是色情狂的。”

“这可是大人的哲学啊，小屁孩学着点吧。”夹子姐本想不屑一顾地抱起胳膊，可是下一秒两个人就不约而同地打了个喷嚏。

鄂梓立刻拿出卫生纸来擦鼻涕。雨好像越下越大了。正在他不知所措的时候，一顶棒球帽扣在了他的头上，“感冒别严重了。”鄂梓缩了下脖子，看夹子姐自己拽上背后的衫帽，接着又被她拉住胳膊，就像小学时被从沙滩上拽回家写作业似的，现在也拽着他往家的方向走。已经能看到窗帘后的黄晕灯光了。

“我拜托阿姨给我们做了鱼头豆腐汤哦。”

“真的吗?”一想到马上就能喝到热气腾腾的鲜美鱼汤，鄂梓顿时来了精神。喝着奶白色的鱼汤温暖冻僵的身子真是件催人泪下的事。

“但是有条件，”夹子姐竖起食指，“你得给我讲讲尹江娈的男朋友。据说是混血?你看到他了吧?”

“没有啊……”鄂梓全身又松懈下去，真想不出前面这大神有多八卦，“不过人家看不上你这种胸大无脑的女……”

只可惜话还没说完就感到虎钳绞紧，鄂梓疼得嗷嗷直叫。

【15】

班里忽然骚动起来，大家就像是共同面对着什么重大突变似的团结一致，连鄂梓这种边缘人物这时候也被后座的女生猛拍后背，“来了啊，快看!”

先走进来的是教导主任，然后是德育主任，年级主任，班主任此时像颗干瘪的豆子一样紧贴门口墙壁站着，一脸蒙羞的哭丧表情。等到校长也就位了，闫景祺才走进来，以往鞋跟稍微有些拖沓的声音在此时此刻听上去也成了一种罪过，教导主任斜眼横了他。

闫景祺站在讲台左边，展开了已经读过七遍的稿纸。他开口，声音哑了一下。

“检讨书……”

上第一节课的语文老师小心翼翼地走进班里，她疑虑地看了被众领导包围的男生一眼，接着在讲桌后弯下腰，投影仪嗡嗡地运转起来。

“今天我怀着愧疚与懊悔写下这份检讨书，以示我对偷窃这种不良行为的深刻认识以及再也不犯错误的决心。事情的经过是这样的：在下大雨的这周二，我经过街口超市旁边的小巷时突然肚子很饿，但身上的钱已经被雨水淋湿，于是我便起了歹心，进入一家便利店后大肆进行抢劫。我一共损毁了以下这些东西：一箱苹果，三袋薯片，……”

什么啊这是？一点不像他的做事风格嘛。鄂梓用眼角瞥了瞥旁边的同学们，他们也都是害怕又惊喜地瞧着他一字一句地念检查，幸灾乐祸？鄂梓又把头转向站在壁挂电视机下的德育主任，只见他一脸威武又仁慈的怜悯表情，抱着胸环视全班。

好差劲。鄂梓默不作声地想着，把两只手都按在了课桌上。上周二的话……等等，那不是自己被他半路截住的那天吗？鄂梓抬起头，依稀回想起临走前闫景祺抱着他的书包，一脸震惊的模样。难道是自己的反击把他刺激到了，所以他才会突然变饿，才会去席卷便利店？

鄂梓叹了口气，完全说不通啊。不过，现在这种情形——眼看着检讨书就要读完了——是很伤害他的。

“我知道对于学生来说正直善良是最基本的责任，也是最基本的义务，但我却连这也没能做到。这是一个严重的原则性问题。事后我在领导们的慈爱教导下，深深地反省自己的错误……”闫景祺说完这句话便把皱巴巴的检查书合了起来，往日不羁的样子消失得无影无踪。他弯下腰，鄂梓知道以他那脾气这种程度已经算是超级谦卑了，鞠了一躬。

“……我认识到自己要为自己的恶劣行径付出代价了。”起身时他如是说，然后就盯着最前排的桌子再也没了话。年级主任朝前走了几步，把手放在闫景祺肩膀上，像是要安慰他，然而她却说：

“鉴于闫景祺同学这几天的反省态度与以往在学校里的所作所为，教务组一致做出将其直接开除学籍的决定。”

闫景祺的眼神慌了一下。然而接着他便轻轻舒了口气，仿佛也有些释然了。这几天的谈话已经够他受的，何况又读了八遍检查，还是早点结束的好……虽然是最糟糕的结局。

台下唏嘘起来，所有人都在小声说着话，在年级主任的示意下，大人们中间是闫景祺，一行人向门口走去。鄂梓挺直身子坐在远处，几次张口却又没有勇气动动舌头。他的手心出了汗，脑袋好似要飞转到脱离身体。

忽然自后排转来震天响的拍桌声，接着有人起立。整个教室惊吓得鸦雀无声。门口几个大人一齐回头，所有人的眼神全都落在了鄂梓一个人的身上，就像遭受当头一棒，鄂梓全身的血液都冲向了脑袋，像是要被灼烧了，但是他必须把话说出来。

“假如我不和他打赌就好了！”鄂梓几乎是大喊出了这句话，这下连闫景祺也回过头来。有老师想打断他，却被白发的校长拉住了，校长微微摇头。

“都怪我那天和闫景祺打赌，我笑话他不敢进便利店捣乱来着……”鄂梓吞了口口水，硬着头皮把话说完，“放学后我们在巷子里遇见，我怕挨打，于是就想出这个办法来支走他，然后自己逃跑了……是真的。错不都是闫景祺的，还有我的那一份！所以……”

鄂梓抬起头，他完全无视闫景祺有点抽搐的眼角，凝视着校长先生的眼睛，“是我蛊惑了他！”

“真的没事吗？要是伪造事实被发现的话，后果可是很严重的。”皓仔坐在教室后排没用的桌椅上，用力咀嚼一块花生酱三明治，“而且明明是敌人，为什么还要帮他说话？换我的话就直接把这个，”他举起了带着一口咬印的面包，“在他读检查的时候扔在他的头上。”

“你不会有那个胆子啦。”总和他一起捉弄尹江团的梦嫣笑起来，皓仔立即嚷嚷着反驳。此时班门外也聚集了一些女生，她们都是跑来围观鄂梓的。之前的万年可怜蛋今天突然咸鱼大翻身，说不定预示着将来会进入到全校偶像团体。这种人可要一有苗头的时候就得关注。

“不过，”争辩过后，皓仔和梦嫣一起看着鄂梓，“这到底是来哪一出？总感觉你这几天一直怪怪的。”

“我是有些奇怪啦……”鄂梓的眼神不由自主地瞥了一眼尹江团，后者坐在教室最前方的小角落里埋头做题，与少见的亢奋氛围格格不入。他叹了口气，“不过目前已经恢复正常了……

“至于报复的方式，我觉得他现在一定觉得很丢脸吧。”

皓仔仿若恍然大悟，嘴角还带着花生酱便扩成了O形，“还真的！祺祺落魄到被你这种人热心帮助，一定觉得无比羞辱！“

“喂皓仔，话不要这么说嘛……”梦嫣在旁边干干地笑着，小小地杵了他一下，“不过话说回来，鄂梓你因为什么而忧心忡忡？”

上课铃响了，数学课老师是个极易发飙的肥婆，班上的人一下子都如触电般钻回了各自的座位。鄂梓知道时间不多了，想要解释已经是不可能，丢下句“说来话长”似乎又挺欠揍的。于是他支吾着吐出一句：“谁知道呢。”

偶然间抬头看尹江团，鄂梓却发现她也在回着头，两个人的眼神于是相遇了那么一下。尹江团立即扭过脸去，只留下鄂梓望着那边出神。原来一直在听啊……不过这算是在赌气？

数学老师走了进来。往日的母老虎看到这个今早出尽风头的男生，也只是把手头的三角板放在讲台上，讷讷地眨了眨眼。

不过接下来似乎就没那么风光了。虽然皓仔答应保密，但因为整个局势来了个大反转，鄂梓不得不整个中午都待在教导处对三个老师讲述那天发生的事情。他孤零零坐在办公桌这边，看着对面的人用笔记录他说的每句话。感觉像是录口供似的。但至少闫景祺用不着退学了。

也正因如此，鄂梓错过了午饭时间。他被戴罪释放的时候已经是中午十二点半了。本想回班拿钱去小卖部买火腿和菠萝包，可是刚走进防火门就瞧见楼梯口被一群八卦女们占据了。鄂梓不由得打了个寒战，他可不想被这些女生刨根问底然后分食。

最终掏遍了全身的口袋，只凑够了买两个豆沙面包的钱。于是鄂梓只好一边咬着面包，一边打算稍微走后院绕了个远路，从教学楼另一边的楼梯回班。操场上有趁着中午时间打球的男生，在他们的大呼小叫中，蔚蓝的天空异常悠闲。

只见有人坐在后院台阶上揪着一根谷草。

“哟！”鄂梓对他远远地招手打了个招呼，表情却沉静下来。这么沮丧的闫景祺可少见，和平常气焰嚣张的样子简直判若两人。闫景祺抬头看到了他，指头用力掐断了草茎，细碎的谷粒纷纷落在湿漉漉的地面上。

墙上有两只蜗牛顺着昨天的雨痕爬行着。

“到底为什么要无缘无故到便利店里捣乱?”把豆沙面包分了，鄂梓坐在闫景祺的旁边问道，“不可能是因为饿了吧。”

“梁美辰都离开这么久了，你到这种时候还想再嘲笑我吗?”

“哎?”鄂梓有些疑惑。

对方没作声。

“……拜托，这种个人恩怨能不能在我们长腿毛前解决? 因为梁美辰小的时候总是和我玩，你的醋吃到现在了吗?”

闫景祺咀嚼的动作停下来，因他丝毫不惊讶而有些吃惊。

不过这是当然的事，因为鄂梓已经看过 nano 上歪歪扭扭的刻印小熊了。

“我就知道，肯定会有这么狗血的桥段。”鄂梓说，望着前面教学楼的窗子。这一面是图书馆和实验室，所以几乎不会有人经过。“但不是挺好的吗，你也得到了一个纪念品。”

就算时间回不到那一天，闫景祺也会永远记得她突然伸出双手把 nano 挂在自己脖子上的那几秒钟。那是梁美辰在小学的最后一天，欢送会结束后，她在教室和好朋友分吃剩下的奶油蛋糕。其中当然也包括鄂梓。闫景祺拍着篮球等在教学楼门口，看着树影从墙壁滑到了灰砖路，校门口最后一个家长也和小孩离开了。直到天上乌鸦成群结队地飞过后，梁美辰才背着涂鸦书包从楼里走出来。闫景祺扔开篮球跑过去，鼓足勇气拦在正在调换音乐的女孩面前。“可以借我听听吗！”他的声音大得离谱，连她的朋友们都止住了脚步。可是梁美辰的笑脸却带着如手中粉红 nano 一般灿烂的夺目光芒。“好啊，给你。”她看到了闫景祺脏兮兮的手心，于是便把小东西亲手挂在他的脖子上。一切都发生得很突然，祺祺的脑袋里一片空白，只想到了她没穿那双亮闪闪的小黑靴子，所以脚尖才轻轻踮起了吧。

“实话说你真的很逊。”闫景祺忽然开口了，自己打断回忆，把整个豆沙包都吃进去，“从小学时就是，唯一把你当朋友看的人都是女生，而且运动白痴，而且被打时只知道逃跑。”

“可是我没觉得这有什么太大的妨碍啊。”鄂梓说。

“可是即便你是这种德行，你还是有脸去喜欢梁美辰！”

“我并没有喜欢她啊。”

“可是我喜欢她啊！”

“喜欢的话当时就说呗。”

“操，如果被拒绝了呢？”

“到那时再想也不晚啊。还有不要说那个字了，这个对我说总感觉怪怪的吧……”

闫景祺被他逼得简直要抓狂，他揉着头发烦躁了好一会儿才最终长长喘出一口气，拳头捶落地面。“最重要的是，梁美辰回来只和你吃了一顿饭对吗？她喜欢的一直都是你，这才是最让我撮火的。尤其是我那天看到你抱着个超市袋子就更火大。结果反而被你嘲笑一番。不爽到爆，我才踢店的。不过反正事情已经过去这么久了，早就该有个了结了……”闫景祺抹掉手背上的泥土，对着鄂梓，“一笔勾销，谢谢你今天帮我。”

“真的?”鄂梓和他碰了碰拳，“一笔勾销喽。”

“我说啊，”放下手后闫景祺又怀疑地挑起眉毛，“你不怕这么做对你今后不利吗。”

“担心当然是有的。”鄂梓把包装袋团成了一个球，准确无误地投入对面的垃圾箱中，“但是我已经决定了，从今以后我会做自己决定做的事，不再指望求助，也不再会被顾虑所左右了。”

“发现了!!! ——”

突然冲出来手持照相机的突袭小队让鄂梓和闫景祺顿时措手不及。不知道从什么时候起就在灌木丛后埋伏好的女生突然蹿起，对着坐在一起的两个人就是咔咔咔一气猛拍。

“喔！好基友！抓拍成功!”

接着便一溜烟全部消失了。

什么啊……鄂梓尴尬地望着还在摇晃的枝条，转头看到闫景祺站了起来，“快上课了，回班吧。”他说。鄂梓便也拍拍裤子起身，见他一点儿告别的意思也没有就一走了之，只好自己也按原定计划离开。可是没走两步就被再次叫住。

“喂，鄂梓，想知道梁美辰和尹江团的事吗?”

梁美辰和尹……这不正是自己最想弄清楚的吗?!鄂梓连忙点头。

“唔，那两个人初中是一个学校的，还是好朋友。但是上了初三后为了争第一名，掐在了一起。怎么说呢，”闫景祺稍作停顿，“虽然这点我也不愿意承认，但是梁美辰为了给她捣乱，当年传过很多尹江团的坏话。至于最后的结果……连老师也算上，全班一致把她孤立了。听说尹江团很受刺激，没想到最初的好朋友会对自己做出这种事。不过幸好梁美辰没毕业就去了台湾，不然那女生中考之前会崩溃掉的……”闫景祺看着鄂梓，“总之。说了这些算作感谢，毕竟今天没你我真就完了。另外我看你也挺在意尹江团的不是吗?”

“呃。”心像是被人戳了一下，扑通扑通飞快地跳动。

“你要保护她吗?”闫景祺挑起嘴角一笑，他扬了扬手转身走开，“拜拜。”

【16】

期中考试后整个海滨一中又迎来了新的恐慌期。因为每个人接下来都将面对一系列的得知分数，成绩比较，试卷分析，家长会，搞不好还会被老师叫去单谈。所以全校积极主动查分的人恐怕就只有尹江团一人了。

虽然成绩相差甚远，但鄂梓也一直留意着尹江团的动向。她这次考得不错，除了数学砸掉以外，七科里占据了六科的第一名。然而就是因为数学拖后腿，使得最后在家长会上出现在大屏幕的照片还是皓仔的。当那家伙一张咧嘴傻笑的二缺表情占据礼堂四块大屏幕，并且头顶还写了一句“海滨一中期中考试综合成绩排名第一名”的时候，鄂梓发誓他很想把那该死的年级主任一拳打晕。

究竟是谁首先发明出来这种刺激人的所谓激励方

式的？

而尹江团妈妈看到自己女儿根本就只在屏幕的角落和第三名出现了小小的名字时，她几乎面如土灰。鄂梓只好无奈地瞟了尹江团一眼，果然当天晚上她家就传来她妈妈的嚷嚷声。

可是啊，明明只是差了三分而已。

夹子姐来鄂梓家蹭饭的时候他会觉得很开心，因为每每在这些顿饭上妈妈都会很下心思地烹调每一道菜，谁都可以饱餐一顿。可是当他拉开客厅的窗帘看到尹江团屋里亮着灯时，又觉得胃口索然。那团灯光就那样亮在窗帘后，直到成为对面楼房乃至整个街道的最后一盏灯。

这几天放学后他一个人回家，踩着前面皓仔被夕阳拉长的影子，专踩脑袋。

皓仔和几个女生在前面聊天，就这么不远不近地走在后面，鄂梓听不清他们说些什么。似乎是在密谋着什么……“拉杆书包计划”，他听到这几个字。只有尹江团一个人用拉杆书包，所以绝对是针对他的。但是鄂梓满心只想着帮助尹江团振作，并不知道自己此时此刻没有听清将会致使最终的惨剧发生。

尹江娈那边再也没有消息了，最初鄂梓总觉得是对方做错了整件事，现在他不禁在想，也许是自己的问题吧……的确胡乱地说了一气，看似是为了尹江团，其实明明连对方家里的情况都不知道，太莽撞了。不过那些暂时不谈，首要任务是给尹江团找一个补习班，比如说上轩那个？

决定了就开始四处打听。课间经过五班门口时都会看到尹江团，有时在做题，但现在更多的时候她只是心不在焉，两眼无神地望着窗外树上一片快掉的叶子。

有种不好的预感，对付这种像石头一样硬邦邦冷冰冰的人是无法用普通方法的吧。鄂梓觉得问题总有一天得解开，也许是种很激烈的方式。

【17】

尹江娈回短信的那天正是周三下午考试前，毛毛雨刚停，鄂梓从被祺祺搅得闹翻天的教室中跑出来，在泛着寒气的走廊里反反复复地看着那条短信。抛开她是怎么弄到手机号的，鄂梓一看到“上轩特重班”三个字就欢呼雀跃起来。虽然考试铃声打响了，他还是先跑去夹子姐的医务室把好消息告诉她。只是她已经下班了，让人稍微有点沮丧。

结果回来的路上就被祝雪拦个正着，她背着书包背起手，小鹿样的眼神上上下下地瞟着鄂梓。祝雪刚要开口，两人就都听到皓仔从楼下传来的一声怪笑，然后是拔腿就跑的声音。

“能帮我把语文练习册从办公室里拿出来吗?”祝雪说，声音轻飘飘的没重量，让人没法推辞，“……我怕被人发现逃了考试。”

五班的班主任正在桌前飞快地批改作业，红笔落在单线本上刷刷有声。见鄂梓进来，她冷眼一瞧，接着很不好惹地问了一句:“拿什么。”

鄂梓解释说练习册。对方却不依不饶，“我知道你是八班的鄂梓，为什么拿别人的?协助逃考可是要算旷课的，你这孩子最近这么乐于帮助坏学生，是想再得一个严重警告?”

老师说着就要把练习册从鄂梓手中抽走，鄂梓紧紧拽着不放，同时思索着接下来的结果能有多糟糕。然而突然推门闯进的女生把整个办公室肃静的空气都冲散了。

“尹江团——”女生在门前大口喘气，“发疯了!!!”接着歇斯底里又惊恐万分地叫道。

被怒火冲昏头脑就推门走进了监控室，因为匆忙去吃晚饭的教工没有锁门，木桌上放着一把蓝色的老虎钳。墙上十多块荧光屏正显示着学校各个地区的监控图像，学生们坐在教室里，操场空无一人。

尹江团没有任何顾虑就抄走了那把沉甸甸的钳子。

大家都在教室里乖乖考试，尹江团站在靠墙的那面学生柜前，用老虎钳夹住了其中一只柜子的锁和把手，感觉出劣质的锁片正在悄然变形，随后“砰”的一声，柜门弹开，露出里面皓仔的一堆书本。她伸手去掏，把它们全部驱赶到水泥地上，像下雨般噼噼啪啪掉落的本子没住了她的脚面。

完全没想到会这么轻松，她接着撬开了下面一个的柜子，然后是第三个，第四个，当皓仔领着一群人从教室里跑出来看时，她已经拆掉了五个柜子。地上白花花一片试卷和练习册，上面混杂着她同班同学们的名字。

所有人目瞪口呆地看她破坏了第六个柜子，柜子的主人，眼镜男生只有默默睁大眼睛的份儿。尹江团瘦小的身子够不到最高的那层，于是她自然而然地把脚从没过脚踝的书本中拔出来，踩在上面当作垫子。

冲上来的班主任揪住了她的胳膊。

大功告成似的，尹江团回头看了看气炸的老师，扔掉虎头钳，踉踉跄跄地跟着她走掉了。混乱中有人推了她一把，她扭过头来瞪视，却意外地从人群中看到惊呆了的鄂梓在眼前一闪而过。

“他们把我的柜锁撬开，翻我的作业本，还把我放在里面的雨衣扔进水池里。他们说这是‘拉杆书包计划’，针对我的。”

“他们?”

“王皓他们。……所以我也要让他们尝尝被撬柜子是什么滋味。”

办公室里没有第二个老师，班主任紧蹙眉毛盯住面前这个老老实实穿着校服的瘦小女生。虽然是最高分，但这孩子从第一天来学校她就不喜欢，总觉得有种与实际年龄相差太多的阴沉。即便垂在肩上的两条辫子因为刚刚的疯狂举动有些凌乱了，现在的表情也像是死人。

不过，怎么看也不像是撬别人柜子掏书乱扔的恶劣学生。

“总是有原因的吧！一个巴掌拍不响。”

在强压愠怒的老师眼里，尹江团没有解释，没有一点承认错误的意思，甚至压低眼神，进行沉默却顽固地对峙。

电话铃忽然响了。与此同时，门被轻轻推开，鄂梓拿着自己胡乱写一气就提前交上来的卷子走到了八班老师的办公桌前。

出了这种大事，猜也能猜到电话是谁打来的。

“你给我去校长室!”班主任重重撂下电话后就打发她离开，从这有气无力又气急败坏的情况来看，再多和尹江团说一句话她就要犯高血压了。然而尹江团点了一下头就转身走掉，仿佛刚才那话是“你给我去传达室取一封信”，背影都带着令她火大的镇定。

“鄂梓，你看着她！”班主任最后下令，一直背身等待机会的男生连忙追了出去。

校长室的位置并不陌生，尹江团在二层的环形走廊走着，听见后面有人跟着自己。她加快脚步，想把那人甩掉，可是走着走着却觉得眼角发烫。咬咬牙把它们吞下，想起自己初中时被捉弄，回家后在沙发上哭个不停的时候，妈妈在旁边也没有丝毫的安慰。

“别跟在我后面了！”尹江团大声地说，听出自己声音中的颤抖。她推门走进了办公室，却意外发现屋里没有人。好不容易因为要见校长而绷紧的神经一下子松懈了，泪水不停地发起攻势，尹江团只能攥紧双手忍耐着。

鄂梓轻轻掩上了双开的磨砂玻璃木门，夕阳照映在书架整排的藏书上。他深呼吸整理思绪，想趁着校长没回来之前让尹江团的心情平静一点，于是便说：“你姐姐刚刚告诉我，你能去上轩补……”

“为什么是她，”尹江团突然转过身，毫不客气就打断了他的话，“为什么你非得去拜托她！”这么说会让他一头雾水吧，但是不管是以前提起姐姐，还是在麦当劳里的聊天，友善的伪装已经再也坚持不下去了。

“我可是一直都在想办法让你振作起来！别尽说些莫名其妙的话了，”对于这种突然的训斥，鄂梓觉得这些日子的忍耐也到极限了，“就算你们关系不好，家人永远都是家人！你也别太清高了吧。”

“清高……”尹江团咬紧牙齿，她觉得声音低低的，胸口却有一种压抑了太久的愤怒在张牙舞爪。她走到长长的办公桌前，拿了上面搁着的一把老式裁纸刀。她一直以为这股怒火已经随着时间的流逝结痂了，可是直到今天她却发现它们仍然在。把不大的裁纸刀举在鄂梓眼前，虽然刀身生锈也有一些污痕，但是尖端仍然锋利。看着鄂梓疑虑的眼神，尹江团只是静静地看着他。

“这才是清高。我的生活在三年前就已经结束了，我即便有时会想到这个，一点儿也不敢尝试。就算你想让我振作起来，对于现在和妈妈在一起的我来说也是无能为力。”

“可是……”鄂梓感觉后背有点冒冷汗。

“我只能被大家讨厌下去。”

“我并不讨厌你！”

“那么，为什么不把我当朋友看？”

这话让鄂梓一下子哑口无言了。

“没人情，没乐趣，所有人都想着‘靠近就惨了’……可是我根本就没有别的选择，除了学习以外我没有任何的退路了。所以不说话，不负责任，什么都和自己没关系，谁都拿你没办法……就这么接受现实，痛苦也只有我自己一个人的，想着不过如此了……”

尹江团顿了顿，注视手中锈迹斑驳的裁纸刀，“看着这样的我你其实是安慰到有点高兴的吧？你的优点就是你的善良，用这种善良，就算被人欺负也能活着，甚至还帮了闫景祺。我做不到那点，而且你这些在我身上也起不了作用。”

“我是真的想让你被大家喜欢起来……”实在害怕尹江团会做出什么傻事来，鄂梓连忙把话抢过来，“你姐姐也是……”

“可是你懂那种看到不一样人生的心情吗？”尹江

团猛然抬起头，泪水就夺眶而出。能不能不提她！内心如此嘶喊着，他能明白这种处境吗？可是从那双眼睛里看到自己愤怒而绝望的影子，恐怕他是体会不到了。

“就因为那些自己没法决定的事而走到另外一岔路上去，明明是姐妹，长相也一样，却过着两种完全不同的生活！所以才讨厌她，一点儿也不想看到她，因为从她的影子里能看到另外一个自己，奢望一下另外一种不同的人生。仿佛希望近在咫尺……想着假如他们当时没离婚就好了……可事实上却只能望着那个影子，根本无法获救！”

尹江团使劲挤了挤泪水，朦胧中，她根本看不清鄂梓的脸，而耳朵嗡嗡作响，也听不见他在一旁说的任何一句话。

“因此才越来越讨厌自己的没用，就这样才没去十三中的，就这样才天天都要一边被妈妈骂一边学习，就这样才被传了坏话都没法解释！就这样，似乎将来也只能是死胡同！”

憎恨着，煎熬着，说着这些压抑在心底太久的话。痛苦着，悲痛欲绝。仿佛眼前的鄂梓不再是他，而是一直阻碍自己的不幸的源头。尹江团只觉得自己手上攥着刀子的力气越来越大了。

不懂，不明白，不理解，因此才只剩下“我想帮你”这种毫无责任感的话了吧。她是真的希望他能够听到自己的心声啊。

被悲伤和愤怒冲昏了头脑，尹江团只想把这一切结束。生锈的尖利刀锋朝着鄂梓刺去，扎入了他的皮肤。

【18】

三年前夏天里的某个日子，妈妈和爸爸分开后，她们决定搬到海边来住。沈太太站在楼房的单元门口，等着她们两个坐着银色的厢式卡车过来。沈太太一家是要搬到漂亮的海滨洋房去了，旧钥匙就落入妈妈手中。她和妈妈寒暄几句，走过来想抱尹江团，却被她躲开了。尹江团低下头，同时对妈妈虚假的解释感到难为情，于是便抬眼去看沈太太，见她对自己和妈妈那最后一瞥中充满了怜悯。

她们住下了，新家除了妈妈给尹江团的房间朝向太阳，其他的地方总是在潮湿中，有一股霉味。比起之前明亮宽敞的高层楼房真是差好远啊……不过那已经是姐姐的家了。难掩失望，尹江团从书包里取出珍藏的相框，郑重地摆在沈太太走前才擦拭完的木头床头柜上，紧挨着自己的床。相框中的四个人紧紧挨在一起。

“已经不是家人了，你怎么还留着。”走进屋的妈妈却合上了它，四张笑脸一下子被压进了黑暗中。

看着它，尹江团忽然觉得，生活消失了。

旁边的诊室门打开，哭泣的男孩子被妈妈抱出来，接着出现在门口的便是鄂梓。尹江团才回过神来，只能看着他手上缠着厚厚的白纱布，坐在自己旁边的塑料椅上。

“还好裁纸刀不是刻刀，不然可就不是缝两针能解决的了。”

“……打破伤风针了？”

“嗯。”

“对不起。我不知道怎么就……”尹江团深深低下头，回想起那时的场面已经记不太清了。只是在回过神来的时候吓得丢掉了染血的刀子。

“一定是因为太气愤了吧。”

“是吧……”

对话暂时搁置了。

“幸好走错了房间，到了副校长室。”

“是啊……”

又是一阵沉默。有个被猫咬伤小腿的孩子在诊室里大哭起来，鄂梓望着天花板，尹江团就鼓起勇气开口。

“为什么不躲呢？”

“躲开了啊。不然就扎到胸口了……不过假如不用手去挡一下的话，我后面可是玻璃书柜，你的手要是杵到那里面……”

所以就选择自己承受那一下吗？尹江团的眼睛垂下来。从学校一路狂奔到附近的诊所，一路上她都告诉自己不要多想，可是看到他现在没事了，眼眶就又酸痛起来。这让鄂梓有点慌了神。

“啊，说得功利一点的话，玻璃碎了事情就闹大了。”

见这招不起作用，鄂梓连忙岔开话题，“要说死的话，我也总想过自己哪天像梁思思一样站在楼顶上啊。不过那样一来一切就都没意义了吧，所以……”

尹江团埋下头，眼泪在眼眶里打转。鄂梓捂住眼，知道又说错话了，“抱歉，我不太会安慰人。”

尹江团像是小的时候惧怕打疫苗针一样用力憋着泪水，却听见身边的椅子吱嘎响了一下，“那我就直说了。”他靠近过来清了清嗓子。

“如果你不相信，我们就不提帮不帮你的问题，你不喜欢，我们也不去想过去的事。连明天的事也不想去考虑的话，我知道你羡慕着这样的人生。”

纱布的触感碰到了尹江团的手，有些紧张的，却紧紧地握住她。尹江团抬起头，使劲揉了揉眼睛才勉强看清他一脸认真的神情。

“如果说被大家排挤，我和你是一样的啊。我知道我有时候总说不对话，也没法保护你……”原本紧绷绷的神情缓和下来，鄂梓微笑了一下，“所以不妨大哭一场吧。”

没有生命的纱布有了体温，尹江团终于放下了忍耐，靠着他哭了出来。

夹子姐接到诊所打来的电话时天已经黑了，她挥动着炒勺耐心听着诊所大叔絮絮叨叨地讲述，还要小心着锅里的茭白糊了。挂上电话后重新回到厨房里，和鄂梓妈妈分站在小小案台的两边。鄂梓妈妈每每这时候都会借着吸油烟机的噪音和夹子姐说着鄂梓。像是很担心鄂梓会在学校里被大家欺负啊……

今天也如同往常一样，夹子姐一边清洗着案板一边笑着，“放心吧，阿姨，鄂梓已经不再是小孩子了。”

说起来，谁都有那么一段不太顺心的时候啊。青春就是要多跌几个跟头。

想着鄂梓大概快要到家了，夹子姐穿上件外衣，戴着棒球帽出去迎接他。脱离了油烟机的噪音，心一下子平静下来。潮湿的海风吹干了身上出的汗，鸣虫的声音在深秋已经听不到了，耳边只有海浪有节奏的拍击声。

夹子姐立在了巷口。毛毛雨落在身上几乎没有感觉，她看着鄂梓负伤从远处走来，还有尹江团，噗嗤一声笑了。尹江团低头走回了家，夹子姐就转向鄂梓。也许是因为饿得太厉害而没力气了吧，当她把棒球帽扣在鄂梓头上时他也没有退缩。

海水拍岸，鄂梓开口，眼中是带着繁星的夜色。

“我……今天交到了一个朋友。”

【19】

铝制铅笔盒打开的时候在太阳下反射了一圈光弧，耀得尹江团微微眯起了眼。男生取出一支签字笔认真地写起字来，西装袖子摩擦卡纸时发出沙沙声。忽然一阵风吹得轻薄的金属盒盖合上，又是一圈炫目的光晕。

纸张在眼前倒转过来，尹江团首先看到了版式规范的正式协议最后签着“乔肯尼”三个字。她抬头看着混血男生有些倦怠的英俊面庞，对方没表情地用笔杆在纸上敲了敲，“在这里签字。”

这就是姐姐的男朋友。姐姐到底生活在一个什么样的世界里呢？自从三年前她被爸爸带走，就一点都不想去关心她，生怕会羡慕起那样自由自在的生活似的。

只能努力学习的自己简直糟糕透了。

教学楼大门口挤了一群趁午休看热闹的人。在海边上学的他们想要看到上轩学生是不可能的，因此这个穿西装校服又带着贵族气息的家伙即便只是坐在凉亭中收拾笔盒，也仿佛带着无限的光辉。

尤其当他居然和最没法扯上联系的尹江团对坐。

虽然谁都想多了解一点那个珍稀的男生，但眼看着尹江团走过来，人群还是朝后方退了一下。拆柜事件已过去两周，可被添油加醋传遍学校的事件过程仍是让人不寒而栗。终于有女生发现了尹江团手中的申请表，于是忍不住嚷嚷起来。

“你怎么会有那个？全市二十名额的第一特重班！十三中今年都没人去，什么时候轮到你了啊？”

这么有名气的补习班自己居然没听说过。大概是因为讨厌姐姐，才把和她有关的一切东西都抵触了吧。尹江团把表使劲往身上按了按，抬头却看到皓仔仍然一脸不可原谅地瞪了自己一眼，然后从围观的人群中撤身离开。

忽然周围安静了下来。

不论怎么看，西装校服穿在身上都格外合身，乔肯尼站在台阶最起始的那一级，他手里拿着一个玻璃长盒子。

“喔！好棒!!!”从来没有见过整个笔身都镂空雕琢着巴黎铁塔的圆珠笔，鄂梓惊讶得合不拢嘴巴。旋拧式取代了笔帽，当笔尖完全收回时衬芯也升起细碎的彩瓷蔷薇，填补了雕空的铁塔，远远看上去像是粉红在埃菲尔铁塔里绽放。“新年礼物太帅气了！”

对于鄂梓的震惊尹江团感到有点为难，明明在衡光百货就有专柜的。她想这么说，却忽然觉得自己没有发言权。专柜还在吗？逛街这种事很久以前就消失了。最初是四个人，然后就变成了只有她们两个小孩。还记得最后一次去衡光时爸爸也在，姐姐趴在广告台上把最喜欢的香蕉星星那款指给他。

“要是下次来的时候上架了就买吧。”爸爸这么说。

后来怎样了呢？对于尹江团来说却再没有下

次了。

鄂梓把圆珠笔还到她的玻璃盒子里，手上缠着的纱布还没脱下来。

为什么妈妈要那么固执呢？固执到拆散这个家。她慢慢合上盖子，看到鄂梓把从刚才起就夹在右臂腋下的一幅卷轴换到左边。右手移动的时候，总觉得雪白得扎眼。反复想着是不是应该问问他伤好得如何，但又迟疑着开不了口。就像这两周在学校遇见时那样，明明瞟见为了自己而带伤的他，却还是缺乏勇气地低头擦肩而过。

但要说他手上被刺的那一下，不就是因为自己对过去的憎恨吗？所以问了那伤就好像要面对自己的过去似的。

尹江团尽量避免与他的眼神碰上，只是弯腰小心地把乔肯尼带给自己的圆珠笔放回拉杆书包里，再直起身时却发现鄂梓手里的卷轴横在眼前。

“为了给你打气，我亲手画了一幅画哦。”

在小小的书桌上摊开这张水墨画的时候，尹江团被池塘里白溜溜的江团鱼吓到了。眼睛好小，而且还有胡须？她伸手触摸灿烂阳光下的荷叶，手上有墨的味道。尹江团看不懂画，但能感觉得到鄂梓是怎么用绑着纱布的手认真又小心翼翼地趴在桌上画的。

“你在学习么？”

妈妈忽然站到了门口，脸上没有表情。尹江团赶快把大卷子盖在书桌上。然而妈妈没有离开的意思，反倒走了过来，“你姐姐最近还给你写信呢？”

信放在书桌上锁的抽屉里，妈妈却偷偷也配了一把钥匙。

她默默点了点头。再三犹豫，还是从大卷子底下把补习班申请表拿出来。

“别跟她联系太多。要我说多少次，现在和以前已经不同了。”妈妈一把夺过申请表，“上轩特重班……你怎么弄来的?”

“要家长签字。”一刻也不敢抬头，生怕追问会接踵而至。

妈妈没抬眼，在尹江团说下去之前抢过话，“求你姐姐来着是不是?除了她你也靠不了别人。从小到大了，尹江娈什么都比你好，比你聪明。你嘴那么笨，不好好自立将来怎么受人尊重?连这点事都想不通，怪不得你爸爸从小就讨厌你。”

“爸爸他……”

纸卡猛地拍在了桌上，原本光洁的纸面起了一层折痕。

“你不能去。”妈妈的话让人一点反驳余地都没有，可是想到鄂梓的辛苦与期盼，尹江团头一次对妈妈产生了气愤，“爸爸并没有讨厌我!”

“你知道些什么?”妈妈的脸上也起了愠怒，“我嫁给你爸爸的时候，他在外企当主管，我如果不是在个破酒店的大堂工作，就不用天天受他的气了!他瞧不起我们所以才会讨厌我们!

“妈妈……”

“你想想看，对面那家总被欺负的男孩，你是不是特别瞧不起他!”

“一点儿都没有!”尹江团从地上拎起书包，她侧眼望见了鄂梓家前院那些茄子藤和种在地里的胡萝卜，深吸一口气，“爸爸也是，家人永远都是家人!”

这句话犯下了大错，而一不小心，尹江团把那只精巧的玻璃盒从书包里拿了出来。整个屋子的空气陷入到一瞬间的窒息，接着她就觉得领子被猛地拽了过去，手一松脱，脸上接连被甩了几个火辣辣的耳光。

“你要给我丢多少脸！尹江团，我告诉你！你爸爸扔下我们的原因就是因为他能凭本领挣钱，而我只能低三下四地站在酒店门口，靠看客人脸色活着！”

比起妈妈又近又响的声音，喷在耳边的气流更让尹江团难过。

“江娈一直都那么出色，所以他才会把她要走，让她在十三中读书……只有你，你什么也做不好，他把你留给我，就是要看咱们的笑话！你要我们母女俩永远被人瞧不起吗！”她松开了手，在围裙上机械地抹着，像是在沉思，接着突然开口，“我绝对不允许你去那儿。我明天就给你找别的补习班上。七点吃饭，这之前你给我完成一套试卷。”说罢妈妈就转身出屋，厨房就响起了均匀的切菜声。

太阳已经落尽，淡黄色的墙纸渐渐凝固成了冷冷的青色，又慢慢晕开成了黑暗。尹江团呆望着墙壁，接着弯腰捡起了躺在地上的玻璃盒。她扭亮台灯，发现不光盒子破碎，圆珠笔里原本精致的彩瓷蔷薇也碎了几朵。

摇一摇便发出空洞的脆响。

【20】

尹江团小时候和爸爸一起去动物园。在竹篱笆外，爸爸给尹江团买了一碗晒干的谷子和玉米粒，轻轻推她进入了大网围成的硕大鸟笼。

然而被篱笆外所有小孩羡慕的尹江团，却在一只大乌鸦飞落肩头时打翻了容器。看着那么多谷子的掉落，尹江团有种说不出的懊恼和害怕。明明可以喂很久的，可以一粒一粒地丢给它们吃……

要被骂了。她回头去找爸爸，他却只是在远处微笑着，走到饲料亭又买了一包。

铁网那么高，他该怎么进来呢？尹江团想告诉爸爸爬进来会疼的，手里小小的空盆里却盛放了一张照片。全家人去爬山，在金黄的银杏前合下这张影。爸爸在笑，姐姐聪明美丽，尹江团看上去非常快乐。她想找到妈妈，可是看不见。该死的乌鸦又飞了过来，就连这张照片也飘落了，被谷子深深埋藏在下面。

想看到妈妈到底是怎样的表情，尹江团伸手却抓了个空。

鸟儿们呼啦飞聚到她脚前。

到底是哪个地方出错了呢。

相片里，曾经温柔的妈妈。

【21】

在巷口靠海的石墩上坐着，还想着晚上那个怪梦，最后那种失落和难过即便醒了也萦绕在心里。明明知道不是真的，却仍然觉得十分别扭。

鄂梓今天比以往出来得都晚，他从家跑出院的时候会先推开栅栏门，以尹江团的视角一眼就能看到。眼前便也觉得明朗了一些，不管是熬夜学习带来的疲惫还是被妈妈训斥的那种恐惧和委屈，仿佛都化成了看到鄂梓时由心底而生发的美好。仿佛一下子来到另外一个世界了，就觉得妈妈所说的“爸爸只会看我们的笑话”这种话简直是太可笑了。

“今天好早啊！”他一边过来一边挥了挥右手，绷带去掉，只剩下一个防水创可贴。然而走近了鄂梓却捏起鼻子，“这什么啊？”

因为自己额头上风油精的味道吧。尹江团黑着眼圈想，把拉杆从书包里拽出来，和他一同上学，“四点钟就起床了……擦着风油精学了一会儿习。”天有点阴沉，隔着厚厚的云，海面上看不出太阳的影子。临近十一月底，连大海都冷峻起来了，“谢谢你给我画了那张画。”

“那个吗？本来是想画雨天池塘里的江团，但为了让你看到它就振作一点嘛，还是否决掉。不过你不是说淋一场雨就是梦想吗？”

还记得啊。

“算了算了，”鄂梓自己打断自己，“既然你不想提过去的事就不谈啦。说起来……昨天那男生来了，你什么时候能去上轩上课？”

两个人路过了梁思思跳楼的地方，尹江团忍不住瞥了楼顶一眼，只看到了压抑的积雨云。要是有那么简单就好了。

“需要学校开出的推荐信和家长签字。毕竟全市的名额就只有二十人……可是妈妈不同意。”

“既然如此就先把学校这边搞定吧。”

意外地很快就给出了答复，尹江团抬头看了看他，鄂梓忽然就笑了，被海风吹乱的头发上粘着一点儿小绒毛。“很简单的事啊，下课就去要吧。”

英语课的气氛很奇怪，全班像是分化成了两个阵营，其他人——和尹江团。而且看样子连老师也加入到了前一阵营当中。这节是翻译课，年轻的女老师为了证明“Even though”的用法，心血来潮就在黑板上临时造句。

所有人盯着黑板看了几秒钟，窃笑声响了起来。

激光教鞭指着英文句子，老师问有谁能翻译一下。大家的眼神暗自瞄准尹江团，直到她被点了起来。

“有些品德败坏的人……即使只是坐在那儿……也令人讨厌。”明知道别人都抱着看笑话的心态，但是没有办法。

教室里顿时爆发出了皓仔热情到肆无忌惮的大笑声。

他们了解的只是柜子那件事，发生在副校长室里的冲突只有尹江团、鄂梓和夹子姐三个人知道。可单是头一件就够让人对她发自心底地生厌了，捉弄一万次也不为过。何况大多数人更不知道那个拉杆书包计划。那天皓仔和几个同伴女生在回家的路上讨论要撬开尹江团的柜子，看看这怪物到底在里面装了什么。

“说不定是她吃的死老鼠呢。”梦嫣笑捂着嘴说。

可是听到后座的皓仔这样狂笑，她忽然有点不痛快。就算尹江团够讨厌，可毕竟有拉杆书包计划在先。这家伙现在这么做，未免有点太无赖了吧。趁皓仔还在大笑着，她反手丢去一块橡皮，正好砸在他的鼻子上。

想给自己开脱不是没可能，只要有老师的支持就可以了。只要老师支持一个人，班上的人就是再讨厌他也不敢做过分。可是很显然尹江团已经失去了这份外援。中午课间时她把申请表拿给班主任签字，得到的答复却是她连看都不看尹江团便抛下的话：“你得好好表现。”

提前就互相打探到情况的老师们假装什么也不知道，默默无声地各自忙着改各自的卷子，又像是在期盼着看这惹事女生的笑话。直到她走了，他们才纷纷抬起头来。

尹江团去了主任室，答复也是类似。“没有班主任的推荐我们也不好办啊。”

就连下午的体育课，体育老师也开始存心刁难尹江团，执意说她 800 米跑时中途走了几步。就这样，当其他人气喘吁吁地在终点线休息的时候，尹江团仍然得继续加跑五圈。梦嫣感觉到一滴汗珠顺着发梢掉落下去，她转头想对老师说话，可是对方就当什么也没发生，召集大家继续上课。

这回皓仔也笑不出来了，只有干眨巴着眼睛看尹江团经过前方。连他们的体育老师小吴老师也转过头来。

直到她忽然脚下踉跄，栽在跑道上。

【22】

这是尹江团觉得最快乐的一段日子，和妈妈在一起。两个人初来海边时，还一心想着能通过努力把生活变回原来。妈妈常常笑着，下班晚的话还会道歉，然后做鱼给她吃，小小的家里充满了温馨。就算只是两个人，快乐也是一样多的。尹江团想帮妈妈洗碗，做家务。妈妈不许。妈妈总是不假思索地说，江团是好孩子。因此，江团只要负责学习，好好学习就可以了。

妈妈每个月都会去几次银行。直到确认一笔钱到账。妈妈说，钱是爸爸汇来的，这是对那个男人还记得女儿的一种证明。然而尹江团对它们的印象一直很模糊。只知道是从什么地方汇过来，那两千多元钱，她想，已经超出了钱本身的价值，非常重要。

初三来临前的冬季，新年后不久的一天，正是第一场大雪。

妈妈从银行回家。尹江团被同学欺负了，整本化学练习册都泡了水。尹江团在妈妈做晚饭的时候在厨房里说了白天的事，妈妈没有回身，忽然就哭了。

妈妈背对着她说，你爸爸不再理我们了。

妈妈的回答和刚才她那番话一点儿关系也没有，尹江团有一种不真实感，而且觉得害怕，沮丧地站在门槛上。

被欺负是必然的。妈妈擦了擦眼角。江团要好好学习，才能比妈妈幸福。

那个月爸爸的钱其实只是推后两天才到账。大概只是他忘了吧。然而尹江团目睹了妈妈连续两天的绝望样子，以泪洗面。她那时并不明白妈妈在这事上是那样的被动，只觉得她就像是爸爸的牵线木偶一样，不依靠他就完全慌了神。

可是她曾经骂过的那些话，流下的那些泪水，难道不是在讨厌爸爸吗?

然而相比由梁美辰带领的更加惨烈的攻击，那只是一切完结的开始，幸福的未来就不断消失，不论她怎么追也抓不到。

只要能和妈妈在一起生活，就是最幸福了。

有些后悔那时没有说出口。

【23】

“是贫血……有点太疲惫了，休息一会儿就好。女生班那个老师还真是心狠的怪老头啊。”

“反正她没事就好。对学生……要负责任啊。”

“小吴老师你也真是的，已经放学了还特意过来看一眼。”

尹江团听见有人在对话，她勉强把沉重的眼皮张开，原来自己躺在了医务室里。门口年轻的体育老师捏着胸前的红色挂哨，说两句便搓搓黑色的短发。

“小吴老师真是善良啊。”夹子姐脸上浮现一抹笑容。

“哪里哪里……”他攥哨子的手紧了紧，额头上也开始冒汗了，“那……严老师……学生没事我就先走了。最近天气凉，”他抬起头来，只是呆呆地说出这句话就用尽了力气，“注意身体！”

“你也是。”夹子姐眯眼笑了，看着他飞快地溜走。

尹江团挣扎着从床上坐起来，头靠在墙上，墙上的挂表告诉她已经昏睡整整一小时了。她又出神地望着穿白大褂的夹子姐，动动嘴却说不出话。

“别说你晕到忘了我是谁哦，”夹子姐边说边站起身，把白大褂脱下来。她除去发绳，黑色的长发披散下来，“不管怎么说我可是知道你的小秘密，尹江团，是你给了鄂梓一刀吧？”回头见尹江团的脸色苍白，夹子姐便摆摆手，“不过别在意啦。那孩子从小就没少碰伤，经常一脸眼泪伤痕累累地跑来找我呢。所以现在已经皮糙肉厚了。”

“你在说谁皮糙肉厚啊？”

鄂梓突然出现在纱门外，把夹子姐吓了一大跳，“刚说到你就出现了，是受到我的召唤了吗？”

“我看到了耶，你居然和那家伙热情攀谈，像是什么‘小吴老师真是善良啊’……”鄂梓学着夹子姐的语气，吐了吐舌头，惹她红着脸把一根压脉带扔过来，“放学了你怎么还不回家啊?”

尹江团不声不响地下床，头还晕晕的，但是慢一点儿走路应该没问题。她绕开打闹在一起的两人，刚走到医务室门口就被拽了回来。

“这怎么行，让妈妈接你回去吧!”夹子姐走向电话，然而尹江团却摇了摇头。

“吵架了吗?”手垂下来，夹子姐叹了口气，“就算做好孩子也要有个限度啊，总不能她让你做什么你就一定要执行。你现在有点贫血，如果不好好休息，还像以前那样学习到半夜一两点钟，以后出大问题怎么办?”

不知道。尹江团想。不知道，不过那样也许就能好好休息了。想到这她又把头抬了起来。

“我送她回去啦，夹子姐放心。”鄂梓急忙救局，拉着尹江团走出医务室。

“我们报复一下你的体育老师吧。”

闫景祺站在器材室门口的时候脸上的表情很复杂。他把乐声吵嚷的耳机从耳朵里拔掉，拉开了运动服的拉链扇着风。看了看信心满满的鄂梓，祺祺仍然站着没动。

“我说过没问题的啦，”鄂梓小声说，“今天那个老头子负责收拾器材室，你从窗子翻进去给我们开门，接下来你就去跑你的步吧。”

“老头还没走呢。”闫景祺回头看了看操场拐角，体育老师正在给跳沙坑的学生记录成绩，“没问题吗?”

“你什么时候这么尿了啊?祺祺……”

“我知道了，闭嘴。”闫景祺打断他，撸起袖子。器材室在两棵大柳树后面，长方的屋子，一人半高的墙上有一扇开着的小窗。他弓身起跑，借着力道几步便爬上了墙，手扒住窗框，接着一边的手肘用力支撑，腿只轻轻一悠便把整个身子送进了窗里。明明看他掉下去，落地却一点儿声音也没有，很快器材室的门锁响动，铁门打开了一道缝隙。

闫景祺拍了拍手，完成了一系列漂亮的动作，重新塞上耳机。

尹江团和鄂梓几乎看呆了，整个过程连二十秒都没有。

器材室里没有灯泡，鄂梓回身把门关上，屋子陷入了一片昏暗中，只有小窗的光线投在地上。整整一天都是阴天，但是现在地上却奇迹般地出现了一点夕阳。踩着做仰卧起坐用的绿色垫子，鄂梓把放在金属架上的排球全都弄到地上，然后把竹筐里的跳绳撒到架子后面。虽然这么做是有些阴险，但是身为老师欺负女生实在是太过分了，必须要惩罚。接着他跳下来，走向摆放整齐的毽子。

尹江团坐在墙角废弃的垫子上，她的头有点疼，而且接连一天遭受到大家的冷眼，心里像是拧成一团疙瘩似的难过。望着地面上一寸寸移动的光线影子，她只是出神。

直到鄂梓也停下来，狭小的空间一下子变得很安静。

“这种感觉真是似曾相识，”尹江团双手撑着粗糙的垫子，“被大家这么对待……说不定是因为以前做了坏事才得到的报应。”

“你能做出什么坏事来啊。”鄂梓朝后靠了靠，挨着一架梯子坐了上去。

“偷别人的卷子，丢铅笔盒，把老师发给每班一份的习题答案自己带回家去……”她慢慢地细数着，听得鄂梓张口结舌。

“可是我以前也不是这样的人啊。”尹江团的声音平平淡淡，“我没什么喜欢的东西，很多也没有尝试过。我在家里，妈妈不允许我挑食，我只能做她允许的事情。所以我很珍惜能和美辰成为好朋友，没想到事情后来会变成那样。只是因为我的学习超过了她，代替她成为了班里的第一名。”

“我觉得这没什么错。”鄂梓说，微微歪着头，“梁美辰只是脑子聪明，学习上从没有下过心思吧。被人超过是迟早的事。”

“结果我抢了她的风头。作文成为范文，老师让我写学习经验，女生们也来和我说话。那时候只是高兴都来不及。根本不会在意一开始那些微不足道的小事。课桌上堆的书变得乱七八糟的，位子里也塞进了废纸。好用的笔不知被谁摔得不出水……到了初二期末考试结束的时候，老师问我要不要当学习委员。我虽然知道这样就等于顶替了她的位置，但仍然毫不犹豫就答应了。我只想到妈妈会因为这个很高兴吧，却没有在意她会怎么样。后来老师宣布的时候，全班都在鼓掌，只有她一人坐着一动不动。”

鄂梓没有出声。

“她整个暑假都没找我玩，也再没和我说过一句话。初三开始后，她便组织女生孤立我，说我威胁老师把学习委员抢走的。毕竟是有威信的人，大家便也相信了，坏话越来越多，我没法再和大家交谈，只剩下一个人。我才知道原来她这么讨厌我。我求过她别不理我，孤立行为只有越来越过分。她们擦乱我的作业，藏我的课本，尽说些我从来没做过的事……结果班上的同学丢了卷子全怪在我一个人的头上。渐渐老师也信以为真了。

“我痛苦万分，只好对妈妈说。妈妈告诉我解决的方法就是不去理她们，好好学习，只有我取得更好的成绩才能让她们生气。只要学习就够了。所以我不和同学说话，连集体活动也不参加。其实我的心里想着，等到初三结束，再把一切都弥补回来。可当时的做法只能让事情变得越来越恶劣，就连发呆都会被人说成是考了好分后的傲慢和不屑。有一天我的化学练习册不见了，得到老师的回应却是‘重点班不会发生这种事的’。

“中考结束那天，我拨了大家的电话。没有一个人接听和我说话。到那时我才发现，我什么都没有了。然而流言还在，根本没法再摆平。我只能这样下去……”

尹江团的声音渐渐小下去，却没有叹气。这么久了，不该习惯的事情也只能努力去熟悉。只要接受了，一切就都能变得不再那么艰涩和痛苦，日子也好过一点儿。

“说到底还是怪梁美辰。”鄂梓说，尹江团却摇头否认。

“我也是个笨蛋。假如没有占据学习委员的位置的话……”一切还能够挽回。她盯着地面，夕阳已经越来越黯淡了，“被老师喜欢的孩子绝对讨厌另一些人插足其中。对于一直都优秀，一直都坐在高处的她来说，忽然失去了老师的关注，一定会失落的……因此报复是非常必要的行为。可我那时候怎么会知道。虽然我讨厌她，但谁也没法责怪。”尹江团站起身，拍了拍身上陈旧的灰尘，“要说……只是因为老师喜欢的对象充满了变数。”

忽然门外响起了女生的说话声，然后便是篮球车四个轮子均匀地滚动着。有人要进来了，鄂梓连忙蹿下梯子。

下一秒钟铁门就被球车撞开，手推车被女生推着闯入。“好乱啊！”虽然光线微弱，她们进来后还是大声惊呼。

尹江团一下子不知道要怎么办才好，被鄂梓一扑，两人躲在了放垫子的角落里。她们放好了车子准备离开，一切妥当，谁知道忽然又走进来抱着一摞垫子的女生。这下子……

器材室里传出一声凄厉的惨叫。

“你们两个这是在做什么啊！做了什么才把这弄得乱七八糟的啊！！！”

“我们……”尹江团在尘土飞扬中望着失手摔落所有垫子的女生，她刚要解释，手腕一紧，身体就强行站了起来，接着迈步，跟着他飞快地逃跑。

眼前一下子变亮，身旁的人和树木也急速地掠过，似乎看到了有点迷茫的闫景祺，一层高二年级空荡荡的教室，在办公室里问问题的学生，还有看门大爷的狐疑神情。尹江团来不及回头，就已经过了学校门前的小马路，眼前出现了金光粼粼的大海。烤鱼的味道，廉价果汁的香精味，汤包和馄饨，刚烘焙出的面包香气……最后全都变为了海风中淡淡的清咸。

鄂梓停了下来。

两个人都气喘吁吁，只有弯腰扶着膝盖才勉强能站住。他一屁股坐在了旁边的石墩上，仰头才发现西边的天空已经放晴，广阔的天空挂满了云彩，被下沉的夕阳照映，像火烧一样。

鄂梓给尹江团指了指天空，她一边喘气一边抬起头，整个瞳孔都染成了金红。“……但是，书包怎么办？”

“扔在学校吧，”鄂梓倒像是从没把这当成难题，“反正你不是……每天都带着所有的书吗？”原以为尹江团脸上会升起忧虑，谁想她望着火烧云满天，深吸了口气，却点了头。

“一鼻子灰啊。”伸出手指蹭了下鄂梓的鼻子，尹江团望着他说。

两个人笑了起来。虽然疲惫，但却从没有这么开心过。

【24】

“为什么这么晚回来？”妈妈拦在门口质问，一手拿着芹菜，另一手拦住她进屋的路，“你去哪儿了？”

尹江团低头想从左边绕道而行，然而妈妈便也向左挡了挡，“我看到你和对面那孩子一起回来的。”她脸色阴沉，“别忘了你得学习，你……”

妈妈很讨厌。

想法从头脑中蹦出，如此自然的念头让尹江团觉得格外害怕。这是自己曾经从来不敢想的事，可是现在却突然体会到了鄂梓曾说的“古板”感觉，并且深深讨厌着这种约束方式。妈妈真的是在刁难吗？

“我只是去……”

“妈妈，让江团进来吧。”终于有人为尹江团说话了。扶着门框出现在里屋，尹江娈叹了口气。

小小的房间里，尹江娈坐在床边。真是又破又小的房子啊，她默默想着，望向对面墙上那幅江团图，尹江团昨天才把它挂上去的。

“妈妈不管你贴这种东西吗?”尹江娈又看了看旁边用胶条粘着的世界地图。

“妈妈还不知道。”尹江团说，坐在书桌前。和姐姐这样坐着已经是很久以前的事了。她扫一眼棉质紧身袜下的双腿和在长发中若隐若现的星星耳坠，在陌生中不由得有些羡慕。

“等下 kenny 来接我，我们一起吃顿饭怎么样?反正也快到新年了，天天吃这儿的饭太素啦。”

尹江团没说话，素炒芹菜的味道让她胃里一点儿食欲也没有。可是和尹江娈面对面吃饭，不可能。

见她执拗着不回答，尹江娈便也作罢，站起身在小屋里慢悠悠地绕了一圈，“那就自己待着吧。其实我本来还打算带你回我家呢。今天晚上有个聚会，我的朋友们都想见见你。”

她走出房间，正好妈妈把黄瓜蛋花汤放在桌上，两个人碰个正着，妈妈的脸色顿时变得很难看。尹江娈当作没看见，继续说道：“但妈妈是不会同意喽，毕竟连张破纸都不签……”

两碗米饭在摔门的声音响起后紧跟着摔在桌上。妈妈怒目盯着桌子，继而走进了尹江团的房间，像是想要把尹江娈留在屋里的全部痕迹都清除似的，却发现了墙上的画。

等到尹江团意识到事情不对头而追进去时，活灵活现的水墨江团已经在妈妈的手下变成了碎片。妈妈接着夺步而出，抱来了一摞参考书和一个纸卷，她展开，把世界地图高考版贴在了原来的世界地图旁边，挂着鄂梓画的位置。

“妈妈!”从来想象不到自己能发出这么大的

声音。

这种任人摆布的自己简直愚蠢至极，对过去憎恨的矛头也一下子转向了妈妈。尹江团原以为自己能弯腰面对一地碎画，可是头一低眼泪就流了下来。妈妈不发一语地在白墙前忙活着，甚至把地图贴歪了。

“我要跟姐姐一起出去！”

尹江团希望这句话对她有所威胁，然而妈妈只是手头停了停，“我才不管你，爱去哪儿去哪儿。”冷冷地说。

拾起了所有的残块，尹江团紧紧抱着它们跑出了家门。

尹江娈的身影就在不远，路上回荡着高跟靴底踩在水泥路上的声音，她经过一个又一个明明暗暗的路灯，直到听见身后有人追上来。

哭着的尹江团惊讶地发现原来姐姐也是一脸泪痕。

从木獭旁边的便利店买了胶棒和硬纸卡，尹江团无助地跟在后面，看着她挑选完粘画所需要的一切物品，最后提着个纸袋过马路。小的时候也是这样，一起去小卖店买东西时也是由姐姐拿钱结账，数好零钱，然后把小票塞进她提着的塑料袋中，像大人一样推门出去。

尹江团无法逃离她耀眼的光芒，只能成为地上的一小片影子。

两个人走到木獭的时候，隔窗已经看到了乔肯尼坐在火车座的外侧，为了看起来不太惹眼，他把校服外套脱去搭在胳膊上。可即便这样一副混血的容貌还是在平凡的海边小西餐馆中成为了焦点。只是他灰色的眼睛里什么都没有倒映。

点完餐，尹江变把白纸铺开在桌上，然后要过尹江团手中的碎画，开始拼图，找到一块就用胶棒在背面轻轻粘一下，贴在白纸上。曾经姐姐这双手也小心地给她包书皮，粘美工课的青蛙小纸盒……尹江团望着桌上的碎块发呆，一次次地困在了回忆里。

“你想和你姐姐住一晚上吗?”乔肯尼为尹江变拿过一片飞到桌角的宣纸。

和姐姐面对面坐着对她来说已经是极限，看着那样优秀的姐姐，她只能不断地想起以前的事，再看看现在的自己，内心中便只剩下悲哀。要说能够勉强克服去注视姐姐，那么假如会看到爸爸的话……

“你爸爸去法国了，所以只有你们两个人。”乔肯尼的语调很平淡，像是把她看穿一样。然而这句话也戳穿了尹江变刚刚编的聚会谎话，她猛地抢白，“才没有那种事!”

半条江团鱼已经被她拼好了。

“拉开窗帘，把门后面挂着的衣服拿下来会好一点……”尹江团小声地说，似乎明白了尹江变今天来自己家的真正目的。她知道姐姐胆小，但是冒着她生气的风险还是这么说。

“我当然知道!”

果然尹江变嚷嚷起来，可是接下来手上的动作就停了。

“对不起，我果然还是没法去你家……”尹江团盯着桌面上一条细细的木裂纹，“不可能。”

服务生端上来了沙拉和炸鱿鱼，焗饭。乔肯尼离开桌子去洗手。

“你还真是和妈妈一样固执……”冒着腾腾热气

的奶油焗蔬菜搁在尹江雯面前，她滚动着桌布上的叉子，“我啊，到底能让你多羡慕？羡慕到讨厌我，因为这个甚至放弃十三中，这全是妈妈灌输给你的吧？处处争强好胜，即便是家务也那么苛刻，不许地板上有一点灰尘。说起来那时候进门忘记换拖鞋都会被妈妈骂呢……”

因此，疲惫一天的爸爸回到家不免要遭到训斥。他忘记换家居服，吃过饭后又没有把碗筷放到水池里。爸爸喝醉瘫倒在床上时，妈妈甚至还站在旁边训斥他……是这样没错。可是妈妈这样的初衷是因为爱，只不过是方式错了。

“妈妈……为什么不原谅她一下呢。”

“已经三年了！”尹江雯说，手紧紧攥成拳头，“事到如今还在为她说话！你难道想一辈子都被妈妈管着吗？为什么不主动一点儿，羡慕我这样的话，你也可以这么生活，江团你要为自己的人生而活！”

尹江雯的眼中蒙起了一层雾气，“就算只能学习，也可以选择自己喜欢的那种方式……去了上轩补习就可以躲开妈妈的监视了吧？”

多希望这是由于奶油焗蔬菜的热气而让姐姐的眼睛湿润了，可是泪水却顺着她的脸颊流下来，“……这才是我把名额给你的原因。”

姐姐居然为她而哭了。

尹江团在阴影里睁大了眼睛。

“本来不想让你知道，十三中只给了我一个人名额……但是看到你这样子，”尹江雯吞着眼泪，“有的时候我甚至会想，如果当年要是反过来，我跟了妈妈，你跟了爸爸……”

“那样你会怎么办？”尹江团只能无助地望着她，

问题似乎不经大脑，而是由心而发。望着面前这在整个世界上与自己最相像的人流眼泪，尹江团仿佛自己的脸上也有泪水。

可是尹江娈揉了揉眼睛，然后继续拼着桌上的江团图。她并没有说完这句话。

图案基本上完成了，虽然小心翼翼，被胶水粘过的地方稍干后还是难看地皱了起来。而且鱼尾巴的部分缺失，可能是被妈妈踩到脚下了。

乔肯尼回来时已经结好了账，看出尹江娈哭了，他拢过她耳旁的头发，用纸巾擦去泪痕，对她说着话。对于尹江团来说，他藏蓝色毛衣和衬衫上的味道一定很陌生，但和这样的人在一起应该是很可靠的吧。姐姐就算一个人做噩梦醒来的时候也有可以拨通的号码。

奶油浓汤表层稍稍起了皱褶。

“我在信里对你说的事想好了吗?”

恢复了平静，尹江娈拿起叉子和银勺，慢慢卷着意大利面条。尹江团愣了愣，这才想起姐姐在上一封信里说下周一晚上爸爸会和她在衡光底商一家礼服店挑衣服，为学校新年晚会做准备。她问尹江团要不要一起来。

“我不会去的。”尹江团小声说。

不去也好。尹江娈便不再作声。虽然两人身高只差一点儿，却显得尹江团格外瘦小。以她小时候的体质，由于天气变化病倒是常事。因此只要尹江团在，爸爸的注意力就全在她身上。

被完全冷落在一旁的感觉一点儿也不好受，何况自己明明比她优秀多了。

“如果当年要是反过来，我跟了妈妈，你跟了爸爸的话……”尹江雯用叉子刺进了酥脆的炸鱿鱼，咬了咬牙，“我大概会直接把妈妈扔下投奔爸爸吧！”

【25】

鄂梓得知自己的画被毁后，脸上并没有太大的表情波动，相反甚至笑了笑，“没关系，再画一张也可以。”

可那是独一无二的一张画啊，再画时心情也会不一样的。尹江团知道他本意是在安慰她，可是比起乔肯尼……她想起昨天在木獭门口告别时，乔肯尼把校服外套披在姐姐身上的动作。比起那样的，总觉得鄂梓有点靠不住啊。

预备铃响在走廊中像是回声在乱撞。

“后来呢?”鄂梓把双手塞进夹克兜里。

“除了缺一片找不到，我们把画重新贴回原样了。回家的时候妈妈看到了画，但她什么都没说……”

“她到底为什么要撕画啊。”鄂梓感到很困惑。

“觉得我……”尹江团摇摇头，“学习上用功不够。”

“那以后我们一起学习吧。”

听鄂梓这么说，尹江团还以为他在开玩笑，可对方的表情却格外认真，“我决定喝健脑药了，然后把书桌搬到窗口，这样你晚上学习的时候撩开窗帘就能看到我。既然你妈妈不签字，那我们就准备期末考试一举把学校推荐信解决了，你说呢?”

“看到你在学习的话……”

“这样不就会动力倍增吗！”鄂梓一击掌，“就这么定了！”

自从银行取钱那件事让妈妈受了刺激，她为一些小事而生气的脾气便越来越固执。似乎整个人都一下子变得苛刻，曾经的许诺消失了，也一下子失去了所有的安全感。每个晚上，尹江团都得在监督下认真写作业，然后做很久的参考题。有时候实在困得不行，就用凉水洗脸，或者抹清凉油。等到结束时，往往已经深夜了。最初她无法坚持，妈妈便很不开心，咒骂起来。多半是冲着爸爸，有时连她也一起骂了。起初尹江团很苦恼，睡眠不足，学校的课无法应付。然而看到妈妈比她还晚才睡觉，第二天又天不亮就爬起来上班，她不想让妈妈失望，又无法做出令她满意的事。度日如年。有时晚饭后站在阳台上看鄂梓家，羡慕他能有那么温馨的生活。

尹江团坐在学校的小凉亭里，不久前她就是在这个石凳上面对着乔肯尼签字的，可是这些天过去，事情仍然一点儿进展也没有。

天空由夏天的湛蓝变成了秋冬的苍蓝，尹江团对着一朵云彩发呆，接着便把眼神收回到石桌上放着的那本数学习题册上。这是妈妈抱来的参考书之一，她从旧书市上低价买回来，即使错字连篇也要让她做。尹江团觉得眼睛酸痛，她闭起眼休息一会儿，不由自主想起了十分钟前的事。

“我不知道这份申请书你是怎么拿到的，但是咱们学校那些好学生都没考上上轩特重班，我怎么给你开证明？”

班主任仰在靠椅里，一边揉着太阳穴一边望向尹江团，眼神与其说波澜不兴，不如说是一点儿余地也没有的冷淡。食堂的饭菜香味顺着楼道飘进屋，她从抽屉里拿出饭卡，“你得用成绩证明。”

见签字不成，尹江团便打开手中的习题册准备问题。

“孩子啊，你中午吃饭吗?”班主任却起身绕开了她。

就这样一走了之。

尹江团沮丧地回班，没想到还没进门就发现一小群人围在自己的位子旁边，聚精会神地盯着皓仔手上的东西，“《钢铁是怎样炼成的》……”他小声说。

中午空旷的教室让尹江团毫不费力便听得一清二楚。

“她脑子有没有毛病啊。简直超出正常人的理解范围。”其余的人也没有发现她，有个女生撇着嘴巴。

“但是……”皓仔把包着书皮的小说轻轻放回位子，“总觉得也好辛苦啊。”

夹子姐忽然走进了凉亭，一个蓝白相间的药盒扔在了尹江团面前的石桌上。

阿普唑仑。

“最近都忘取药了吧。”她坐在了对面的石凳上，“这么吃不怕有副作用吗?”

“是妈妈吃的……”尹江团把安定药藏在了练习册下面，看到了从远处鼓起勇气走过来的小吴老师，“妈妈这两年为了督促我学习，有时候不吃这种药都没法睡觉。”

“哎？那可奇怪了，鄂梓说她不同意你上补习班，这不是自相矛盾吗?”

“那是因为……”

“严老师下午有空吗!”

小吴老师站在梧桐树下挥手，见夹子姐睁大眼睛，他也发现无路可退，于是硬着头皮把早就打算了好几天的约会想法一股脑倒出来，夹子姐的脸一下子变得通红。

听他们两个支吾着，尹江团低头瞧着自己单调的练习册，中午没吃饭的肚子咕咕叫起来。有风吹过，薄脆的纸张飞卷了边，又渐渐平复下来。

出去逛街吗？在这种阴冷的天气里，一起走在商场里一定会觉得很暖和吧。尹江团忽然就想到了鄂梓。她并没有觉得不好意思，但是想了想将有自己出现的场景，总还是觉得不可能。那样的生活，只有看着姐姐的时候才能够想象。

小吴老师走后，凉亭里陷入一种寂静。直到这时尹江团这才意识到自己发呆太久了。可又不像是单纯的走神，因为意识有点儿模糊，纸上的文字也重了影。

“别白费力气了。”

夹子姐望着亭子外面的天空，忽然这样说：“你们班主任的孩子在高二年级，想考上轩特重班却一直都没成功。所以大概……她在这事上会很顽固吧。”

“是吗……”尹江团自言自语着，低下了头。原来她所谓拒签的理由才不是觉得自己的成绩不好。这么说来想要得到班主任批准简直是不可能了。

【26】

尹江团是被皓仔和鄂梓架进医务室的，夹子姐一看她没血色的嘴唇就知道她绝对又是因为贫血，于是扔开手中的杂志便站起身。整个场面一下子变得很慌乱，两个男生先是把她小心地放在门口的长沙发上，等夹子姐把黄油曲奇和海苔卷从床上腾开，他们三个人才协力让尹江团躺下。

“她到底是怎么搞的?”皓仔满头大汗地站在原地。明明一前一后从办公室走出来，尹江团却没走几步就摔在了楼梯口。幸亏这时候鄂梓正上楼，两个人才能共同把尹江团架到三层。

“她最近贫血很厉害，”夹子姐沏着糖水。

这话让皓仔愣愣地看了尹江团一会儿，“哼……”他呼出一口气。

喝下水后尹江团稍微好一些了，至少没有晕过去，但是想要坐起来还是有点勉强。在迷糊中看到夹子姐在打电话，她硬撑着起身叫住了她。

“别太勉强了，让妈妈带你回家吧!”夹子姐实在着急了。

“就是嘛，落下的课还能补回来。”皓仔也在一旁附和。

“妈妈……”尹江团把双脚挨到地面，“妈妈不会来的。”

“怎么会?”夹子姐一脸气愤又困惑，被鄂梓拉了过去，他在她耳边悄悄说了几句话。她皱了皱眉头，欲言又止，最后只好作罢。

皓仔呆呆地站在一旁。

尹江团执意要自己回家，而面对化学老师每周一下午凶残的大连堂串讲，鄂梓这回没法送她回去了。他只能在课间把尹江团送到校门口。

“今天晚上就看着我好好学习吧。”他冲她微微一笑。

尹江团还端着医务室的小纸杯，另一只手松垮地拖着书包，回过头来却没有反应。她想告诉他就算期末好好考也不一定能拿到推荐信，她想说她其实好累，一点儿也不想再努力了。她还想说她害怕妈妈会变得越来越糟糕……而且一边讨厌姐姐一边又羡慕她的心情让尹江团觉得自己很罪过。但是说了又能如何?自己甚至没法像姐姐那样扑在男生怀里大哭一场。

家中空荡，尹江团压抑地走进了门。原本妈妈生气不说话的时候不算什么，家里足够热闹。而现在，静谧让耳膜嗡嗡作响。就像担心自己的嗓子在此时生锈坏掉，尹江团小声对正坐在板凳上洗衣的妈妈打了声招呼。

看到尹江团站在门口，妈妈的表情没有变化，只是起身换了一盆水，藏蓝色的校服裤子浸泡在清水中。

“我今天去了趟诊所，对面那男孩子的手是你弄伤的?”

她吓了一跳，拖着书包走回自己房间的动作停下了。转头发现妈妈脸色阴沉，一言不发地盯着自己。

“这种事真是你做的吗?江团，为什么?你知道被人拉到一边告诉这件事是什么心情吗，说的就像让我看着你别发神经一样。”

尹江团一动没动。

“江团，你看着妈妈。你是不是觉得和妈妈在一起很不幸?后悔极了?”

指头抠着门框，光滑的木料冷冰冰的，就连手腕也感到了寒气。起先就知道这事总有一天会败露的，因此心中准备了很多辩解，然而现在却发现根本没有勇气反驳。于是，顺从的道歉脱口而出。

“对不起。”

妈妈愣了一下。

“我不应该羡慕免费冰激凌。”贫血所带来的头晕眼花让思维也变得脆弱了，几乎不用思考，话就直率地从嘴里冒出来，“我一直考不到第一名，真对不起你。没有为自己的未来负责，让爸爸和姐姐看了我们的笑话，对不起自己。那时候，小的时候我只知道零食、水彩笔、游乐园，所以到现在还是一事无成。什么也做不好，对不起……”

屋里的空气好似凝固了。说到最后，尹江团渐渐地后退，直到在床边坐下。眼前发黑，头脑中有种劳累太久的空洞感。

“知道就别再做蠢事。”

门外的人留下了硬邦邦的一句话，洗衣声继续响起。

【27】

三年前也是在妈妈洗衣服的时候，因为免费冰激凌遭到了她的痛斥。好不容易早放学回家，尹江团一边擦着刚洗过的湿漉漉头发，一边跳进沙发里，对妈妈说着梁美辰在雪糕厂工作的小姨。她常常能带回来好几大袋整罐的雪糕，梁美辰就大方地把它们发给她最喜欢的小朋友。

“真好啊，有免费冰激凌可以吃！妈妈，你不羡慕吗?”

然而却没有答复。

坐在小木凳上的妈妈垂着眼，似乎失望又漠然地盯着水盆里的泡沫，“你不应该只盯着人家手里的冰棍。”这样严肃的情景吓坏了尹江团，她本来是无心说起，此时此刻连忙跳下来垂头站好，心里莫名其妙就充满了罪孽感。

“我不应该羡慕免费冰激凌。”尹江团的声音很低。

然而妈妈只是起身去阳台晾衣服。

【28】

放下笔的时候天已经完全黑透了。七点钟，家里却没有一点儿饭菜的香味。尹江团松弛一下酸痛的手腕，笔掉在桌上，滚过了密密麻麻写成一大篇的长信。她把纸翻过来，看到正面游在池塘中的江团鱼。

对妈妈的心情，对姐姐的心情，过去初中和梁美辰的事情，憋在心里的话全写在了这上面，还有，没法上上轩特重班的难过。甚至有点自私地请求鄂梓想办法帮帮自己，让学校能给出同意。毕竟是姐姐放弃了自己去上轩而把名额给了自己……

假如一切都不能改变的话，也不是为了对鄂梓吐苦水才写了这一番话，只是这样所有事都能有个了结，然后便可以向着没有希望的未来，就这么被孤立着学习下去。

客厅里没开灯，妈妈一个人衰弱地坐在阳台门口的竹靠椅上，黑暗中只能看出模糊的影子。

“那天和姐姐出去，一起吃饭的时候她这样问我，”尹江团轻轻吸一口气，站在了妈妈的身后，“‘如果当年要是反过来，我跟了妈妈，你跟了爸爸的话’会怎样呢?”

妈妈的身子僵着。

“‘大概会直接把妈妈扔下投奔爸爸吧!’姐姐这么回答……实话说有的时候我也会这么自私地想呢。”

妈妈仍然沉默地坐着。

“妈妈一直不顾一切把我推向最高处，即便我不可能一下子就有能力……也相信我可以超过姐姐，超过爸爸，超过所有人，成为让你扬眉吐气的道具。”尹江团怔怔地垂下手，“可是，那种事无论如何也不可能做得到……因为你是妈妈啊。”

这一次走出家门时一点儿也不惊慌，除了手心冒出的冷汗浸湿了江团画。先是走到鄂梓家门口敲了门，亲手把画交给他，然后便告别，一个人走向公交车站。她想去看看和爸爸在一起的姐姐，想象一下假如家人没有分开的生活。晚饭没有吃，也没有和妈妈说，尹江团当然知道现在只身一人去市区会导致怎样的后果，但那已经无所谓了。她现在想迈出这一步。抛弃那个不幸的尹江团，像逃跑似的，自由自在地生活。

哪怕只是一下，也想拥有。

爸爸把黄桃色的派对礼服搭在衣架上，正好尹江娈从试衣间里走出来。这件淡藕色的礼服长裙很别致，就是有点肥，穿在她身上飘飘悠悠的。一旁的服务生立即转头去仓库找小一号的。

“把上轩补习班的名额给了江团，真的没事吗？”爸爸还是有点担心。

“嗯，比起我来还是那家伙更需要吧。”尹江娈望着试衣镜里的自己，试着把长发盘起来，“被妈妈那样管着，日子应该很不好过。”

镜子反映着街上来来往往的人群。因为这家店是底商的缘故，大门外正对着的就是衡光中心广场。几处大花坛周围一圈椅子三三两两坐着人。尹江娈稍稍侧一下头便看到一件熟悉的灰色大衣。

“江团什么时候开始上补习班？”爸爸继续问道。

“并不是很顺利啊，学校老师万般阻挠……妈妈又那么固执。”仔细一看，她便惊讶得愣在原地。

不是说好了不来的吗？

服务生又拿来了衣服。爸爸没注意到店外面，尹江娈便平静下来。在进试衣间之前她犹豫着要不要对爸爸说，可是一想到他得知尹江团在外面就会立刻跑出去，尹江娈便忍住了这个念头。

在外面坐着的尹江团并不知道姐姐此时此刻的内心有多矛盾。有人在广场喷泉后方装饰圣诞树，尹江团便静静看着。彩条和圣诞球被人工送到高处，还有一颗金色的圣诞之星。

夜晚的空气一下子把她丢进一个冰池，就这么看着姐姐在店里试了一件又一件的裙子，明明四周喧闹，尹江团却觉得寂静中只听得见自己的心跳声。坐的地方离他们很近，想要过去只是站起来走十步再推开门而已。可是怎样才能做到呢？

在路上遇到邻居会开心打招呼的人是姐姐，把耀眼的粉色水钻串成手机链的也是姐姐，小时候和姐姐站在同一面镜子前刷牙时，尹江团就万分悲伤。即便如此，还要和她一起上学放学，一起写作业睡觉。在亲戚聚会上，大家都主动说，江娈给我们唱一首歌吧，江娈可真会打扮，真漂亮呀。尹江团只有偷偷看父母，猜想着他们的心情。他们一定觉得脸上有光。

“江团也是个优秀的孩子呢。”只有爸爸常常这么鼓励她。

可是这些年妈妈却说尽了爸爸的坏话。明白妈妈的埋怨只是因为他们的分开，然而她还是在不知不觉中受到影响，甚至连自己相信爸爸的信心都动摇了。就算抵抗着，不禁还是会猜疑，想着曾经那个只要自己喜欢，能买无数碗饲料，不厌烦地站着看自己玩耍的爸爸。难道和温柔的妈妈一样，消失了？

脑中浮现了姐姐手机链上挂着的金色小狮子，随着她的步伐，轻快地摇晃着。只是一瞬间，尹江团的眼眶却燥热起来。

大概，这对自己来说只能是永远的平行线。

装饰圣诞树的工作进入到了尾声，尹江团觉得身体冰冷。尹江娈也终于忍不住了，“其实……”她几步追到爸爸面前，没系上的肩花在后背甩来甩去。而爸爸也像是意识到了什么，把手中的礼服裙丢在座位上，他回过头去。

姐姐啊，如果当年要是反过来，我跟了爸爸，你跟了妈妈的话……那样我到底会怎么办呢？

一定，我一定会否定这样的假设。

耳旁传来女人疯狂的嘶喊声，最后一眼，尹江团看到爸爸和妈妈从两个方向跑过来。

【29】

最初被梁美辰冷落，即使回到家也不敢说。尹江团无法表述对妈妈的恐惧，总感到喘不过气的寒冷。妈妈不笑，把菜里不多的肉全夹给她，自己一口不吃，除了工作又担起全部家务，睡在她之后。

现在妈妈仍然在附近的酒店上班，脾气却越来越急躁。有时候是因为尹江团记错了放学的时间，或者尹江团没有听到她在厨房里问的一个问题，妈妈总要抱怨不停。

因此无法表述对妈妈的反感。讨厌妈妈不容她思索所谓借口的语气，家长会时妈妈一本一本检查她位子里作业本的样子，就连她唯一一个私人抽屉的钥匙，妈妈都要掌握在自己手中一把。

“我看的是‘分’，就是最后那几个数字。别跟我说努力，每个人都在努力。”妈妈常常这么说。因此只能学习，只有学习着一切才能变得轻松起来，排空意识，不会总想着晦涩的过去……

妈妈才终于笑了。

尹江团有点怕她，虽然妈妈所表现的一切都在爱她。半夜做了噩梦，因为考了不及格而不敢回家。站在楼梯口，想着妈妈想听的也许就是道歉吧。长期臆断着，堆砌着不存在的砖瓦，说服自己相信幻觉中那个优秀的女儿，一定很累吧。而只要尹江团承认自己的低能，妈妈就好像终于触碰到真实，这对于她来讲也是一种暂时的解脱。

这样推测着推门走进屋，道歉，却被妈妈毫不领情地锁进衣柜里。

尹江团惊醒了，出了一身大汗。

【30】

冷雨连下了好几场，最后转成了雨夹雪。大海都一片乌秃秃的了。

在家里躺了一个星期，尹江团重新去学校那天正赶上全校期末考试动员大会。学生全都聚集在礼堂，整个校园寂静无声。经过正门大厅时尹江团看到几个提前偷跑出来的女生小步穿过楼道，脸上洋溢着笑容，扭着身子朝二层跑去。楼梯上响起乱七八糟的脚步声。

在班里放下书包，尹江团便扶着墙壁上楼，经过二层主任级别的办公室走向礼堂。头还是昏昏沉沉的。这一层的门一律锁着，连尽头的档案室也是。大概所有老师这个时候都在礼堂吧，经过身边厚重铁门的时候尹江团不禁驻足一下。

下周这个时候期末考试就要开始了，市区的统考卷也都送进了学校，然而自己最近被各种事情困扰，又落下一周的课，想要考出个好成绩是不可能的。反倒是鄂梓每天都在窗口努力学习，窗台上摆着一排健脑饮料的空瓶。

忽然铁门后传来椅子摔倒的声音。

尹江团吃了一惊。她下意识地伸手，门竟然是虚掩着的。鼓起勇气，她用力推开了铁门。然而让她万万没想到的是，用校服外套反兜住脑袋，躲在柜角一纸箱卷子后的人竟然是鄂梓。

看到进来的人是尹江团，鄂梓才稍稍松了口气，从地上站起来。他手里拿着一份数学卷子。

“你怎么——！”尹江团看到那是区统考的期末试卷，顿时惊呼起来。

楼道里高跟鞋的脚步声迟疑了一下。

“嘘——”鄂梓立即让她住嘴，他走过去悄悄掩好门，然后才把校服从头上扯下来，“卷子刚刚送到学校，老师们忘了锁门就跑去开动员大会了，这种千载难逢的机会错过可就没有下次了。”

“可是你知道你在做什么吗！”尹江团简直觉得额头直冒冷汗，“这样下去的后果……”

“不然期末考试怎么办？你这样子是考不过皓仔的吧。”鄂梓好像很惊讶，“何况我进来的时候数学试卷袋就已经开封了……”

“为了我……”尹江团张张嘴，忽然想到自己那封信里对他求助过。她想说点什么，然而走廊突然骚乱起来。

“声音好像是从档案室传出来的，早上我们刚送完卷子，这会儿不可能有人。”女老师的高跟鞋和皮鞋声混在一起。只是一刹那，尹江团就觉得心脏跳动也十分困难了。

有人走过来了，怎么办？会被发现。偷了区统考试卷，一定会被马上开除学籍。妈妈会知道，姐姐也会知道，妈妈会伤心欲绝的……将来要怎么办？尹江团一下子想到很多，她茫然无措地望着鄂梓。

“没办法了，你就立个大功吧。”看得出鄂梓也有些害怕，但他还是无可奈何地轻轻叹气，继而定定地望着她，“答应我，可一定要上成上轩的补习班啊。”

尹江团还没反应过来，手中就忽然被塞进了数学试卷，接着便被他一下子推倒在地了。后背重重地撞在水泥地上，伴随着铁门吱嘎一声被大力推开。鄂梓与此同时起身，几乎来不及再看她一眼，便拔腿就跑，只是没冲出门口就被保安和老师七手八脚地拽住。

尹江团呆呆地躺在地上，视线的角落一下下涌起半黑半花的影子，根本动不了。鄂梓似乎被拖走了，老师们责备着监控室老师忘记开档案室的监视器。然后，曾经在闫景祺读检查时威风凛凛的教导主任蹲在了尹江团旁边。

“能坐起来吗？他没伤着你吧？幸亏你没让他把卷子拿走，不然试卷流出，我们整个海滨一中都得在区里蒙羞了……”

听着他的话，尹江团懵懵的脑袋一片混乱，眼神都有些迟疑了。不过教导主任似乎没感觉到，只看着这眼睛无神的女生忽然泪水充盈，几乎要哭了出来。

班里有人在吃方便面，他们还不知道尹江团做出了一件惊天动地的事，只是看了她一眼便继续吸面。然而到了下午上课之前，连高年级的学生都结伴过来，在门口探头探脑地张望。

“就是她抢回卷子的？不会吧。”大家兴奋地小声议论着。

有老师要求尹江团重复当时的情况，她只是冷眼看着地面，僵持着不发一言。就算回到班里，尹江团也沉默着。

一直以来，沉默可以帮她逃掉很多事情。

可是脸上发烧，心不在焉无法落笔。班上其他同学聚集在教室一角没声息，但尹江团知道他们其实是在窃窃私语。她想堵住耳朵，这种潜在的嗡嗡声让人头痛欲裂。如果是姐姐，她绝对站在所有老师面前大声说，“鄂梓是为了能让我拿到学校的推荐信才去偷卷子的，就算你们带走他也完全解决不了问题！”

然而尹江团从小就没有这样的勇气。小时候被人误会，即便有洗清自己的机会，也被姐姐抢先，帮她渡过了危机。面对柜子事件，尹江团也不会辩解，只得把她一切的怨念变成刺出牙缝的气流和不友好的眼神。令人生厌。

尹江团闭上眼，出现在脑海中的却是种种不公的遭遇和嘲笑，皓仔嫌恶的眼神，大家下课时对她的指指点点。可她甚至不能为鄂梓澄清事实……尹江团一下子喘不过气来。

夹子姐把江团图摔了过来。

她站在沙滩上，冷风穿透了毛衣，她没有穿外套。尹江团感到那样的目光好像直射到了头皮上，滚烫得令人难过。她低着头，远处放学的人们变成了只会发出声音的静物，她不想关注，他们也与她毫不相干。

“鄂梓为你做了这么多，为什么还一脸冷淡!”

夹子姐拢过被海风撕扯的头发，“你怪他不相信朋友，可你知道那孩子小时候是怎么被人欺负，怎么在下大雨的天气被人用跳绳绑在电线杆上回不了家的吗？为了你他连这些都克服了，完完全全把你当朋友看待……你以为上轩的补习班是白来的？就算名额是你姐姐让出来的，在这之前他也一个人去见过她！他因为纠结你和梁美辰的事好几天都闷闷不乐，你把他的手伤了，他反倒拜托我千万别告诉妈妈，就说是爬树的时候被树枝扎了……还有啊，这幅画他足足花了两个星期！但是，看看你自己，这就是你对待朋友的方式吗？是这样吗！……”

尹江团放眼眺望着波光粼粼的海面，落日都破碎在水中了。曾经放学后和鄂梓经过这条路，两个人静静地看着沉入海平线的夕阳。

后来，眼泪完全模糊了视线，夹子姐才闭口不言，温暖的光芒涂遍整个沙滩，她不断擦着涌出来的泪水。

“是啊。”不去理会夹子姐的错愕，尹江团继续说道，“我就是这么一个人。鄂梓一直都在用自己的方式帮助我，我眼里面却只看到了自己。没法选择人生就落到了只有按照妈妈设想出的路径前行的地步，除了沮丧什么也没有。害怕让别人知道我过去的事，和大家相处的每分每秒对我来讲都是煎熬。然而并不是害怕大家会知道我没有完整的家，也不是担心他们会得知梁美辰曾经把我欺负得有多惨……

“只是害怕讲起过去时，会重新面对以前那个快乐的尹江团，让我发现以前的我比现在的我好很多的事实。害怕这种孤立无援。我一直很疑惑，遮掩过去，难道大家都在小心翼翼地活着吗？不可能，早就累死了。一定不是那样。可是姐姐作为自己而活，却能心存优越感地快乐着……

“所以呢，”尹江团抬起头，“我也要面对这一切。我会让事情有个了结的。”

夹子姐一言不发地望着头发凌乱的尹江团。尹江团这样的表情很难形容，明明悲伤，却又冷静得让人害怕。想要继续责备，然而夹子姐最终还是放弃了。

“你可别跑到学校老师面前一番痛哭流涕……那样的话不光救不了他，”夹子姐双手塞进口袋，别过头去，“鄂梓的努力也白费了。”

“鄂梓会没事的。”尹江团卷起画卷。

【31】

事情该有个了结了。

回想整个经过，鄂梓说自己拿出那张数学卷的时候纸袋就是开着的，那么最可疑的就是区统考试卷被人开封了。想要给鄂梓开脱，减轻处罚，恐怕最好的办法莫过于找出那个人。然后再想着怎么把他救出来。

尹江团第二天就去了校长室。

“搬运卷子的是学校老师，可是证据不足的话，该怎么判断？卷子实实在在丢了两张，不会有人相信老师会偷卷子的，”老校长平静地说着，十指交叉放在桌面上，“当然我也不想看你们这么小的孩子被推到台上当众训斥，但假如事情传出去，我们只有把鄂梓送到区里……这是没办法的事。”

“可卷子丢的是两张，鄂梓只拿了一张。”尹江团双手按在办公桌上，“事情难道不蹊跷吗？”

看面前这个曾经为校保护卷子的女生如今却为犯人说起好话，校长也面露为难之色，“虽然他说他没拿走第二张……谁知道他是不是在骗人呢。”

“鄂梓是不会骗人的！”

听闻这话，老校长的眉头一下子舒展了，他和蔼地微笑起来，好似还有一点儿惋惜。但是眼里的意思很明白，她可以走人了。

整整一天尹江团都竭力躲开人多的地方，下课时她偷偷去找过鄂梓，但是不知道他人在哪儿。就连中午吃饭时遇到夹子姐，她也假装没看到尹江团。怀着不知怎样才好的沮丧心情，尹江团走到圆椅旁边，放好餐盘坐下，不断告诉自己不能有任何可忧虑的。

大家都用复杂的眼神瞧着她。

放学考试结束后，她也坐在原位一动没动。班里的同学聊天，收拾书包，或者跑到板报栏前用手机拍下今天的数学作业，尹江团只是打开课外书。同学走的走，直到留下做值日的也散尽了，尹江团只是盯着同一页。

地板亮晶晶的，教室里飘荡着一股墩布的淡淡蘑菇味。

忽然斜后方传来了一声书包磕在桌面上的巨响，尹江团猛然回头。

皓仔居然也坐在原位，他双手攥着书包带，一脸不快地瞪着尹江团，“喂！”等她快要转回头时才喊住她。这是两个人自从柜子事件后头一次说话，皓仔扬起头注视天花板的吊扇，“你感觉到了吗？老师很可疑。”

“老师?”尹江团也看了一眼吊扇，“班主任吗?”

“你小声点啦!”皓仔嚷嚷。他犹豫一下，咬牙还是继续说了，“喂，我课间找她开扣分条的时候，她明显往抽屉里藏了一张叠起来的卷子。你说会不会是丢了的期末卷?”

“班主任昨天也一起搬卷子了吗?”

皓仔抱起胳膊点头。

“谢谢你，我会去找老师问问的。”

“我才不是为了帮你!”这句话有点刺激到了皓仔，他一下站起来背上书包，“我是为了鄂梓……嘛。”小声嘟哝着，他低头走到了班门口。

“不过，既然贫血你也悠着点。”

尹江团望着他，后者的脚步顿了顿，“你要是晕倒在半路上了，谁背你啊。”

妈妈今天上晚班，尹江团拉开家门时正赶上妈妈也背着包出门，两个人撞了个正着。“梁美辰来了。”妈妈沉默地说，躲开尹江团，“她临走前留了个东西在你桌上。”

是一个白色的冲印店纸袋。

尹江娈的那根礼物笔搁在一旁，草纸簿的第一页上有封简短的信，小小的字整齐地排列在皱巴巴的纸上，是熟悉的梁美辰字体。

“明明知道这样会浪费来回的飞机票钱，还要被学校算上旷一天课，但是……不回来一趟的话总是感到不安。”

尹江团拉开椅子坐下，从袋子里倒出一张张彩色照片。

“这是上次回家后从书架顶层的箱子里翻出来的，

都是我们初中时候的合照。想到你看见后也许会直接烧掉，但我犹豫很久还是跑到楼下的照相店把底片冲印出来了。

“刚刚走过曾经我们已经走过无数次的路，看着离你家越来越近，我还是忐忑不安起来。设想过很多情况啊，好的坏的，见面就哭，或者是你彻底不给我开门的。还好最后你并不在家，我真软弱呢，只有坐下来给你写信的勇气。

“知道你一直压抑着，一定不知道要怎么生气。所以那时大概利用了这点，因为我的自私而把你捉弄得很惨，对不起。然而那时我也总在想，你温柔也罢，每天听我胡说也罢，被问题刁难也罢，位子里出现纸团，笔不好使也罢，为什么能够那么善良地容忍我呢？但如果真的善良，为什么不能是‘一直’？为什么偏偏要在我任性的时候不肯再原谅了？

“大概人的怨恨都是发泄给别人的吧，因为不这么做就不可能真的解脱。

“魔法啊？魔法是没有的。小江团如果早已经置身在设定好的路线上，还可以去希望，去努力，那样一定能得到更多，看到更多，到达想去的任何地方。而不是和我做个朋友就痛哭流涕了……

“……梁美辰。”

看着这些照片，曾经吃冰沙，配眼镜，一起在海滩上踩水，吃鱼肉拌米饭，冬天放学后逆风行走到泪流不止却笑到肚子痛的场景，在脑海里一幅幅重现了。仿佛曾经的自己就在不远处，伸手就能把旧时光抓回来。尹江团动了动嘴角，自己好久都没有那样开心地笑过了……直到最后，她才发现了冲印袋中小小的 SD 卡片，“请把它给祺祺。”粘在上面的方块胶布上写着小小的字体。

放下照片，尹江团忽然就鼓起勇气从抽屉里拿出了申请表。不管怎样，明天找班主任的时候一定要把这个对她解释清楚！

谭美莹。然而落款的家长签字栏已经悄悄填好了。

半开着的抽屉里还放着一封半折的信，是姐姐询问她周一要不要来衡光看爸爸那封。当天妈妈就是看了它才知道她去了哪里，妈妈拿走了信，直到今天才还回来……尹江团掀开它。

粉红色的信纸中央躺着一把小小的金色钥匙，她抽屉的钥匙。

【32】

虽然天气下着小雨，小吴老师仍然在操场上慢跑，红色哨子轻快地敲击着胸膛。

忽然就被夹子姐拽了过去。

现在连七点都不到，街上路灯还没熄灭，他呆呆地跟着前面的女人来到了教学楼背街的西南面，两人面对面站在了草坪那棵大柳树下。

小吴老师眨眨眼。

“拜托你去二层安个摄像机。”夹子姐笑眯眯地歪过头，“爬上去吧。”

他惊慌地望了一眼歪歪拧拧的排水管，顺着这个？他为自己捏了一把冷汗。但是看着夹子姐站在旁边满心期盼地举着绑有黑色电线的 DV 机，他还是一脸觉悟感地紧了紧鞋带。

其实夹子姐也是一头雾水。她昨晚快十点钟接到尹江团的电话，听她说了一番详细的计划。值得怀疑的是班主任，说不定卷子就在她桌上。尹江团决定把去找老师套话的过程用 DV 拍下来。况且就算这样行不通，班主任每天都来得很早，只要把 DV 机拴在排水管上，从背后拍摄她的办公桌，一定能揪住她趁早上没人偷看试卷的样子。

夹子姐本来是不太开心的，但是尹江团执意坚持，她也就答应下来，才找来了小吴老师。

与此同时尹江团正在楼道里把 SD 卡给闫景祺。没想到有一天还能收到梁美辰的礼物，他直愣愣地注视手心里的小卡片，一边的耳机都掉了下来。然而这事的决定权在面前这个女生手上。假如她没有把消息传达过来的话……

想到这里闫景祺一把攥紧了 SD 卡，“有什么可以效劳的?”

小吴老师的信号哨声响了起来。

办公室的白炽灯还亮着，六个老师公用的大房间里就只有班主任一人。见尹江团没声没息地走进来，她先是抬头，看到那张上轩特重班申请表，脸色便阴沉下来。即便尹江团停在自己面前也不去看她。

“如果我在期末考试考到年级第一名，你会给我签字吗?”

“当然了。”

“那么就给我点考前辅导吧，老师你押题一直都最准了。”尹江团紧紧地盯着老师的眼睛，“因为总能提前就预知到题目啊。”

DV 在窗户外面运转，红色的拍摄灯静静地亮着。班主任的眼神慌张了一下，但还是勉强保持镇定。“你在说什么啊? 数学卷子是区里统一密封运过来的。”

“所以我才想看看那张卷子。”

“那就去管鄂梓要啊。”

“鄂梓手上只有其中一张。”

“所以……”

“另一张试卷，是老师你偷的吧。”

班主任后仰，靠近了靠背椅中。她脸上的表情已经从刚才的震惊变成了平静，甚至还有一点儿发笑，“你以为你是谁?”她一脸无奈地瞥着尹江团，“你只是个被人忽略的家伙，没人会听你胡说的。你在班里做出了那么多让人讨厌的事情，现在又站在这儿对我发疯。”她说着摇了摇头，“要我看你这种孩子还能拿到上轩特重班的资格真是没天理。”

“我知道没有胜算。”尹江团说，认真地看着班主任的眼睛，“我不想去评理，只是没法无动于衷，就算现在被这么说，我还是不进行反驳，我只想知道你说这番话时心中是否真的安定。身为老师却做出这样的事，难道只是为了让自己的孩子上上轩特重班吗?”

班主任不露声色，片刻的沉默后她才坐正了身子，“有多少孩子为了上上轩特重班想尽一切办法?既然你问我是否安定，我也想反问你，你拿着手中那张表，其实根本就没有心存感激吧?因为你毫不费力就得到了。”

“但我知道隐瞒真相是什么滋味。”

电线松动，DV 机就在这时候从排水管道上掉了下去。

皓仔一脸深思地按着下巴，在课间十分钟听尹江团讲述早上发生的事情。那段鸡肋的录制视频算是失败了，但可以肯定的是的确班主任偷了另一张卷子。

“接下来就交给我吧。”站在走廊阴暗的角落，他神情凝重地点点头，“开始第二计划。”

全校学生在中午都有半小时的小测时间，各科老师协调，总之每天都将会有一科老师写好半黑板的练习题，大家做出来然后上交，作为平时成绩。然而今天高一五班的讲台却被皓仔霸占了，数学课代表辛辛苦苦抄写的题目被他拿着板擦，以Z字形大力抹去。

台下所有人都一副大难临头的绝望表情。

“让我们今天集体罢卷，反对老师，”皓仔张开双臂撑在讲台上，“老师实在是太差劲了！”

“二不二啊，你脑袋坏了吧！”教室里响起嚷嚷声。

皓仔一挥手，靠门的人把前后门都关上。

“现在尹江团不在，我就长话短说。班主任毫无理由就不给尹江团签字，让她上不了上轩特重班，难道这不是件很过分的事情吗？”皓仔说，整个教室里回荡的都是他的声音，“虽然我们不知道她是怎么拿到了申请表的，但我们学校能出这样一个人，我们应当为她高兴才对！”

所有人都盯着台上他一个人，没有人说话。直到后排角落里一个女生局促地清了清嗓子，“你真肉麻耶，这辈子的正义感都用在这种作秀上了吧。”

“话也不能那么说，”第一排的梦嫣回过头来，望着与自己呈对角线方向的女生，“其实尹江团要是上了上轩特重班，对我们也有好处吧。从来没出过去那儿上课的人，这下子新闻媒体都关注我们学校的话，学校也就不敢让我们再周六补课了。”

“而且食堂的饭也会变好吃的！”皓仔在台上附和道。

“家长会也能少点吗?”“要说最近老师对尹江团是太过分了……”“虽然那家伙不值得同情，但也努力到晕过去了吧!”大家的情绪一下子被调动起来，纷纷议论开了，“罢了罢了，不写了!”紧接着便吵吵起来。

与梦嫣悄悄交换了一下眼神，皓仔几步走到了前门，他拉开门后朝寂静的走廊大喊一声：“祺——祺!”

一等班主任慌忙跑下楼，早就做好准备的闫景祺便飞快地闪到办公室门口，刚刚祝雪把物理老师支走了，现在里面应该是空无一人。他推开门，带进来的一股风吹乱了柜子顶上的一大摞废卷子，见它们歪倒下来，闫景祺连忙跑过去抱住了掉下来的两沓。

然而剩下的卷子继续倾斜，碰到了旁边放着的玻璃肥皂盒，它磨蹭片刻，从高高的柜顶掉了下来。

眼睁睁地看着闪耀的玻璃下坠，来不及腾空手，总不能用脚面接吧。闫景祺心里知道完蛋了。这下……

尹江团抓住了肥皂盒。

“让我帮你一起找!”她把肥皂盒扔在了旁边，这股气势闫景祺从来没有见识过，只是惊讶地望着她，仿佛她是个幻觉。然后他才回过神来提醒，“如果中途有老师来了，我可是要从窗户翻出去的。”

尹江团对他点点头。

在意料之中，办公桌的抽屉是上锁的。闫景祺蹲在地上，曲别针顶锁孔的方法倒是可以开锁，但要花费一些时间。墙上的挂表滴滴答答地走着，皓仔这时候一定在班里努力拖延时间吧。尹江团尽量小心地搜寻着桌上的痕迹，只是翻找了一遍也没有结果。

忽然咔哒一声，闫景祺站起身，拉开了抽屉。

“宁西区高一年级第一学期数学学科期末试题”——

黑体大字映入眼帘，期末试卷就平放在抽屉的最上层。祺祺伸手去拿，与此同时办公室门口有塑料包装袋拧皱的声响。

“大哥哥?”

手里举着半条毛毛虫面包的胖男孩站在门旁，看起来像是拼尽了吃午饭的时间也要从小学赶过来似的，面包里的奶油都因一路的颠簸而挤了出来。

他停了手。

男孩喘个不停，鼻尖冒汗，脑袋上的黄色安全帽也歪到了一边。他无助地望着办公室里对他来讲算是大人的两人，“你们会把妈妈的事对别人说吗? ……”

帽子掉落下来。

不等尹江团再多看男孩一眼，闫景祺就拽着她，自己先从窗子翻了出去。刚出了房子，尹江团就被二层的高度吓坏了，脸上一下子没了血色。旁边绿色的排水管有落脚的地方，闫景祺先踩着一边的窗台，伸出手去拉她跨过空调外主机，然后再熟练地用脚够一层窗顶的水泥挡雨台。

尹江团腿肚子发抖，她咬紧牙奋力迈向排水管的金属凸起，谁知只差一点，整个身子便都跌落下去，一阵失重感顿时包围了全身……

摔进了一个人的怀中。

“比你姐姐还轻啊……”乔肯尼稳稳地接住了她。

闫景祺这才松了口气。他跳下来，看乔肯尼把她放到地上。

【33】

如果连这个计划都失败了，接下来要怎么办呢?尹江团隐隐约约也想到过。现在便是她决定的时候。虽是正午天气却阴沉至极，空中下着密集的小雨加雪，尹江团向着家的方向奔跑。

面对过去的一切，既然救不了鄂梓，就跟他接受一样的惩罚。

泪水打湿脸颊，冰凉的雪花和滚烫的泪水让她的步伐都颤抖起来，可尹江团还是在跑着。长久以来，一直都觉得自己只配过这样悲惨的生活，自己这样消沉也是理所应当。其实呢，根本就不是这样。谁都会有苦难的时光，只要放弃那些悲惨的痛苦，继续前进，才能继续幸福。

转过弯，雨雪扑面而来。

一直害怕身后的庞然大物会把自己拖回不想看到的过去，然而唯有努力奔跑才能甩开它。

寂静中只听得见她一个人飞快的脚步声。后来，眼泪遮住了视线，她才停下来，站在一个路灯旁边哭泣。正午的巷子空无一人，尹江团走进楼道，经过大敞的窗口，走进家。妈妈去上班了，她几乎想也没想就把墙上贴着的江团图摘了下来。长信还在背面，这些东西要是被其他人看到了，下场会是怎样呢?有关自己曾经的事就会被大家都知道了吧，这不是自己最害怕的吗?

够了。

再也不想被过去的影子所困了。现在就是连这个也救不了鄂梓，但也唯有这个能让她也承担一部分的惩罚。

尹江团卷起了画便冲出门，飞快地跑下楼梯，台阶在眼前旋转成了花心，胸腔里跳动得几乎要着起火来，她向前迈步，融化的雪水让脚下一滑，就踩了个空。

被人救了也没用，看来注定是要摔这一跤的。

脚折过来，手臂也扭到，脖子磕在了台阶上，后脑勺也尖锐地疼痛。就这么向下滚落着，可怜的画轴被颠得丢落在一边。她忽然想起了自己曾经和鄂梓在器材室里说过的话，遭到这样的事……说不定是因为以前做了坏事才得到的报应。不过这样一来，这股火焰也便能够熄灭了吧。

下巴最后痛苦地挨在地上，尹江团知道一切都要结束了。画轴骨碌碌地滚到够不到的地方展开，被从窗子吹进来的雨雪渐渐打湿了。她伸伸手，无能为力。

很难过啊，心中重新被一种一无所有的落寞感填充了。尹江团闭上眼。

救护车。

救护车的呜呜声。

救护车来之前，姐姐还躺在床上高烧不醒。床头柜摆满了药瓶，爸爸在客厅里和妈妈争吵。忽然房间门开了，一小盆水被爸爸摔进了屋里。

“江团……我好想吃冰激凌啊。”

“家里没有冰激凌。”自己笨拙地说。

“哎……明明在冷柜二层还有一盒……”

首先要把毛巾沾湿，其次还要确保姐姐的额头能完全被冰凉覆盖。姐姐啊，在发高烧的时候一定会想吃雪糕的，这么难过地希望着，却只因为自己没有勇气走到客厅里而忍耐住了。从姐姐嘴里掉出的温度计指向41℃。

终于为自己的懦弱而哭泣了。

“你别哭啊……其实毛巾也是凉凉的呢……没事哦。”

姐姐轻轻拉住了她的手。

鄂梓轻轻拉住了她的手。

尹江团睁开双眼，他倒转的影像出现在了视线中。见她醒来，鄂梓也稍稍有些放心了。

“你怎么还能看到我呢?”尹江团一动不动地躺在地上。

鄂梓一下子变得很纳闷。从半截楼梯摔下来不至于这么惨吧？他笑了。

“没有被送到区里吗?”

“老师自己承认了卷子的事情，因为你姐姐亲自去拍校长桌，推荐信也拿到手了。之前妈妈也给你签字了吧？所以，一切都结束了。”

尹江团大大地喘了一口气，翻过身来平躺在地上。雨夹雪还在下着，只不过窗子被鄂梓关上了。

“不过腿好像折断了。”低头就能看到位置有点奇怪的右腿。

“夹子姐刚刚看过了，只是一般的骨折。……很疼吗?”

尹江团点点头。

鄂梓便脱下外衣盖在她的身上，“在救护车来之前，就先忍耐一会儿吧。”

救护车，救护车永远不变的呜呜声。

【34】

“我看，明天还是换拐吧……”

“那样不是很不好看吗?”

轮椅的轱辘滚过小石头路面的时候稍微有些颠簸，上学的学生都朝推车的男生这边注视过来，他笑了笑，“而且被大家瞩目的感觉不是挺好的嘛。”

尹江团望着腿上的石膏，她靠在椅背上，终于也无可奈何地认同了。日出后的海面金光粼粼，几场小雨下过，海鸥在温柔的春风中鸣叫着。

“今天晚上姐姐还来接你去上轩吗?”鄂梓的书包甩在背后。

“嗯，但是今天不用你送了，寒假时你帮妈妈刷墙壁，她一直都挺不好意思的，今天她会送我去车站的……放心吧，况且下周就能拆石膏了。”

直到鄂梓和尹江团转进巷口，皓仔都一直愣愣地望着校门口看板上的红色喜报。上学期的优秀教师评选已经张贴出来，占了头榜的居然是小吴老师。

“怎么可能耶！他明明就是，明明就是为了……”皓仔绝望地抓着身旁的鄂梓。

“吴晓老师，海滨一中模范教师。模范事迹：吴晓老师热爱职业，关爱学生，不分班级，总能在第一时间感到学生身体上的不适，主动带学生去医务室。医务室严美嘉老师称其是……”

“我上次只是扶了下额头他就硬要把我拖进医务室!”皓仔捂住了脸。他后背靠在杨树上，来来回回撞着树干。

“……最贴心的急救包。”鄂梓叹气，头顶的杨树花乱掉了一地。

“哎?”皓仔忽然抬起头，“有人在叫你。”他对鄂梓指了指身后。

鄂梓回过头来，闫景祺在离鸡蛋灌饼摊不远的路边斜跨着单车。

自从收到了梁美辰的SD卡后，闫景祺nano里的歌曲都大换血。见他走近了他才把耳机拉下来，早就准备好的十元钱拍给了鄂梓。

“两个灌饼。”他松手，山地车的车把歪到了一边。

鄂梓讨厌被他用这种带笑的眼神看着。

“帮帮我吧？我懒得下来了。”

果然，不管曾经发生过什么，一早就碰见闫景祺绝对预示着一天的坏运。

鄂梓只好在灌饼摊前看着大叔慢悠悠地煎出两张金黄的脆饼。香肠，翠绿色的生菜夹在中间，大叔最后把灌饼装袋交给了鄂梓。他走回去把挂在手指上的两个小袋子递给了他。谁知后者拿去了其中一袋，接着手便停顿住了，然后猛地抽走。

“喂，喂喂喂祺祺!”

见手上还留着的另外一包，鄂梓想要追上他，可是车子扬长而去，早已经飞快地钻进了学校大门口。而且尹江团也被皓仔推进去了，只留鄂梓呆呆地站在原地。

“你挺招人喜欢的嘛。”季灼灼的单车上载着画板，鄂梓侧头看到她，同时也看到了她手中的江团图。放寒假之前她要走了它，还不停地说着“哇这画借我学习一下吧”等等乱七八糟的话。

“不管是颜色还是动作都这么协调，碎片粘起来后反倒有一种割裂不同次元的立体感，要说你是怎么想出来撕画这种点子的啊？而且后来被雨水淋过，你是在刻意做旧吗？”

大概料到鄂梓是没法回答出她的疑问的，季灼灼便笑了笑，把江团图还给了他。背面朝上，卡纸上原本写了满满一片的字迹因为沾水的缘故模糊不清，已经完全无法识别了。

“上面曾经写过什么呢？”

“唔，”鄂梓望着扩晕成一片深浅不一的淡蓝色纸张，轻轻把它卷成了纸卷，“不知道啊。”

“不知道也挺好的呢，正反都成画了。”

微风吹过，杨树花像下雨一样噼噼啪啪掉在两个人的身上，季灼灼推着车子，鄂梓忽然发现她把长发剪短了。

“上轩全国艺术联赛要开幕了，我也要开始奋斗了。”季灼灼摸了摸领口的小块别章，“今年一定要入围……这样爸妈他们也会高兴的。”

“加油吧。”

“嗯，路还长啊，今后的故事就交给我吧。”走进校门之前，季灼灼在杨树花雨中最后转过头来，“那张画不起个名字吗？”

“名字啊。”鄂梓说，望着天空的湛蓝。算是说了句小小的谎话。

名字吗？其实心里早就想好了。

第二章

人间的金茶英迷

【1】

季灼灼不禁埋怨地看着身边戴着眼镜，举黑伞的少年。

要等的那路公交直到现在也不出现，可半小时前连过了三辆。晚上九点不存在堵车的问题，从两人走出画室到现在，已经在冰冷的雨中站了半小时，公交车却还是迟迟不在马路尽头露出影子。听着单调密集的雨水打在伞面，季灼灼终于呼出一口白雾说道："什壹，都怪你才拖到这么晚。"

画室的周末课两小时前就结束了，那时季灼灼还没来得及收拾完画具，就被送伞而来的什壹堵在了原位。这情景旁人看来非常奇怪，什壹忽然就把一张绘画联赛的折页单拍在季灼灼面前，仿佛她要是不在后天报名截止前表态就决不让步。于是大家便前来围观，一场持久讨论由此开始。

只有季灼灼自己心里清楚，每年这个时候，她都被折磨得有多想疯掉。从上轩全国联赛报名的第一天开始，什壹就想尽办法说服她参加。“赢了就可以出名啊。”他说，对此季灼灼忍无可忍。明明两个人同是美术生，同是寄人篱下地活着，既然什壹那么喜欢这比赛，为什么他不自己去？何况不管是速写还是素描，什壹一直比她刻苦多了。

忽然一只手握了握她举伞的手，季灼灼被这种温暖惊醒，回过神来。“冷吗，我去对面便利店买点喝的吧。”她听见什壹在一旁小心地说道，于是满腹牢骚地抬起头，却迎上了他温和的微笑。

季灼灼烦躁地别过视线，心里想的却还是画赛报名。她不知道自己还要说多少遍，什壹才能不再固执地把参赛当成转运签。而此刻听着对方不屈不挠地劝自己喝点热的暖暖身子，她终于深吸口气打断他：“我为什么要出名？虽然每天要做的事一成不变，海边风景也一样，我没觉得这种无聊的日子有多不好。”知道他会辩解，季灼灼率先一步提高声音：“所以我永远不会报名，别再烦我了！”

沾有水珠的眼镜戴在眼睛上，什壹诧异地望着对街便利店的霓虹。这让季灼灼不禁心生愧疚。话是不是说得有点重了？风吹拂过少年额前的黑发，他迎着雨水忽然说道：“假如这是我的遗愿呢？”

突兀的这句话让季灼灼害怕到有点生气了。以为他在赌气，她下意识地把手中的画箱推到他胸口，后退一步，伞也交过去。“你在胡说什么啊。在这儿等着，我去买喝的！”

最后望了什壹一眼，季灼灼其实只想快快打消这种莫名其妙的晦气感觉。荒唐话她是一点儿都不愿相信的，可是跑过湿漉漉的柏油马路时，却因为脚下一滑而与行驶过来的出租车擦肩而过，这让她也笑不出了。冷汗从后背渗出，季灼灼飞快地抓了两罐暖柜中的咖啡，一边结账一边去瞥路对面的什壹。只见他举着两把伞到路口迎接她，末了微微一笑，全然不知不安感正笼罩着少女增速的心跳。

自从三年前被大姨收养，季灼灼想，这样的笑已经陪伴了自己整整三年。

过街的行人走尽，几乎没有顾忌，她便踏上了人行道。雨水顺着湿漉的面颊流入嘴角，抬头才发现信号灯已经转为了红色。忽然她的斜后方出现了一束车灯，随着它把左边的视线耀亮，季灼灼像是感觉到了什么，戛然止步，眼前扔开伞狂奔过来的什壹与落下的雨水交叠，她从没觉得黑夜如此刺眼。雨是那么细啊，像凝固在画笔尖上的一丝颜料，而且惨白到……

只是下一秒钟，随着呼啸而来的车子，有女人当即尖叫起来。

睁开眼睛的季灼灼发现自己安然无恙，松了口气。然而却抬头怎么也找不到什壹，一阵目眩紧接着袭来。横冲直撞的轿车在打滑后无法控制方向，司机用尽最后的时间扭转方向盘，绕开便利店门口的女生，车子便无可挽回地冲向另一边路口，在银行外墙撞扁了大半个车身。

也就是说，在季灼灼与什壹两人之间，柏油马路上本该躺着季灼灼的地方，什壹从空中摔了下来。

“怎么会呢?”季灼灼的目光凝滞在前方。雨还在下，她手里托着的两罐热咖啡也温暖着手掌，车头嗞嗞冒气的声音却告诉她，什壹是不可能活着了。意识到这就是事情的最终结局，她用指甲抠了一下胳膊。

很疼，所以不是梦。

【2】

上轩学生会的女生听完来者的叙述，半天没回过味来。她困惑地戳着笔，打量对面从教学处一路找过来的季灼灼，“再怎么说今年的报名时间也结束了，另外你刚才讲的那些都是真的？那也太……”

季灼灼知道她指什么。平静叙述事实的自己没有流下一滴眼泪，让人无论如何也不能辨别真伪。对此她只好无可奈何地说道：“是不是我不把陈年往事讲清就不让我补报名？那你拿笔记一下。”

女生仍是一脸纳闷，但还是提起了笔。

“三年前，在我六年级的时候爸妈出了车祸，死掉了。大姨收养了我，他们没有生小孩，只是在什壹两岁时就领养了他。我和他一样大。我们一起学美术，三年来，他总想让我参加你们上轩的画赛，可是我哪怕此时此刻也对比赛提不起兴趣。但就如我刚才所说，因为这场车祸，我必须实现他的遗愿。所以希望你别搞错了，我不是来捣乱的，你也必须答应我今年参赛。”

不置可否，女生一脸试探地问道：“他还活着？”见对方幅度不大地点点头，便知道情况不容乐观，于是慢慢合上了本子。“明白了，我会把这件事上报给乔肯尼会长的。但是，虽然你这个理由惨了点，‘让世界中心开满花朵’，希望你不要以糊弄的心情参加。”

“让世界中心开满花朵”，是上轩画赛去年的主题。从办公室出来，沿着这所全国一流私立学校特有的原木色走廊行走，季灼灼的指甲随步伐轻轻击打着木板间的缝隙，不知不觉便停在了二层唯一一间还开着门的教室前。

在这之前，她对上轩画赛的了解少之又少，只知道是竞争激烈的全国比赛，以商业运作为目的，赢了就有几率被大公司挖走，甚至再不用高考就能出国上学。与季灼灼同画室的两个学姐在去年的比赛中败下阵来，这让其他人都跃跃欲试，季灼灼却不发一言地挪开画板。因为三年前她就已经领教了啊，规划得再好的未来是怎么被一起大事故撞个粉碎的。

天花板垂吊着剪纸小动物，在傍晚的微风中晃悠悠的。这间改造为展室的教室里陈列着去年经过惨烈厮杀，最终胜出的一等奖们。也许是敬畏心使然，似乎所有的画都像是荡漾着神秘的金色，不管是水墨风景，还是用鲜艳蜡笔涂成的鱼。看着它们，季灼灼一下子就明白为什么学姐会惨败。比起这些创意满满的画作，包括自己在内，画室里的大家除了匠气简直剩不下什么。头顶的纸蜻蜓在夕阳中泛着金光，季灼灼仰起头，眼睛却被视野尽头倒置的横幅吸引了。“这是不可思议的风景”，去年画赛的主题吗？她身子随着目光转过来，顿时被眼前出现的画作震慑住了。

原来这才是满屋光芒的来源。季灼灼身后的整面墙壁充满了一幅画，在金色的茂密森林里，兔子和斑鸠是亮橙色的，就连池水也是。随着光线的流转，一切静物都散发出厚重的柔光。这种治愈而温暖的风景，就像黄昏中开花的山野。

就这么目不转睛地凝视着，季灼灼的眼里甚至蒙起了一层雾气。这大概是去年的最佳作品，大奖吧？她连忙到介绍栏前寻找，只见上面写着：

“装饰画，高中组一年级，肖蒲微。”

肖蒲微？望着眼前余晖快要消散的森林，她忽然觉得，这陌生的名字仿佛就沉睡在记忆的某个角落。

【3】

什壹的病历夹插在床尾，病床上的他闭着眼，漆黑的发梢垂在白枕头上。大姨与姨夫默默地守在床边，算上今天已经是第七天了，什壹却仍在昏迷。当初病床车从市区医院的 ICU 推出来时，两人还松了口气，然而很快追上来的医生对他们宣判了结果：

“真难以置信，就像他能在被撞的过程中把力道缓和，制造一个创伤最轻的落地方式。要知道在那样极端的情况下，思考都变得很困难，更不要说把思维变成控制肌肉的信号。但他做到了，因此才几乎没有外伤……”

最后半句话正戳中了两人难以释怀的心结，大姨手脚冰凉，姨夫也像从冷水池中捞出来一般吃惊又麻木。出事那天接到季灼灼打来的电话，两人想着什壹一定被撞得面目全非了，然而赶到医院却发现只有小处擦伤，这才是吓到他们的。

“病情非常稳定，昏迷只能解释成他自己不愿醒来，就像睡眠。”医生面无表情地翻着病历夹，啧一下舌头说道：“这种情况真罕见啊。可以考虑长期留院观察，这也能成为我们院的研究病例，会特殊关照的。”

可是掩面痛哭的大姨再也忍受不了将成为植物人的孩子躺在离自己这么远的陌生地方，于是不顾姨夫阻拦，第二天就把什壹转到了家旁边的海滨医院，让傍晚带着海盐咸味的风吹拂他沉睡的面颊。

门把手忽然响动一下，季灼灼气喘吁吁地跑进来。她从公交终点站一路赶来，虽是三月底，也跑得满头大汗。交班后她长长出了口气，检查过什壹手背的输液针，绑在额头的纱布是否一切安好，接着便一圈一圈拧着生锈的转轮，把床升起来。

"我今天去报名了。那比赛的实力真的超级可观，我现在一想起下周的初赛就头大……不过，看吧什壹，我为你咬牙参战了，所以你也要表示点什么啊。快点醒过来吧……"

望着什壹平静的脸庞，季灼灼的声音慢慢小了下去。她回想那时候，伴随刺耳刹车声的冲撞，什壹来不及反应便飞了出去的样子，于是使劲晃了晃头。血压计的袖带自行充紧时哧哧作响，终于冲开了心电监护仪规律到令人压抑的滴滴声。

"我还被人质问为什么不哭来着，"季灼灼低头说，从手提袋里拿出面包和一个玻璃瓶罐头，将瓶盖拧开，"不知道为什么就是没有眼泪，也许这种事对我来讲已经是第二次了吧。是啊，他们怎么明白呢，哭有什么用处。"

"可是你这样会让人很伤心啊。"

季灼灼撑着下巴，忽然感觉到了强烈的视线。就像被看穿了，是一种未曾有过的锐利注视。她下意识地朝床上一瞟，顿时眼角抽搐起来，"你醒了啊！"

很快便自己坐起身的男生安静地笑了笑，虚弱的样子仿佛要融化在雪白的被单上。他注视了一会儿手背上的胶布，又摸摸额头，好似真的只是一觉醒来，最后转过头来对她说："你拿的是自制罐头？"

他脸上已经没了笑容。季灼灼迟疑着点点头，对面的人却忽然不能自已地嗤笑着倒回床上，"还能这么吃啊。”笑声埋进被子里。眼见他手背上的针头就要被硬生生抽出，季灼灼上前拉住了他的手腕，“还不是你腌得太多，都放到我的房间里了！”

“我可以吃吗，季灼灼？”什壹带着眼泪抬起头来，忍住笑朝她伸出了手。

早已准备好的塑料叉伸进阔口瓶里，戳起一块淋着茄汁的鱼肉。如果不是什壹额头上缠着纱布，看他大嚼，季灼灼简直不敢相信眼前的一切。沉默片刻，她又略带回忆地开口：“我还看到了一张画，是幅非常漂亮的金橙色森林。”

“金和橙红，”什壹突然一惊，“金茶色吗？”然而瞧见查房的护士经过门口，他连忙扔开叉子缩回被窝，惆怅地喘出一口气。“罐头真是够难吃的。”

“要怪就怪你自己吧。”季灼灼皱起眉头。然而转头看他时，什壹已经闭上了眼睛。

【4】

准考证直到周六才送来。季灼灼本是在万分悲伤的情绪中下定决心，可没想到短短几天里什壹不光醒来，甚至昨天早上就出院了……好在这些大变化并不影响她当初参赛的决定，就算事故只是虚惊一场，她也要为什壹走进赛场一次。

冷不防被人用信封敲了脑袋，季灼灼这才意识到前方的速写纸上已经黑乎乎一片了。原来炭笔早就断掉，手却还拿着它机械地划来划去。穿着邋遢牛仔裤的男老师把印着上轩校徽的信件扔在她面前，发愁地靠在一旁的课桌上。

“你们初赛考什么？”老师问，顺手从地板上拿起她用票尾夹固定的成品画，听见“色彩”二字，于是点头翻着整整一摞大海图，“季灼灼，你还真打算这辈子都画大海吗，你这样怎么参赛?”

“我只不过是为了什壹。”季灼灼低头说道，“也没想画出什么金色森林。”

“你说肖蒲微吗?”话音刚落，便见她的脑袋支起来，老师把画夹无奈地放下，“既然你知道我就多说两句吧。那个孩子在我朋友的画室里画画，当时她的情况和你一样啊，也是为了别人才参赛的，决赛那幅森林画画了整整一个月，最后还是输掉了。原因听起来可能有点好笑，只因为她有一句话惹急了那一届资格最老的评委老头。结果本来可以获得一等奖的作品，最后什么也没得到。老师们，包括上轩都为她感到遗憾，于是便去掉画名当作装饰画，挂在了一等奖展室算作安慰。但是你可能不相信，肖蒲微一点儿都不遗憾。她说因为她喜欢，人们画画首先是送给自己的。”

老师深吸了一口气，“所以季灼灼，就算是为别人参赛，当你画画时能够真的出于‘爱’吗?”

【5】

不能。

季灼灼连画画的理由都是为了别人。从父母到后来的什壹，并不是喜爱着谁，只是对于她来说，如果不是为了某个人就会感到茫然无措，连提笔的意义都不知道了。而三年前季灼灼被大姨领进家，这个念头更是在心中强化。她看到了坐在画架前的什壹，也明白一直喜欢美术最后却无奈选择经营蛋糕店的大姨有多想培养出会画画的孩子。那阵子，季灼灼努力画画的原因只是出于被收留后的报恩，或者是给自己个理由保持沉默，假装车祸没有发生……实际上，她非常悲伤。

什壹就是在这时候走进了她封闭的世界。或许是同病相怜，坐在一起埋头画画便逐渐变成了心照不宣的默契，季灼灼吃着他做的果馅儿点心，被他关心着，看他为了自己学习腌罐头，仿佛天经地义。没事时躺在床上望天，季灼灼想着没有把握的今后，忽然觉得用“得过且过”形容自己真是再合适不过了。

蹭在玻璃上的口水让她清醒过来。

公交车正在缓缓驶进山脚下的终点站，眼前被几个背着大画板的女生挡住视线，季灼灼恍然坐直身子，意识到事态的严峻——今天是上轩全国艺术联赛的第一天。虽然今天作为试演只接受本市学生，随着其他人下车，她还是发现，从这人头攒动的场面简直难以推断将来外省区还要出现多少人。绕过那些团团转着找不到方向的学生，季灼灼走向拉起横幅的美术组发车区，从后门赶上了一辆马上要开走的巴士。

上次来报名时她也吓了一跳，在这儿上学是要天天坐大巴穿过枫树长廊上山的。因为路程只有五分钟，没有安排任何座位的车厢里挤满了来参赛的学生，随着车子发动，季灼灼又被最后跳上来的人碰了一下。

“肖蒲微你等等！”她听见车外的喊声越来越远。

这熟悉而陌生的名字仿若金色的森林正在眼前盛开，季灼灼扭头，看到勉强站在最底端车门口的，是一个有着明亮的发质，留着垂顺短发的女孩子。她穿一件连帽衫和深色毛呢短裤，两手插进肚子前面的口袋里，见被季灼灼注视着，便也歪过头瞧她：“你也是来参赛的吗?”

季灼灼迟钝地点头，心想这问题应该由她问才对。怎么看肖蒲微都轻松得有些过分了，不光没拎板子，身上连支画笔都见不到，这让她低头看了看自己廉价的衣裤。画画时衣服不知不觉就变得脏兮兮的，买贵的也不经穿，因此这些都是开春时她和什壹去超市大卖场抢来的断码货……可对方呢，不光袖口干净，短裤上连一丝毛球都看不到。

教室里的二十人分散地坐着，考题公布前，季灼灼一直在最中间的靠背椅上等待。没法看到大多数人，她只得瞧瞧左右。右边的男生沉着得像是不知道参赛过几次，得知题目后，很快便开始铅笔起稿。倒是另一边穿着晃眼白校服的女生不停地咬指甲，眼睛死死盯着黑板上“吞没落日的海面”。

虽然季灼灼天天画大海，但坐在考场里，简单的题目也让她如临大敌。她从小到大参加过的比赛只用一只手就能数全，印象最深的大概就是小时候少年宫举办的水粉大赛吧。因为害怕被淘汰而身子绷紧，面临选拔的感觉令人难忘，而且，深恶痛绝。此后的比赛她能逃便逃，如今重回考场，免不了会经历一阵子空白期，但这毕竟是每天都画的风景，她很快便也从塑料画箱中取出了群青，一边打算单色起稿，一边觉得旁边用铅笔描来描去的男生真是够小题大做的。色彩不同于素描之处便是它不用刻意塑造结构，因此用可以被掩盖的淡色确定基本型和暗面就足够了。

想到这里，季灼灼的心中不禁轻松起来，后背也挺了挺。然而左边的女生却扭过了身子，冒着被监考老师发现的风险憔悴地问道：“你的水呢?”

季灼灼吓了一跳，刚才光顾着发呆而没动弹，导致自己的小桶里到现在都是空空如也。走过来的好心老师帮忙出去打水，只是打完铅笔稿的男生嗤笑一声，让季灼灼好不容易营造出的心境瞬间跌落谷底。忽然，她感到裤兜里有东西振了起来，再次一惊。这回整个人像是从满屋的落笔声中生生割裂出来，猛然意识到自己竟然连手机都忘关了，季灼灼悄悄把它摸出来。

“什壹”显示在圆滚滚手机的屏幕上，是季灼灼认为最不可能出现的人。然而手中的振感却是真实存在的，他到底想什么呢。瞟见老师回来，季灼灼暂时按住手机，来电随之中断。

的确什壹今天也在家帮大姨照看蛋糕店，也许会遇到什么需要季灼灼去趟超市补货的事情，可是就算如此，他也不会明知今天有比赛却仍然由着性子打电话的，更何况这是他那么重视的比赛。

见回到讲台的老师并不是那么警觉，季灼灼再次瞄向手机。水桶倒映出的波光在手指间泛动，季灼灼调出通话记录，反复看了两遍屏幕上未接来电的字样，心中感到一阵困惑与难过。她原想关机就此作罢，可没想到二轮攻击毫无征兆地袭来。忽然活蹦乱跳的手机让她猝不及防，再加上慌张中叫了一声让前半个教室的人都回过头来，季灼灼只觉得手哆嗦，手机便欢快地脱离了手指。扑通一声，落入碧波荡漾的水桶里。

当场就被取消资格，季灼灼被学生部的人带走，在背光阴冷的会议室挨了一个小时，直到考试结束后走廊闹腾起来，仍然没等到最终答复。忽然门把手转动，季灼灼眼睁睁望着走进来的肖蒲微关上门，把欢乐的世界隔在身后。

“作弊就算了，还搭上个手机，你有没有点头脑啊……”她长长叹了口气，“老师让我告诉你今后不用来了。”

季灼灼盯着桌上还湿漉漉的手机，进水的屏幕已经再也亮不起来了。她扶着膝盖起身，显然是告诉对方她放弃不干了，“这样也罢。反正我只是为了实现别人的愿望，既然来过一次也安心了。”

“不过我说通他们再给你一次机会。”

门开了，季灼灼又把门关上。“为什么要帮我？”原本应存感激的心下涌起了怀疑，她转身戒备地望着只是一面之交的女生。可是很快季灼灼发现，自己没法面对她那坦诚的目光。

“因为我好像认识你呢。”肖蒲微背起手说，好似前面铺垫了那么多，只为了这句话，“总感觉在很久以前，我们就在别的地方见过面了。”她说着微微抿起嘴角，朝她发出邀请：“一起坐地铁回去吗？”

下山走到附近地铁站的路程大约有十五分钟，平时人车稀少的路上因为画赛堵起了车，两人走在枫树道上，却并没有什么可聊的。不过这也在意料之中，季灼灼背紧了画板，原本想试着问她为什么认识自己，又觉得就算知道一个陌生人的事也没什么意义。想来想去，还是把谈话引向了去年的画赛，试探她当时到底说了什么才让评委怒不可遏的。然而肖蒲微却摆出一副“想不起来”的困惑表情，让旁边的人彻底没了话。

下山后，地铁站出现在眼前。望着远方平坦地面上的别墅群，季灼灼一点头绪也没有了。只是那幅金色森林不断浮现在脑海里，让她自言自语地感慨："我要是也能用想象力画画就好了啊……大海是什么样子的，我就把它画成什么样。"

自从什壹出事后，季灼灼就没有了往日的倾诉对象，虽然他很快出院了，但是为了不让自己的坏心情影响他的恢复，她有再多想说的也只是闷在心里。如今话端忽然挑开，季灼灼便把所有话一股脑地倒出来。

"不瞒你说，我之所以来参赛根本不是因为自己。我有个叫什壹的朋友每年都想让我来，可我到现在咬牙参赛还是因为他出了车祸。别人说我真是不上进，不过，我曾经也想过努力画画，一家人好好生活的，可我爸妈很早就离开我了。虽然后来什壹对我很好，再怎样，未来也一片茫然了。有时候我甚至觉得大家真苛刻啊，我能活下去，就已经是……"

"你真奇怪。"肖蒲微忽然笑了。笑声打断了季灼灼的讲述，空气中只剩下搭乘扶梯的提示空洞响着。随着电梯下行到尽头，肖蒲微轻轻一跃便走上了冰凉的地铁站通道，"为别人参赛不是很正常的事吗，瞧你都联想到哪儿去了。我当时也不全是为了自己，而且比你的感觉还奇怪啊，就好像身体里有两个自己似的，上色时明明不喜欢金色……可涂上去却又怀念得不得了。所以你还算正常呢。"

她在开玩笑吗？季灼灼有点哭笑不得，可又难得宽心了些，好像终于找到了能理解并安慰自己的人。两人要去的是同一方向，站在站台上，季灼灼想再说一些，可肖蒲微却执意望着楼梯口，直到地面慢慢卷起了列车到来前的风，她突然兴奋地招起手来。

只见三个上轩的男生出现在楼梯上。

季灼灼忽然感到了一阵莫可名状的窘迫。需要打招呼吗？望着男生们身上裁剪合身的制式校服，她的手不由自主地攥紧了胸前的画板背带。肖蒲微被风吹起的衫帽随着列车停稳而慢慢垂下，车门开启，季灼灼已经完全僵在原地了。她嘟哝道："我是不是应该……"

肖蒲微沉静的眼睛转过来，却完全误会了她的意思。"是啊，你就走吧。"

关门的警报音把季灼灼吓了一跳，她下意识地转过头，就在这一瞬，背后的画板被人短促轻快地一推，让她一个趔趄钻向前方，车门在身后安稳地合上。

季灼灼回过身时为时已晚，隔着两道门听不见他们在谈论什么，只是所有人都开心地笑了。她双手按在玻璃上，只能无助地跟着车子远去，直到漆黑的隧道冲入眼前。从玻璃的反光中看到自己的影子，她为这一副希望刚燃起却又跌落的可怜相感到疑惑，可是又没法躲避，只好假装安静地望向气氛昏昏欲睡的车里。却没想到，一眼望到了好远的尽头。

不知道是从哪年开始流行这种一通到底式的车厢呢？曾经被磨砂门阻挡的未知部分，如今只需要瞥一下，就能得知整趟车里的全部。只需要一眼就能一览无余的便利，人会感觉自己是多么渺小啊。

【6】

每当心里烦作一团，季灼灼就努力去想象蛋糕店房子的模样。离海很近，斜面屋顶上铺着红色瓦板，白墙上有点心窗口，窗户是双开的明亮玻璃。每天放学后，什壹都会和她打个招呼再跑回家，帮店里应付晚高峰。等到季灼灼的美术小组活动结束，她伴着夕阳仅剩的余晖踏入家门时，在柜台后，一定是什壹安静地低着头。仿佛削苹果也变成了艺术似的，他手里的刀子不紧不慢，薄到透明的果皮随着他灵巧的动作微微颤抖，翻卷，最后变成了翠色的一小堆。

回忆到此，心情已经平静如初了。

再次面对着家门口，深吸一口气，季灼灼推开了木门。绑在一起的铃铛清脆作响，让站在柜台后削苹果的什壹低着头说："欢迎光……"再一抬眼瞧见季灼灼，他咽下最后的字，一脸后悔自己太多废话了似地摇了摇头。

"你这表情算什么事?"季灼灼走过去，望着被削得歪七扭八的苹果，伸手按住他的刀子，同时端起大盆果子摔到柜台一角，"上午的电话怎么解释？什壹，这也太过分了吧!"

"影响到你了？那可真是抱歉。"

什壹从季灼灼手心下轻轻抽出刀子，继续完成手里最后一个苹果。只是第一刀不光削秃了半边果肉，连带着切入拇指。一瞬间的冰凉疼痛让他扔掉水果刀，红色的血液立即顺着深长的刀口滴答下来。见状，季灼灼转身便要跑上楼取药包，反被身后的人一把拉住了胳膊。

五分钟后，季灼灼把什壹的手指包扎完毕。坐在她的房间里，什壹望着窗外，又瞥向靠墙摆在地上的几幅画，始终没有表情。"除了大海你就不能画点别的?"

季灼灼以为自己听错了，直到他不紧不慢地继续说道:“这么平庸的画风。”

“还好你的审美跟老头子似的。”她回敬一句，把用过的棉签丢进纸篓，没想到对方比自己先一步站起身，向门口走去。“你要去哪儿?”季灼灼直身问他。

“出去散步。”什壹回过头来，扬起眼神在她脸上停留了几秒。那仿佛不是征求同意，倒像在挑衅。镜片后的眼睛明明还留着温存，却无端染上了一股锋利，变成一双锐目了。季灼灼张口结舌，只得看着对方没有丝毫犹豫地消失在门口，愣在原地。心中的不对劲演变成了不安，她忍无可忍地摇摇头。

那是谁啊。

直到第二天坐进教室，季灼灼仍在不断对自己提出质疑。什壹这副随意的样子，一点儿不像他往日的超逊作风。上课睡觉不说，被老师点到名字也要被身后的人戳一下后背才能意识到。甚至在作文评讲课，当老师要求他把作文读给大家听时，他竟然在全班的期待目光中，公然合起本子说道:“就这个也能算范文吗?”

这件事在一个课间内就轰动了全海滨一中。在上完操后的大课间，本班人一拥而上把季灼灼堵在了原位:“你说他是不是失忆了?”

谁都知道七班的什壹。曾经有一个叫鄂梓的男生吃过他做的点心，对邻座两个女生讲了，那两人便结伴向什壹讨要饼干。这本来只是小小的搭讪，没想到第二天什壹带着一人一份的红豆酥出现在她们班上，把男生们也拜倒了。转年迎来法国学校访问团时，什壹以学生代表身份为带队的瘦高老师画速写，又体现出了他身为美术生的独当一面。

“说起来‘什壹’和‘失忆’还真挺像的。”八卦小组喋喋不休。

季灼灼不得不驱散他们了。她按住额头，同时瞄了一眼倒在桌上呼呼大睡的什壹。这次车祸后，大姨让季灼灼对所有人都只说他发烧住院了。因此近来的一周，海滨一中的师生都被蒙在鼓里。但好事者总是不安分，再加上季灼灼周一请假去参赛，他们实在憋不住这些问题了。

“你那个初赛怎么样了？”有人换了话题，是体育委员王少丘，略带挖苦的语气表明他此时的心情完全是不屑一顾。这立即遭到了旁边女生的反驳：“太嚣张了吧，小丘！”

听到最后两个字，什壹忽然条件反射地睁开双眼，从桌上爬了起来。这奇怪的反应被季灼灼抓个正着。

“小秋。”

呈现在季灼灼眼前的是什壹一双讶异的眼睛。在这之前，两人一前一后走在海滨医院门诊部的长走廊里。约定复查时间是正午，走廊里空无一人。这栋旧楼本来就依海建在半山坡上，此时更是风景独好。透过纤尘不染的玻璃，远方是悠长的海平线，低头又能看到近处拍打在礁石滩上的雪白浪花。什壹毫无征兆就停了下来，抬手摸住玻璃，黑色镜框后的双眼直视着空中鼓翼盘旋的几只海鸟。

随他停住脚步，季灼灼忽然觉得面前的什壹带给她的只有陌生。这种陌生感，或者，与其说陌生，更不如说是一种什壹对自己本身的不熟悉。于是在那一刻，拿着他的病历本，季灼灼差点就开口叫他。稍微一顿，另一个词却脱口而出：

“小秋。”

什壹一下子转过头，虽然双脚一动没动，但季灼灼看得出他眉目间的震惊。诧异的表情很快变成哑然，他装作无事地挪开眼神，而后，却又忽然笑起来，抬起了双眼。

接替这个稀奇病例的年轻医生已经在诊室等候多时了。见走进来的病号少年朝自己一挥手，他手中的圆珠笔登时落在了本子上。医生哑然失笑，随即把他请出去，单独面对着季灼灼。他干咳一声，试探地问道：

“你知道人在受到剧烈冲击时，会把性格中一直被积压的一面表现出来，这时候就表现得像另一个人了吗？”

“你是说什壹的潜在性格被激发出来，双重人格了？”没等医生说完，季灼灼便摇头，“就算好人变成坏蛋，也不会忘了家人吧。可什壹表现出来的，却是连他自己是谁都不清楚了。”

面前女生的冷静让医生吃惊，她仿佛陈述客观事实的语气，平静到甚至有些无情了。于是，他的眉毛扭成一团，缓缓地说：“或者还有一种说法。市区医院否定的那种紧急调节也并非绝不可能，不过那样就证明什壹被撞到飞起的时候，意识并不是他自己的了。这么解释你觉得可靠吗？”

【7】

初赛的评审按省划分为不同区域，本市阶段告一段落后，为了省去快递费，季灼灼亲自去上轩取复赛准考证。四月份的天气晴朗得像是秋天，云朵浮在蓝天上，季灼灼却一路自顾自地苦笑。谢天谢地，老师看过她笔法娴熟的大海后一定喜极而泣来着，所以才让她荣幸地在刷掉一半人的初赛中存活下来，甚至被认为是将来的潜力黑马了。要是他们知道她只会画大海，脸上得哭丧成什么样？

没有多少人的教学楼大厅稍显冷清，很快办完了手续，季灼灼在B组报道单上签下了自己的名字。偶然间向上看，只见肖蒲微的名字赫然出现在距离自己两人的位置上。同组啊……季灼灼闭着嘴巴，心里却觉得有点惆怅。耳边仿佛隐约响起了地铁进站的声音，就那样被她不由分说推上去，比起愤怒，季灼灼更觉得有一种难述心声的落寞。

随着走到一旁的男生把空笔盒精准无误地投进垃圾桶，季灼灼放下笔，忽然放在口袋里的手机响了起来，只见二手货有些被刮花的屏幕上准确地闪烁着两个字：姨夫。万万没想到，季灼灼接起来，耳边便响起了一声焦急的大喊：

“快点回家！什壹被烤盘烫到了！”

几乎来不及和老师打声招呼，季灼灼全速赶回家时，脑海中浮现出什壹不省人事的惨相，脚下的步子便越来越快，直到最后推门闯进了家里。寂静的前厅没有人，季灼灼奔到厨房，闻见了一股夹杂鱼腥的草莓味从搪瓷锅里飘出来。姨夫孤零零地站在灶台旁，见季灼灼走过来，便无力地说道：“什壹把整块鱼胶全都扔进果酱里了，你姨只好再去买草莓。”

原来姨夫刚才大呼的原因是整锅果酱只能倒掉，什壹的烫伤反倒成为小事了，季灼灼感叹他小题大做的同时，也感到非常惋惜，毕竟什壹从未把琼脂和鱼胶弄混过。她一面爬上楼，一面慢慢卸下了画板。的确，自从那个雨夜见证了什壹的车祸，接下来的生活便不再平静如初了，只是没想到越来越离谱的现实让人再也无法忍耐。用力把画板丢在床上，季灼灼转身走进了什壹的房间。坐在床沿的少年用凉毛巾按着额头，正对着窗台上一排空玻璃罐发呆，感到她站在门口，便自言自语地说道：

"那些就是他用来给你做罐头的吗，他可真关心你。"

第三人称的叙述让季灼灼一愣。

"不过也啰唆得超乎想象。"说着他扔开毛巾，垂下的头发遮住了额头上的烫伤。少年站起身走到窗边，"可惜对这种好意你以为只要参加个比赛就算是回报了，对此我只能说你简直不近人情。"

"你是谁？"季灼灼感到一阵不确定的惊慌与不安。也许这是个可怕的想法，但此刻除了把它质问出来，似乎别无他法。听着他的嗤笑，季灼灼走过去。这蔑视的笑声从什壹温和的身影上发出，令她眼中的疑惑与忍耐逐渐化为了愤怒，最终上前抓住他的领子："回答我啊！你到底是谁？"

这番举动完全在意料之外，直到质问声再次袭来，少年才难以置信地注视着她："被车撞到会毫发无损？简直是做梦，什壹已经死了啊。只不过他死前被我抓到，我借用他一阵子而已。"

揪住领子的力气松懈了，这时季灼灼才觉得一丝绝望感蔓延上来。然而不等她说话，男生再度开口："在你面前的只是有什壹身体的我。顺便说，我也已经死了。不过只要我确定了一个人在哪儿的话，我就会离开。假如知道她平安无事，我就算这么死掉也没有遗憾了。”

“拜托你别再胡言乱语了，什壹！”季灼灼控制不住地有点哆嗦。她努力给自己寻找幻听的借口，可即便再不愿承认，她还是能从少年的眼中捕捉到一种什壹从未有过的强烈感情，仿佛是璀璨而耀眼的金色，他一字一顿地说：“这段时间叫我权秋吧。”

楼下的姨夫循着喊声走上楼。他询问季灼灼出什么事了，却被她拦在了楼梯口。“你们俩在吵架吗？”自认为她脸上的憔悴是忧虑，姨夫好心劝说，但担心最终敌不过蛮力，他话未说完就被推了回去。

原来自己此刻所实现的就是什壹的遗愿了。从家里跑出来，心情却像是奔逃似的，直到再也忍耐不住的悲伤让泪水汹涌而出，她终于在海边气喘吁吁地停下。脑海中不停回放着那辆车子冲撞而来的情景，它为什么要中途转向？季灼灼感到胸口发闷，于是拼命大喊起来：

“难道什壹比我更一无是处吗？为什么他会死掉，为什么我会遇到这种事啊！老天爷，我不哭是因为我知道这些难过都会成为别人看的热闹，所以才一直在忍耐啊，可是你连这点权利都剥夺！我没本事，又没爸妈，连后路都没有！”

视线完全模糊了，季灼灼把手机摔在地上，可眼泪还是肆意流下。

“你终于哭了啊。”有人从马路轻轻跃到沙滩上。什壹的声音令季灼灼心中一颤，片刻后才意识到再多的奢望也只是一厢情愿，于是精疲力竭地跌坐在粗糙的沙砾上。“不然我应该怎样呢，”季灼灼用力把眼泪擦去，“像个笨蛋一样帮你找人吗？”

虽然季灼灼吵得很凶，可是海水涨潮，浪头拍岸的声音好似能把天地间一切声响都吞没似的，不论她再怎样大喊，远远听来，也只有拍碎在礁石上的浪花扑簌地响着。权秋默默地看着地上的女生痛哭不止，并不知道该怎么说些宽慰她的话。天上的月亮被遮挡住了，他只能仰头望向透出清辉的黯淡云层。

半晌，随着海水缓慢涨潮，季灼灼才闷闷地问道，“你要找的人是谁？”

“一个姐姐。”权秋弯腰捡起了沙子上的手机，“她在我初二的时候失踪了，直到我高一死前也没能得到她的消息。因此就算这一生结束，我也想知道她的下落。”顿了顿，他的声音和海风一起传来，“不过你这家伙啊……这几天和你在一起，我还以为你不会哭呢。直到现在，你那些冷静的眼泪也是流给自己的吧。总是报答，交代，也太没有人情味了。”

这话说得一点儿错也没有。可是，他明白什么呢？虽然是死掉的人，但毕竟年龄和她差不多，想让他体会别人的身世，失去亲人后好不容易找到依靠的心情，一个人把泪水默默吞下肚的痛楚，以及对未来的心灰意懒，太强人所难了吧。他甚至对她一无所知。想到这里，季灼灼舒了口气，从沙滩上站起身拍拍裤子：

“好吧，与其伤心不如想办法。小秋，你答应我了，一旦找到人就从我身边消失。虽然我会协助你的，”她的眼睛定定地望向长着什壹模样的少年，“但是这段时间你也得守住这个秘密。”

【8】

在外省区初赛结果公布之前，季灼灼和其他所有本市考生一起陷入了漫长的等待。不想整个周末都待在家里和权秋别扭地面对面，她干脆背上画板到市区完成画室的写生作业。题目是梧桐树，她自然来到了使馆区的梧桐大道。由于昨晚下了场雨，植被表面被洗刷出鲜丽的亮色，甚至连树荫也愈发浓郁了。来来回回挑选角度，季灼灼最终支了马扎坐在一片静谧的林荫下。

外人看来，大概会觉得这个女生真厉害，一大早就开始刻苦练习，然而只有她本人清楚，自己心如死水。毕竟，最初决定把画画从业余爱好变为一项专业来看待时，季灼灼并没有过多考虑。大姨希望家里能出一个画家，她便加入了什壹的阵营。扪心自问，成不成为美术生对她来说并不重要，她只是有些畏惧未来罢了，临时找个差事对付大把的光阴，自己也不算白活。

然而现在季灼灼却面临一个选择。虽然她与什壹同届，但努力准备艺考的是他，令大姨备感欣慰的也是他。现在什壹已经不在了，等权秋走后，难道她要背负起将来成为美术家的重任吗？可是被这些沉重的东西羁绊着，她一笔也不想多画。那么至少该把事情的来龙去脉对大姨讲清楚吧，该怎么开口？就说死心吧，什壹早就死了？

脚边的水洼透过树叶的缝隙，反耀着清晨的朝阳。心中烦闷起来，季灼灼从画纸上移开眼神，抬头眺望对街使馆公寓前的梧桐树。由于光影，树叶呈现出深浅不一的绿色，透光的地方甚至掺进了浅黄。天空也是。第一眼看，谁都会认为晴朗的天空只有蓝色，仔细观察便会发现其中夹杂着的灰与明亮的淡棕。不时有路人在一旁驻足，好奇地看着调好的水粉是如何一层一层铺盖，最终让色彩生动起来的。

但是这却让季灼灼感到了手腕的软弱，没底气，似曾相识的窘迫感受就像是那天在地铁站。那时候她究竟看到了什么，才会连与那三个上轩男生对视的勇气都没有了呢？不，应该是什么都没看到的。只是如鲠在喉，被对方身上无形的优越感彻底镇压了。

远景顺利确定下来，季灼灼换了支尖头笔开始描画近景。她觉得应该有个人物，于是望向前方，前方清晰地出现了与大白狗散步的少女。然而揉揉眼睛，她的眉毛不禁拧了起来。

“果然在这儿啊！”牵着白狗的肖蒲微反被后者拽到了季灼灼面前，发现她正在画画，于是倾下身子，探头看到了画面上还不成形的小小人影。“这是我吗？”

季灼灼大半幅画都被她垂下的头发挡住了，清洁的秀发散发着花草的清香，肖蒲微回身指向梧桐树后有着灰色栅栏大门的小区，“我从窗户看到你了。”说罢，她更详细地指了指二层小楼临街的一扇窗子，“我爸妈都在大使馆工作，那就是我家。”

肖蒲微语气中的悠闲几乎是天然的，而当她回头，对方已经收拾东西打算离开了。于是她连忙把一条腕带伸来，拦住了正把画纸夹在板上的季灼灼。“下周五这附近的酒吧会有派对，到时候你拿着这个进场，会很好玩的。”

“我俩究竟有多熟，你缠着我想干吗？”回望一眼少女，季灼灼起身折了马扎。这话说得肖蒲微有一丝窘迫，地上的大狗兴奋地摇尾巴，她的手垂了下去："让你讨厌了吗?"

虽然是四月份，但树荫下忽然吹过一阵风，卷着袖子的胳膊还是感到有点冷。季灼灼胡乱把溅着颜料的袖口扯下来，慢慢取过了她手中洋红色的带子。

"我一个人住，所以每天都没什么事情可做。"肖蒲微把两个苹果放进了塑料袋，又拿了一个橙子，"不在家里待着就去上轩玩，有时候也去别的使馆帮忙。"

季灼灼望着窗边全外文的杂志架，并没对她的话做表示。在这之前，她从来没走进过用英文标写价签的便利店。油光锃亮的起酥面包成排躺在奶白色的面包柜中，自家的一作对比，立即相形见绌。才只是站了一会儿，季灼灼已经感到完全的茫然无措了。看多了姨夫把整箱的水果扛进家门，见肖蒲微只买了这么几个就要去结账，她便在一旁问道："你爸妈不管你吗?"

这本是不负责任的一问，谁知肖蒲微的眼神竟然失落起来，她点头说道："已经一个人住三年了，假如将来我能好起来的话，很想回到爸妈身边啊。"为了掩饰，她一边把钱包取出来查看，一边挺了挺身子，仿佛不想再就此多说什么了。拉锁拉开，一块桦木挂饰便垂在了空中。只见做工精细的木牌上刻着盛开的伞状花朵，让季灼灼眼前一亮，"这是荚迷?"

低头看了看，肖蒲微有点惊奇，"你知道? 认识这种花的人可不多啊。"她拍着大狗朝收款台走去，"话说回来，你的朋友好点了吗?"

季灼灼把什壹已经康复的事告诉了对方。这些都是谎话，肖蒲微却信以为真了，而见季灼灼却愁眉不展，还以为她是没了当初参赛的动力，于是又笑着说道：“你啊，偶尔也为自己画一回画，想想自己想要什么不也挺好吗？还是说，你其实犯了考前紧张症？”

还是完全理解错了。季灼灼跟在她身后，对此只有苦笑一下。然而想着想着，她连嘴角的一丝苦笑也渐渐凝滞了。被这个全英文的空间包围着，季灼灼的耳边仿佛又一次听到了地铁呼啸驶出隧道的声音。她好像恍然理解肖蒲微当时为什么会推自己一把，而且换作她，恐怕也会那么做的。因为说到底，这是两个并没有多少交集的世界啊。

【9】

知道季灼灼出门的原因是不想看到自己，权秋一整天也都在市区里转悠。傍晚他回家时，见季灼灼的房间里仍然没人，便走到了贴墙的储物柜前。

他对季灼灼拥有什么秘密并不是很好奇，只是在意她究竟为什么如此淡定，好像什么都可以放弃似的，浑浑噩噩地活着。然而柜子里存放的东西多少让人失望，只是些更加布满尘迹的普通杂物，唯独右侧竖放的一幅画框吸引了他的目光。权秋小心把包在外面的报纸拆掉，只见微有些泛黄的水粉纸上，是一幅没来得及画完的树。树上花朵的轮廓粗糙，几处树干也还只有潦草的线条。

“小秋。”

听声音从门口传来，权秋自知大事不妙，想收画也来不及，于是只好强忍慌张回过头，一脸疲倦的季灼灼果然站在门口。“你整整一天都在盯着它看吗？”

她走过来一把夺走了画，又回身把报纸也抢过去。权秋本来想和她聊聊找人的事的，可是忽然遭到这种对待，他心里多少也不快起来。“他活着时你也这么对他吗？真是够倒霉的，怪不得这家伙会死掉。”

“你要是觉得我难为你了可以直说，”季灼灼腾出一只手，上前把对方衬衫口袋里的眼镜拿出来，拍在他胸口，“可是我的要求只是‘把眼镜戴上’这么简单。我们说好了啊，不会烤面包可以不勉强，至少给我装得像点什壹吧。还有，没人拦着你找人，只是拜托你速战速决……”

“你的要求可真多，”仿佛她已经无药可救了，权秋一摊手，“留在这里陪你已经算我耐着性子，假如我一走了之的话……你想把他的空棺材推进火化炉？”

“闭嘴！”

感到一团报纸砸在身上，权秋却并没打算住口，反而回过头来望着气急败坏的季灼灼，“看来你能画出这种拿不出手的画也不奇怪了。你当初是怎么有勇气画画的啊？”

“那是我妈妈的画！”

季灼灼眼泪翻涌，她皱皱眉毛忍住泪水，没法大喊，只有和整个房间一起陷入了沉寂。片刻后，她才费力地开口说道：“的确我很多时候都是站在自己的立场考虑问题的，总认为做点什么就可以对得起别人了。可是这一回，就算什壹已经死了，我们这些人都还活着呢，看在大姨和姨夫抚养我们俩不容易的分儿上，希望你能别让他们太难过。”

她深呼吸一下，刚要继续，楼梯口的地板忽然吱嘎作响，手拿围裙的大姨出现在门口，让她顿时噎住了话。大姨并没发觉房间里才凝滞的汹涌波涛，本想让两人下楼看店，一见气氛肃穆的房间中两人面对面站着，便悄悄向前走开了。

“对不起，我不知道那是你妈妈留给你的。”

晚霞褪尽的房间里，权秋打开了台灯。橘色的灯光照亮了孤零零躺在床上的潦草初稿与旧画板，他靠在床栏杆上，有些不知所措。

对于这个问题，季灼灼并不想再多说什么。闷头在墙角翻着可用的报纸，她转移了话题：“下周五那个派对应不应该去?”

明知对方很有可能说不出什么，季灼灼还是如此问道，顺便把肖蒲微的事告诉了他。她说得很简单，但最后还是附加上了评论：“那家伙有时候轻率得让人讨厌，而且莫名其妙，我真搞不懂她在想什么……”

“所以一定要去看看，”权秋后退一步坐在了书桌沿上，“虽然你说讨厌她，但你其实在好奇嘛。为自己想做的事努力对你来说真是难能可贵了，为何不试一次？作为刚才的补偿，我也会陪你的。另外，”眼神在她身上停滞片刻，权秋又飞快地移开目光，“你没想过把这幅画画完吗？最后涂上金茶。”

“金色?”季灼灼展开一份晚报打算把画框重新包起来，权秋却忽然执意纠正她是“金茶”。这让季灼灼费解地看着他，捉摸不透他到底为什么要如此在意这种颜色。于是她把画作举在胸前，对他说道：“你不觉得荚迷花只有白色的吗?”

“金茶色的荚迷花会更漂亮啊。我曾经很喜欢这种花的。”他把一直攥在手中的眼镜打开戴上，黑镜框遮挡了眼前，他沉默片刻后说道：“要是能画完就好了……你妈妈也是这么希望的吧。”

【10】

其实，这张画便是季灼灼知道荚迷花的原因。而且一旦看到这张妈妈最后也没能完成的画，她就会怀念起曾经一家三人共度的时光，无法自拔。因此，自三年前来到大姨家，季灼灼便把它塞进柜子里，原本打算这辈子也不再看一眼了，可偏偏权秋手欠，又让她陷入了悲伤的过往。

周四晚上，肖蒲微把派对的时间地点发给了季灼灼，后者把手机拿给权秋看，权秋窝在沙发上翻看什壹的日记，没有多想就说道："好啊，那就把放学后的考试逃掉吧。"

望着他点头答应，季灼灼也沉默下来。只是令她陷入发呆的并非这句轻描淡写的话，而是他的头发。因为这么站着看不见他的眼睛，所以他那柔软而温顺的黑发便好像把时光拖回了再也没法回到的曾经。

权秋仰起头，锐而带着点纳闷的目光一下子把什壹的影子打消了。

德国使馆旁边就是有派对的酒吧，等两人终于找到地方，天空已经染上星光了。出门前季灼灼告诉大姨去市区买颜料，因此她还体贴地多塞给季灼灼晚饭钱。然而季灼灼推掉他们，只是装了两大块黄油面包和放在窗台旁的番茄鱼罐头。因为这个，权秋一直挺遗憾。这会儿他靠在马路对面的吉普车旁，一边接过季灼灼递来的面包，一边百无聊赖地侧头望着渐变灯光逐层翻涌的酒吧外墙。霓虹逐渐变成了金橙，季灼灼拧开了自从什壹封好后就再也没打开过的盖子，

“你就那么喜欢金色啊。”

“是金茶，”权秋随口纠正，“金茶是秋天才能看到的颜色。因为我很喜欢，姐姐也……”他没能说完就被季灼灼打断，“你们一直住在一起吗？”

“她要是我亲姐姐就不用这么大费周折了。”权秋边说边拆开面包咬了一口，“我们甚至都不在一个城市。我在别处上学，姐姐的家在这儿。如果她四年前不是因为治病，到我们那边的高一上了一学期，我也不会认识她的。那时候我上初一，我们每周六都能在一个课外班学水粉画。姐姐非常喜欢荚迷花，她不想总是回家休息，下课后就去附近的公园看荚迷树。我们一起走着，姐姐就说这叫约会。虽说是约会，完全是我这个初一小孩在陪姐姐瞎闹。”

“她的病治好了吗？”

“后来她因为病重回到了这个城市，一开始我们还互相打电话，可是在我上初二后就完全失去了联络。起初我还以为她换手机号了，两年后才知道，因为姐姐的病最终没能治好，他们家早就搬走了。但我不认为她会一声不吭就走掉，所以，她一定是……”

一定是死去了，父母才会伤心离开的。季灼灼怔怔地望着天空，“照你这么说，找到的几率几乎是大海捞针。这也就意味着……”她垂下头声音含糊地说，“你永远不可能走了。”

权秋默默地吃着面包，干而无味的面包让人难以下咽，他一边叉起一块腌鱼，一边对她刚才的话摇了摇头。“虽然我是因为不甘心才即便死掉也要找到姐姐，但我在这待着算是干扰你们生存的时间，不走的话也会有像是协管员的人来抓，要是被他们抓走我就完蛋了。”

季灼灼无法辨别涉及未知领域的话的真伪，只听他像是被鱼刺卡到嗓子一般，忽然猛烈地咳嗽起来，于是吃惊地转过身。

“太难吃了吧。”权秋皱起了眉毛，用力擦去嘴边的酱汁，把叉子上剩下的鱼肉甩到了草丛中，“我敢说腌笋的味道都比这个强啊，他真应该试试。”

这番举动让季灼灼有点恼火。就算味道的确不怎么样，但这毕竟是什壹精心腌制的罐头，算上家里仅剩的几罐，是吃一口少一口了。这些念头在心里翻涌着，季灼灼抬头在街道尽头看到了一辆敞篷车。

“总而言之，等我找到姐姐就会走人的。”权秋站直身子，活动一下酸痛的后背，“就像你挂念着他，我也没法忘记姐姐。”

骤然响起的引擎轰鸣把话的尾音吞没，眨眼之间，横冲直撞而来的车子便掠过面前，扬起的尘土和风让他咳嗽起来。季灼灼勉强睁眼，坐在副驾驶位的少女正是肖蒲微，她推开车门便朝等在酒吧门口的一群朋友们打招呼。季灼灼想叫她一声，可穿着橙粉色连裤袜的肖蒲微，脸色苍白地上了两级台阶便停下来，接着便双腿一软跌倒在地。见她忽然晕倒，几个穿小裙子的女生一齐惊恐地尖叫起来。季灼灼急忙向前，有人甚至要叫救护车，却被残存最后一点意识的肖蒲微制止了。一伙人想办法让她坐在台阶上，季灼灼回头寻找权秋，却见他愣在了马路中间，一脸惊悚又骇然地盯着这边。

“我好像找到人了。”

因为肖蒲微的晕倒，两人没去成派对，可权秋却在路上这么说了一句。季灼灼一下子睁大眼睛，虽然吃惊，但似乎也早有预料。当时肖蒲微说自己身体中好似有两个自己时，季灼灼就感到了蹊跷。如今又是晕倒，更加印证了她整个人的精神不稳定。“可假如她身上真有你姐姐的话，应该会一眼认出你来吧。”

虽然如此，但这次的确连一句话都没能和肖蒲微说上，两人谁也无法就此再作何解释。回到家时，已经九点过十分了。季灼灼忍着疲惫和大姨打过招呼，走上二楼，权秋在进屋前忽然问道：“她喜欢荚迷花吗？”

“不光荚迷，似乎对你所谓的金茶也很感兴趣。那是你姐姐在怀念你么？”

季灼灼偏过头征询权秋的意见，可走廊中的少年却若有所失地望着窗前一瓶黄桃罐头。

【11】

复赛的前一天晚上，季灼灼潜进了什壹的房间。为了代替她第二天早上去学校值周，权秋已经仰在床上呼呼大睡了。一楼的灯光全部熄灭，大姨和姨夫在房间里核对着当天的账目。一切都和最普通的晚上一样，季灼灼却没法心平气和。

今后该怎么办？就算她几乎没有思考过未来，现在也不得不开始面对这个问题了。在什壹房间里看了一会儿画才悄悄回屋，心中不断告诫自己要睡觉，可是一想到将来的选择只有接替什壹成为名副其实的应考美术生，季灼灼就陷入了彻夜的辗转难眠，直到第二天天亮。

头昏脑涨使她犯了第二个错误，雨从清晨就开始下，季灼灼早早就从正要去上学的权秋手中接过画板，一路着急忙慌赶到上轩，才意识到自己是下午场。孤身一人走在打伞的学生中，季灼灼不禁沮丧起来。没有办法，只得拎着小水桶经过屋檐、拱廊，最后坐进了空无一人的学生餐厅，呆望着顺窗玻璃流下的雨水。开考铃声响过后，耳畔就只剩了无尽的雨声。离下午两点半还有很长时间，室外是下不完的雨，她不知道该怎么度过这之间漫长的六小时。

要是在曾经，季灼灼绝对会怒气冲冲地撂下画板，给什壹打电话算账。可是仅仅少了个能拨通的号码，她就连卫生间都懒得去了。何况这是校园建在山上的学校，她本该记清了每一处景色，才好回去让海滨一中的人叹服膜拜啊。然而此时此刻，就连陌生的景色都已经不在乎了，季灼灼想起每日所见的风景，每天在海岸线陪伴自己的人，才越发想念起曾经。

雨一直持续到下午，因为有人泄题，考试一度拖延到三点多才用备用题目进行。这一次，季灼灼的位置靠窗，随着四点钟雨势渐弱，风呜呜地吹起来，漏入的冷风让她从头到脚一直处在半冻僵的状态。而与"设定人物"有关的主题似乎也很不照顾人，等到五点收卷时，季灼灼已经筋疲力尽了。

她相信什壹要是来参赛的话，一定会比自己好上千万倍。可他宁愿为了艺考，在家反复临摹无聊的罐子也不愿想想上轩画赛。他到底为什么不来呢？

雨已经停了。同样疲惫不堪的学生们走在宽敞的校园里，在气温越来越低的傍晚，他们还要走下山才能吃到饭。一些人摸索着进入上轩餐厅，没多久就被高额价目表吓了出来。另有些饿得实在发慌的人不看价钱就先排起了队，等到最后吃不消时，便只有如小灰鼠般刺溜逃开了。穿着制服的学生们回头盯着他们不放，有人轻蔑地笑着。

数了数半空的钱包，季灼灼也只好默默离开餐厅了。不远处有学生会成员们围满了几张桌子，她绕过闹哄哄的他们，抬头看到了站在门口的肖蒲微。对方也看到了她，然而紧跟着却把目光闪到一边。

坐在椅子上的两个上轩女生一边吃咖喱饭一边斥责她，“不是跟你说了不要去摄影部了吗？再怎么脱衣服勾引他也没用，我们部长不会看上你这种家伙的。”季灼灼边向前走边听另一人继续语气尖刻地说道：“而且你怎么今年又跑来参赛了啊，真以为自己是块艺术家的料？你学校的文化课跟不上，家人又花了很多钱吧？反正以后也找不到工作。”她们边说边得意地讥笑，“啊，我们知道，是因为高考想要投机取巧才学美术的。”

“这才不是投机取巧！”季灼灼感到自己的声音冲出喉咙，见对方两人双双惊骇地转过头来，她走向她们，“就算只是为了高考能容易一些才学美术，这理由也是正当的，因为是靠自己在努力着，跟你们这种将来一把年纪还得吃喝爸妈的货色不一样。何况……何况真正喜欢美术的人是为了自己在画画，因为画首先是送给自己的！”

肖蒲微一愣。见恼羞成怒的女生一把抓起桌上的玻璃杯，朝大放厥词的人扬来，她伸手推开季灼灼，自己被清水泼了一身。季灼灼不甘罢休，左手使劲一悠，手中的空水桶便准确地扣在了那女生的脑袋上，后者因此发出的尖叫顿时响彻了整个餐厅。

没有开灯的公交车里挤挤挨挨站满了人，但两人从总站上的车，还是幸运地在最后排找到了位子。肖蒲微一脸泪痕，刚一坐下就开始擦着被水淋出深深浅浅痕迹的衣服，季灼灼有些担心地坐在旁边看着她，又递给她自己的巧克力。毕竟她刚刚伤心地说着这副样子没法坐地铁回家，才掉头走向公交车站的。“其实你一点儿都不想说那些话吧。”那时肖蒲微的声音从前面传来，季灼灼跟在后面，想说她刚刚的搭救是发自内心的，毕竟自己也是美术生，听见那些污辱的话当然会觉得气愤。她唯一意外的只是对未来如此茫然的自己，是怎么说出那些豪言壮志的。可是肖蒲微不等她开口便继续说道：“我知道我很碍事，总是妨碍你。”

公交车慢慢行驶在湿润的柏油路上，随着离市区越来越近，两旁的街道也繁华起来，霓虹灯的光影晕开在路面上，又被轿车的轮子碾成了碎片。望着窗外，肖蒲微忽然叹了口气，“总之，你怎样想都可以，因为我除了这么下去没有别的选择。我说过的，除非我把病治好，不然就没法和爸妈住在一起，那么，我怎样对待自己都无所谓了。”

“能好起来吗。”除了晕倒，季灼灼并不知道她的病到底是什么。

“我希望这样，但医生说是人格分裂，大概不可能好了。当初我因为这个总是对爸妈发火，不想连累他们才提出自己住清静一些，三年里也一直在努力适应，但是……”

“三”对季灼灼来说是个心结，一听到这个字就会联想起那场车祸，全身都一激灵。然而在黑暗的环境中忽然听对方这么说，她却希望肖蒲微能说下去。

“你可能不会相信，三年前，我坐的使馆大巴在转山路时撞上了一辆轿车，大巴翻了，我摔的地方全是碎玻璃，一边腿还压在座位底下。那是个雨很大的黄昏，我以为自己支撑不到人来，就要死了呢。这时候车外出现了一个我从没见过的女生，像是已经在寻找什么很久了似的，狼狈不堪。她转过眼发现了我，我也看着她。虽然这很有可能是死前才会出现的幻觉吧，但是模糊中她的确走过来，而且接下来的温暖感觉非常真实，就像是触摸到她的生命似的……后来的事就不记得了，但那时一定发生了什么吧。”

不觉间，季灼灼颤抖着把这一番话听完。然而不提那个陌生少女，最初让她蓦然一惊的只是那起车祸，“你知道被撞的那方是谁吗?”

“是对夫妇，当时小车就滚到山坡下了。虽然不认识，不过听说他们两人当场就……”边嚼着巧克力，肖蒲微全身的力气边松懈下来，静静的，她仿佛也意识到了什么，“那是……”

“他们是我的父母啊。”

【12】

权秋见到肖蒲微时，一脸面粉的他顿时睁大了眼睛，他望着短发少女清澈的双眼，再瞥一眼季灼灼，顿时张口结舌了。

“啊，怪不得见季灼灼的第一眼就觉得我们好像很久前就见过面了。”深深呼吸屋里香甜的面包气息，肖蒲微转了个身，“那时候是在医院吧，你家人的病房在我那间之后，所以每次你经过门口时我都能看到你啊。”

还没做好晚饭的大姨从厨房里走出来一看，立即又惊又喜，毕竟季灼灼这三年来没带过一个朋友到家里来玩，见肖蒲微今晚要住下，她立即用围裙擦擦手，张罗着要去铺床。可季灼灼的房间实在太乱没法住人，最终什壹的床被让了出去。

“是她要过来住的。”见大姨带着肖蒲微上楼去了，季灼灼才走到收银台前，对还处在吃惊中的权秋讲述了在公交车上的经过。说罢她望着他已经不能用惊愕来形容的表情，补充说道：“你明白了吗，我想一定就像什壹当时那样，你姐姐把生命给了肖蒲微，所以她现在说不定是装作不认识你呢。”

大姨把床铺收拾妥当，又端来了点心和饮料，这才放心地看着坐在屋里的三人，走开时顺便带上了门。房间里的气氛一下子变得异常沉静，季灼灼与权秋面面相觑，不知该怎么开口，肖蒲微却没察觉有什么尴尬，欠身凝视着贴在墙上的画稿，对季灼灼身边的人说道：“权秋，这些是……”话说一半便意识到不对劲，连忙改口，“对不起，你叫什壹吧。”

然而权秋已经流畅地作答：“不是。”说完后才意识到全身的血液都要凝固了。季灼灼差点踢他，转头想解释，却见肖蒲微叹息起来。她盘起双腿坐在床上，“又来了，她一出现，我就会说些莫名其妙的话。我不知道该怎么办啊，感觉什么事都不能自己做主。就像刚刚和季灼灼说的那样，因为总是和自己吵架，结果对别人也坏脾气了，才没法和爸妈住在一起的。”一边说着，肖蒲微一边摸了摸心口，“但是我相信这个病一定会治好的。因为这三年里，我也一直试着接受她，甚至有时候，我们两个也能融洽相处，说不定哪天就再也没有隔阂了吧。虽然不知道她那天到底为什么才会那么狼狈的，但是她要是不出现，我一定早就死掉了，所以我还要谢谢她……”

“狼狈?”权秋被这两个字触动一下。

“是啊，像是一个人行走很久了。”

沉默着没有说话，片刻后，权秋起身把季灼灼从房间里拉了出来。由于使力太猛，季灼灼呛得咳嗽，等到跌进自己屋中才发现权秋眼中早已不再想问什么问题了。“我彻底明白了。”他说，“这事情和什壹那时不一样，姐姐在肖蒲微还有意识的时候救她一命，因此姐姐与她是共存的，所以才会产生两个自己的感觉。但是同样，姐姐在她身上并不完整，所以她可能永远没法认出我了。”

这招也太狠了吧，季灼灼泄气地倒在床上。好不容易歪打正着找到了人，却只是完成了一半寻找。饥肠辘辘，她不禁觉得自己是永远摸不着这一头雾水的边际了。“那接下来怎么办?”

“除非我们直接问她有关车祸的事。”

“别这么做!”季灼灼说完后吓了一跳。她在顾虑什么?这明明是在为肖蒲微担心呢。不过既然体会过父母因事故离开的感觉，她也明白那对于肖蒲微来说是多么痛苦的经历。何况拿这种问题问正常人，实在是太匪夷所思了。头一次体会到了如此强烈的纠结，季灼灼发现这原来就是为别人担心的心情。

“当然也可以想别的办法，反正我会等到你比赛结束那天再走的。”权秋把房间门打开，眼镜框被对面的灯光映亮，“等到那时候再把事实对你家人说出来，也不会那么难以开口了。”

听着他几乎没什么波动的声音，季灼灼把半边脸埋进了臂弯的阴影之中，“你走了以后，我可能会努力成为美术生然后参加艺考吧。”窗子开着，借着黯淡的月光，一枝榆树嫩杈悄悄伸进屋里，随风轻颤着。忽然感到有人靠近，她翻过身，天花板依旧是熟悉的昏黄。

权秋撑住床头，只是专注地望着她。

“说到底小秋有大把的时间找姐姐，而我将来还得努力在社会上活下去……大概什壹也希望我成为优秀的美术生，到时候从高考中脱颖而出吧。”想要抬起头，可困意却慢慢把意识掩盖了，季灼灼闭起眼睛，听见头顶的声音欲言又止，便微微提了提精神，“你担心了?”

并没有直接回答，双手却攥紧了栏杆，“也许什壹并不是那么想的。”他如是说。

【13】

今年春天的雨季格外长，直到季灼灼三周后看榜那天，空中仍不时飘着毛毛细雨。被心急火燎的一群学生挤到最后，她只好眯眼从十张茶色榜单上寻找自己的名字。身旁不停有人钻进钻出，季灼灼一边勉强踮着脚，一边觉得自己这样真是傻透了。正打算放弃的时候，第十张单子的末尾出现了自己的名字。

她觉得自己画得很普通，只是把什壹设计过的一个人物画了出来。但创意赛终归在比试想法，什壹的想象力替她赢得了决赛的请柬。拿着金色的信封走出手续办理教室，季灼灼掏出手机把消息第一时间告诉权秋。可是慢慢戳着屏幕，她却发现自己的心情比单纯的喜悦要复杂得多。

最初体会到这种复杂，还是在雨暂时停歇的那天早上。一夜的小雨让季灼灼开门时感觉凉飕飕的，无奈已经在门口换上了走过泥泞的鞋子，她只好转身拜托权秋上楼拿一件外套下来。“就要我常穿的那件。”说的时候并没有过多考虑，直到等不耐烦时才恍然想起对方甚至不知道她的外套挂在哪儿，只得蹲下身解开鞋带。

然而事情要是只像拿一件衣服这么简单，季灼灼的心里还要好受一些。

五月底既是上轩最终评审开始，也是海滨一中的五十年校庆。作为全校仅有的美术厨艺双全者，季灼灼提前一个月就被学生会负责这次活动的学姐叫去谈话，内容也自然是庆祝的方案。虽然季灼灼解释这一个月要准备决赛，学姐还是以“参赛和爱校不冲突嘛”说服了她。于是，最终季灼灼被指派画十张四开海报贴在学校各处。这挺棘手，但为校出点力也无可厚非。然而校长邀请了许多领导和校友参加庆祝，因此活动部还决定在中午聚餐后推出纪念款杯子蛋糕。“虽然考虑到什壹的身体，这么说有点难为人，但还是希望你们能一起完成这项任务”——正是学姐的这句话导致了季灼灼接下来整整两周的焦头烂额。

可是让权秋做蛋糕吗？他甚至连打蛋器怎么用都不知道，打下手都不可能。然而就算是最简单的杯子蛋糕，从准备到最后的装饰，也至少要花一上午时间吧。季灼灼反复琢磨着，无论怎样计算，都是她一个人不可能完成的。她想起身透透气，可是刚一站起来，脚下就一个踉跄。

正午刺眼的阳光让脑袋嗡地大了。回过神来，季灼灼才发现自己本来就站着。为了校庆而练队的班级四散在操场上，她环视左右，周围拿塑料花的同学们一面回身盯着她一面摇头叹气。而再一松手，她自己手中的花朵也掉落在地。

领操台上的王少丘见状，气恼地挥动口号单，“季灼灼你用点心好不好，你想在校庆的时候给咱们班丢脸吗！6×6的方阵正好，本来就多一个人，要不然你别上了。”

点了头便撤身，季灼灼又觉得就这么干脆离开似乎不太好，她想走回去补充两句，队伍里却传出了一个声音：“5×7吧，我也不上了。”

权秋的脱队让王少丘顿时呆掉，也惹来了其他同学意味深长的感叹。季灼灼知道他会追上来，只好稍微停下脚步，可两人真的走在一起，却又没什么话说。

这种半茫然半发愣的混乱状态又持续了一周，完成海报后，季灼灼终于开始了决赛稿的创作。上轩画赛的决赛部分不需要在考场中进行，只要在期限三周之内创作出一幅符合主题的画递交就可以。然而“让世界中心开满花朵”，季灼灼对此无话可说。她在浑浑噩噩了几天后，才勉强想出一幅海湾图，沿岸的山崖上绽放着火红的杜鹃花。但是这样真的不俗吗？她思考的时候就转着手中的笔，老师已经对这副样子习以为常，甚至她上课画画也不责怪了。课间时其他人看到季灼灼埋头画草稿，也没有跑过来围观。

几乎丧失了所有说话的兴趣，画画是唯一的慰藉了。

因此当季灼灼停笔抬头时，四周早已鸦雀无声。其他人都去操场排练方阵，她被丢在放学后空荡荡的教室了。夕阳的光线慢慢抚过课桌上的铅笔屑，又滑落到地上，无助的感觉如同在播放录音带时按了静音，耳畔只有被无限放大的寂静。

自从上次肖蒲微偶然说出了权秋的名字，季灼灼就希望她能再想起什么，然而她却仿佛那只是句不明所以的梦话，季灼灼也就始终没机会就权秋的事开口。只是两人原本以为永无交集的生活竟然被同一起事故打破，虽然她们共同的话题还是不多，但因为彼此的遭遇，相互也渐渐理解多了，甚至有次肖蒲微敲开蛋糕店的门时，专门送来了两张使馆区音乐节的门票。

自此以后，肖蒲微有时到海边散步，就会顺路去蛋糕店叫上季灼灼，然后两人坐在沙滩上，一起研究画的配色。季灼灼埋头修改时，肖蒲微就给她指这指那，指到了什壹曾经坐着画画的礁石。她一边说一边吃从店里买来的三角蛋糕，季灼灼咀嚼着几块坚硬的巧克力，偷偷望向那块被海浪轻轻拍击的黑色石头。

然而越是精心搭配着决赛稿的颜色，季灼灼便越是想告诉她关于什壹和权秋的事，可是当她忍不住想说时，肖蒲微总是在若有所思地望着远处。日落了，随着太阳的炽热逐渐融化在海水中，海面也像是被镀上了一层粼粼的金色。只有这个时候，肖蒲微的眼里才流露出了一丝憧憬的神采。她说这种颜色令人非常怀念。

“那是金茶。”海风吹拂季灼灼的发梢，她把头发拢到耳后，也眯眼凝望了一会儿远方。

【14】

季灼灼不知道自己的彷徨什么时候能够完结。就算之前事情没有进展的时候，她也没有惧怕过，而现在却深深地感到了无助。找不到人是一回事，发现目标，模模糊糊弄不清状况又是另一种感受。这种心情难熬又漫长，无数次想对肖蒲微刨根问底，但一想到她在为接受自己而不断做着努力，便担心她得知实情后会一下子失去生活的勇气。季灼灼把话咽回去，知道权秋一定也在这么顾虑着。可难道要永远委屈自己吗？有时季灼灼甚至想，生活大概永远不会回到正轨了。

音乐节那天是周六，天气阴沉，午后没多久就下起雨来。虽然前一天晚上就说好各走各的，权秋还是在季灼灼出画室之前打电话邀请她一起走。本就心烦意乱，季灼灼便在走廊里大声说了几句，挂断电话又感到后悔，于是她一路想着，在公交车站坐错了车。

埋怨权秋是没必要的，可是搅乱别人的生活，难道不是他的错吗？赶在车子转弯前从后门下来，季灼灼没想到一辆自行车紧贴路沿而来，慌忙躲闪时踩进了地上水洼。来不及查看鞋子，她抱着画板跑到一旁的公寓楼下才松了口气。板子上夹着未完成的大海，这段时间对季灼灼来说，它就是全部了。

有直行车的公交站在一个十字路口之后，红灯时间很长，雨势也大了，季灼灼只好抹去脸上的水迹，站在干燥的地毯上发呆。天空深处隐隐传来雷声，她挪动一步，这才感觉到了右脚鞋子里的水。胶鞋底吧嗒吧嗒地响着，袜子也变得又湿又厚，这感觉简直糟透了。

季灼灼的头情不自禁地低下去。强烈的失落感让她攥紧拳头，想不出在这之前自己又期盼着什么。

最初得知权秋的实情时，她虽然讨厌他的出现，却也感到庆幸，毕竟什壹的身体还能动弹，音容也一样。可她很快便发现过去永远也回不到，自己的盼望只不过是逃避着什壹的死，逃避着对大姨和姨夫交代一切的那天罢了。季灼灼仰头望着阴霾的天空，想起在春寒未退时自己永远没能递给他的那罐热咖啡——现在空气中已经满是夏天的潮湿了，她忽然鼻子一酸，自己一直逃避的是未来啊。

滚滚的雷声渐渐向西方远去了，重整画板，季灼灼打算走向十字街口，马路对面一辆公交车却在她眼前缓缓停下。不记得这地方设有站台，季灼灼止住脚步，车子关门后平稳地驶去，她在站牌旁看到了权秋。他撑着什壹的黑伞跑着过来，并没戴眼镜。

季灼灼转身向回走，可对面只是公寓楼紧闭的安全门。她只得停住，愣了一下，转身的动作让原本逞强的内心一下子崩塌，“……也许我很快就能习惯了。”

一阵傍晚湿润的风让雨点噼噼啪啪打落在画板背面，水珠溅进眼睛，季灼灼终于呜咽起来，“反正什壹回来也是被埋，你在这里的话，至少我还能看到他。”

同样的风也吹起了少年的衣领，伞顶上的雨虽小却越来越密集，均匀得仿佛再也不想止息了。他的手悄悄伸来，拍了拍哭泣中季灼灼有些颤抖的头发。

音乐节在夜幕降临时如期举行。雷阵雨过后，人们显得比往日还要亢奋，穿着稀奇古怪的外国人聚在一起，随着舞台上的乐队欢呼乱叫，就像是个大派对。而季灼灼和权秋这样一本正经来凑热闹的人，就只有坐在使馆公寓的院子里观望着远方了。

“她这回怎么没把跑车开来？”

听见权秋的声音，季灼灼从手中的画稿上抬头看了一眼，说道："那不是她的车啦……你没看见上次是个男生把她送来的吗？"

虽然这种乱七八糟的事有点多，但是出事后的治疗，让她也多少有点厌倦自己了吧。那阵子为了不让爸妈伤心，她一定面对过许多医生以"人格分裂"为病因提出的刁钻问题。可之前的许多经历她自己却觉得陌生，无缘无故能叫出陌生人的名字，甚至喜欢的颜色也改变了……季灼灼再次眺望着夜色中坐在人工小山坡上，专心地往脸上画着荧光桃心的肖蒲微，理解了她为什么会无所事事。

瞧见季灼灼看似苦思冥想地盯着远方，其实早就开始发呆，权秋叫她一声，见对方仍没反应，于是抽走了她手中的水粉画。后者立即扭身来抢，他便故意把纸举到了高处。"原来最终作已经快完成了，"他拖长声音哼了一声，"感觉不错嘛。"

"这要是和获奖的那些对比，就会被笑话死了。"季灼灼叹口气，"而且什壹要是看到，也肯定会挑三拣四的。"

"这居然都被他说成没新意，他还真是没欣赏力啊。"

不知不觉就想起了过去的事，季灼灼把眼神收回到身前的草地上，"是啊，什壹很多时候都不能理解我，总是这样。"她摇摇头，"比如我说我很害怕将来，他就无论如何也不明白，他……"

"是吗，我理解你。"权秋的话跟得很快，以至于季灼灼觉得他另有所指。而事实的确如此，把展开的画交还给她，权秋问道："你喜欢我这种句式吧。"

缠绕在树上的小彩灯亮了起来，季灼灼望着他，画纸滑落在了腿上。

“但什壹那样说有他自己的目的，也许是为了激励你让你更努力，或者想让你别再那么认为了，谁知道呢。但是，总之这就是默契。而我只不过把自己想说的话说给你听，并没有‘为了你……才……’这种句式。所以……”

“什壹真是不该死掉。”

纸张在灯光的照映下显出淡淡的紫色，季灼灼凝视着半成品的画面，无法克制地埋怨起来：“说不定我早该下决心把事情和肖蒲微问清楚，在这里耗着时间，说什么等比赛结束再说吧，可我就算画完了画，将来还有多少事情要面对你知道吗?”见权秋没有吱声，她便继续说下去，“的确我也一直犹豫不决，什壹走了的话自己便孤身一人了，要承担的东西有很多，我也不确定能不能像他那样让大姨满意。因此可能一开始会痛苦到难以接受，可也不能总这么欺骗自己吧……”

抬起眼睛，季灼灼瞧见了从远处走来的肖蒲微。她刚刚应邀在舞台上唱了半首歌，这会儿抱着三瓶汽水，一脸轻松地笑着。强作平静，季灼灼压抑着心中翻涌的情绪，攥皱了画上的杜鹃花。

“可就算这辈子都会想念着什壹，我也不想永远活在对某人的回忆中，就算未来一团糟，我也想以自己双眼所及的视野生活下去。虽然还是非常害怕，但这是我的决定。成为美术生又怎样，为了高考画画又怎样，路总是要走下去的不是吗?”手上的力气在加大，头脑发热，像是下了最终的决心而站起身，她双手用力扯开了皱成一团的画纸，话冲出口的瞬间泪水也夺眶而出，“既然救什壹的方法从一开始就不存在，我们就谁也不要让事情这么荒唐下去了，问吧，把你姐姐从她身上揪出来！或者，你就这么把什壹还回来啊!”

焰火蹿上天空时带过一阵奇妙的声响，随后绽开的红色在她身上耀出片刻璀璨的光彩，权秋在黯淡中闭住了嘴巴。他清晰地听见了纸张撕裂的声音，也能看到她因愤怒与绝望流出的眼泪。视线中闯进肖蒲微的身影，权秋在她眼中捕捉到了与自己同样的惊慌无措。他转过头想对季灼灼说句话，可是眼前忽然压来她的身影。

季灼灼伸出手臂紧紧搂住了他的黑发。头发温暖，但却不是他。

面对这毫无征兆的举动，权秋没有推开他，视线完全被埋在了黑暗中。他的手抬起来又放下，担心自己要是拍拍她的后背，她会因此哭得更凶，毕竟他在这世间已经谁也不是了。

就这么犹豫着，雨却又下了起来。

【15】

大姨把蛋糕店的卷闸门推到顶端时，时间还不到早上七点，但她已经给两个孩子做完了上学前的早饭。十分钟后，她把晾干的竹篮从后院拿到前厅时，什壹的拖鞋已经放到鞋架上了。清晨的阳光从点心窗口倾泻进来，显出柜台顶上薄薄一层灰尘。从楼梯下来的姨夫刚睡醒，没等打完一个哈欠就被塞来一块抹布，他顿时清醒了一些。只见大姨把一碗米粥和剩下的煎鸡蛋端上楼，边走边疑惑地嘟哝着：“他们俩最近是怎么了呀。”

这问题姨夫没法作答，他也猜不出季灼灼这几天缩在床上到底在想什么。其实事实也并没有多复杂，她只不过一遍又一遍仔细回忆着蛋糕店的样子，希望焦灼的脑袋能够尽快平静下来。然而这方法失效了，就好像面团缺了酵母，无论如何也变不成面包似的，季灼灼的心就像个发不好的面团，拧巴成了疙瘩。虽然知道昏睡也于事无补，但暂时陷入混沌中，也能稍稍宽慰些。

被大姨放粥的声音吵醒后，季灼灼忍着头痛爬起来，关着门的房间里却没有一个人，再一看却发现了立在书桌旁的荚迷花初稿。自从上次听了权秋的话后，季灼灼一看到这幅未完成的画，就替妈妈难过起来。妈妈也一定不想让它就这么苍白下去吧，季灼灼想把画拿近一点儿再看，可是额头抵着床栏杆，眼神却不知落在了哪里。很快，便又再度昏睡过去。

季灼灼父母离开后的第一个中元节，她放学却并没有回家。想到夜幕降临后就要在后院烧一些莫名其妙的东西，季灼灼索性一个人背着书包，默默走到了海边。似乎有种预感，什壹果然就坐在那块表面平坦的大礁石上，盘腿抱着画板，还在专心涂抹。可就算天空还亮着，也无法借着余晖来画画啊。季灼灼看到原本辽阔无边的海面被他用水粉涂得参差不齐，别说波纹，就是落日也串进蓝色了。没想到季灼灼会找到这边，他的眼里闪过一丝不安，“我还没画完天就黑了。”见她坐在了旁边，便用力抬起了手中的画笔，直到颜料流进指缝，才终于松下气力对她说道：“季灼灼要是不用成为美术生就好了。”

没有路灯的海边，两人之间的联系越来越黯淡了，海风中只能依稀辨出什壹的声音：“不用为了别人的梦想而忍耐自己，未来也能更宽广一些了。”

“那你怎么办?”季灼灼寻找他的视线，“我怎么能把你丢在这里啊。”

四周的风景变得模糊，眼皮跳了跳，她坐起来才意识到原来这只是一个梦境。因为窗帘紧闭，四周一片漆黑，等到眼睛慢慢聚焦，黑暗中出现了大姨的身影。

“学校那边打电话来催好几次，校庆没了你不行吧。”大姨轻轻把校服搁在了季灼灼的床上。

季灼灼冲进海滨一中食堂时，学姐见她的表情如见救星。她还以为赠送纪念蛋糕的计划泡汤了呢。虽然只有几百人参加的食堂聚餐会算不上隆重，但这却代表着季灼灼整个上午都要把自己扔在面粉与蛋糊中了。何况她把围裙围好时，操场上的运动员进行曲已经响了起来。好在学姐找来几个自愿帮忙的女生，季灼灼指挥她们筛面粉和分蛋液，自己到烤箱房间看了看。这里只有两个小烤箱，按每次能装二十个左右的话，她盘算一下，中午前勉勉强强能够结束。

其他几个女生也意识到了时间的紧迫。“什壹呢?什壹为什么没来?”其中有人把发泡机戳入加进白糖的蛋清，忽然问道。另一人小声地接话：“他和季灼灼这两天在吵……”

忽然走回来的季灼灼把说话的两人吓了一跳。前者装作若无其事地走向搅拌着牛奶和色拉油的女生，“尹江团，你搅得太快了。”一边说着，一边上前挪过盆子为面前几人演示着接下来的步骤，筛粉，做糊，用刮刀把调好的蛋糕糊调均匀，最后季灼灼双手捧起模具用力震了两下。“这样让气泡冒出来，接下来你们拿去烤吧。”

看着女生们小心翼翼地捧着面糊离开，季灼灼这才靠在台案旁松了口气。害怕她们之中的谁会直接问起这问题，幸好只是空担心一场。食堂里没开空调，倾泻的朝阳照在一罐彩色碎糖针上，鲜艳得不真实。忽然她听见有人局促地咳嗽了一下，于是抬头看，只见王少丘尴尬地站在门口。

“对不起，那天话说得有点重了。”男生摆弄着手中的排演单，挠挠头，“怎么说，画画也挺不容易的，我想我是考虑得太少了吧……”瞧见季灼灼在看着这边，她那种不带什么情绪的平静目光令他感到棘手。他暗暗催促自己快说下去，话便脱口而出：“你不是因为那天练队的事才弃权的吧！”

意识到似乎太莽撞了，血液猛地涌到了脸颊，王少丘连忙解释，“不是什壹告诉我的，全都是瞎想啦！大家看你这几天闷闷不乐，什壹又不和我们说话，猜到大概吵架了……进一步才想到原因不会是你把画赛弃权了吧！”

“季灼灼把决赛弃权了！”从烤箱房间回来的女生们顿时愣住，接着便默无声息。只有瞎议论的女生为了补救，小心翼翼地说道：“我要是季灼灼就不会弃权的。虽然和你不是一个班，但我知道有很多人都在偷偷羡慕着你。”周围的寂静让她有点哆嗦，但想法发自内心，她还是说了下去，“我也这么想啊，你又会做蛋糕又会画画，真厉害。不像我们这些没特长的人，将来走到哪儿都很普通。反正，我要是像季灼灼那么会画画，一定会努力在高考时考到美院……”

“我也会争取考到那里的。”

季灼灼心不在焉的一句话让王少丘大惊失色，“你不是不想成为美术生吗？”

原本拿起来的空盆搁回了原处，季灼灼转身把他朝食堂门口推去，“看来将来你们要改变这想法了。”她提高声音说，松手后看着他被自己班的方阵叫走。热闹的操场笼罩在一片节日的气氛中，场面比运动会要隆重多了。如果可以，季灼灼真想看着各个班级彩排，休息一会儿。这时肖蒲微的电话却打了进来。

那天看着季灼灼把画撕成碎片，她也十分难过，因此这几天她也不断地想着怎么补救，在电话里告诉季灼灼自己一整天都在上轩，希望她也能来一同想办法。可事到如今还有什么弥补的方法呢？下周的这时候就是决赛交稿日了啊。何况季灼灼准备成为艺考生的话，就没必要参加这富有创意的浪漫画赛。事情一旦被考试掺杂，立即就变得残酷了。

季灼灼合上了手机。

堪称完美的纪念甜点最终在聚餐会上大放异彩，望着舍不得一口吞下蛋糕而是和奶油花“50”合影的昔日学生，老校长先生也感动得热泪盈眶。而从厨房看着食堂里欢聚的场面，烘焙小组的几人即便双手酸痛也备感欣慰，甚至继续加做了一些。就这样忙碌到午后，几个女生才因为朋友等得不耐烦而先走一步，只剩季灼灼一人收拾着面粉泛滥的案板。

海滨一中下午全员放假半天，随着欢腾的校园逐渐恢复了寂静，季灼灼才觉得心中的疲倦再度涌上来。意识到自己一直在什壹的保护中无责任地生活，才决定面对未来，可是当几乎无路可走的现状摆在眼前，她又觉得希望格外渺茫，好不容易在淡漠中燃起的斗志也熄灭得差不多了。

季灼灼啊，她不禁要问自己，你到底为什么会站在这里呢？迄今为止发生的所有事，都是真的吗？是啊，如果你要是哪天把这些经历对别人讲，恐怕只会被嘲笑是白日梦的。感到握着抹布的手失去力气，季灼灼闭上眼睛，甚至再度想说服自己就这么下去也不错。行吧，可是，不行，但是……唔。

忽然身后传来纯净水瓶被撞翻的脆响，她睁开眼，脚步声慢慢靠近，她听到密封的玻璃瓶盖因涨进空气而弹起，这才忍不住转过了头，权秋举着的罐头就停在眼前。如果季灼灼没记错的话，是窗台上最后一瓶鱼罐头。

“一起吃吧。”权秋说。这破天荒的举动让她惊讶，“你不是嫌弃罐头吗？”

“那就要看情况了。”坐到桌上，权秋用准备好的叉子戳进一块淋着茄汁的鱼肉，“重要的东西只能吃两次，第一次是熟悉它……”他把叉子递过去，“最后一次是记住它。”

在权秋身后，食堂里一片狼藉。用过就丢弃的亮片彩带到处缠绕，最后从吊灯垂了下来。望着它们被风吹得晃悠悠的，季灼灼为这一套稀奇的理论笑了起来，接着又感到一丝无奈和酸楚。为了掩饰，她说道：“我还以为你没来学校呢。”

“就是刚刚回来。而且我很快还会走，顺便把烂摊子收拾好，保证不给你添乱了。”权秋默默嚼着鱼肉说，“我说过的，反正我这样下去迟早也会被协管员抓住，于是我就自己去找他们了。相对的他们会帮个小忙，让你的生活恢复正轨。不过别担心，只要这边的事一处理好，我就会逃跑。如果能顺利逃脱的话，我会给你写信的。”

权秋大口地吃着，季灼灼脸上的笑不禁隐了隐，“可是你姐姐……”

“是啊，我不知道她为什么会救肖蒲微，但总之姐姐这么做了，我会尊重这决定，并且看到她还活在世上也放心了。所以就像当初说好的那样，我不会死皮赖脸的。但是肖蒲微身上毕竟只有姐姐的一部分，而且到现在谁也说不清她当时为什么会一个人走在高速路上……所以在找到答案之前，我是不会停下的。”

季灼灼的心中隐隐不安着。这是吐露心声吗？她不知道，眼前用力吞下最后一口的权秋让她不禁恐惧起来，弄得像是离别似的。看他把空罐头放在桌面，擦去嘴角的酱汁，“我记住你了。”边说边跳下桌子离开。季灼灼终于忍不住大声叫住他：“小秋！”

可是除此之外，除了睁大眼睛，她不知道要说些什么。

然而转了个身看着她的权秋却在临走前说出，也许会令她永远困惑下去的一句话：“能明白吗？我也是这么想的。再见，季灼灼。”

【16】

回到家后，季灼灼特意从二楼张望了后院一眼，不见权秋。她转身询问在自己房间琢磨着端午节特别点心的两个大人，也没有回应。于是季灼灼只好沿走廊回到自己的房间，望着荚迷画发呆。

片刻后，她便完全沉静了。要面对未来不能光说不做，现在她除了鼓起勇气把实情告诉大姨，然后自己成为美术生以外别无选择。季灼灼把画框立到了床头柜上，又从储物柜里翻出了一个用塑料袋包好的木盒。虽然里面只是几把旧画笔和一盒颜料，但妈妈留下来的画具能激励自己，季灼灼还是珍重地把尘迹累累的木盒放在了书桌上。她接着从乱摆一气的书堆中抽出了那只装上轩准考证的洁白信封，稍作犹豫，把它彻底撕成了碎片。新买的几本画集似乎也不需要了，还不如多研究素描头像。

做完这些，季灼灼打算告诉大姨退掉现在的美术班，换成针对高考的集训课。然而她刚走出房间，楼下的铃铛便响了起来，进来买面包的客人见前厅没有人，高声吆喝了两声。季灼灼想转身下楼，从后面跑过来的姨夫把她推到了一旁。

“校庆完了挺累的，歇着去吧，”他回过头来说道，“等你姨晚上给你和什壹做好吃的。”

季灼灼的手抠住门框，可是双脚不由自主地后挪一步，已然站在了什壹的房间里。窗子开着，她小心地回头望一眼，屋子被权秋收拾干净，整洁得好似从来没有人住过，唯有木头纹路的旧式桌子上摊开着什壹的日记本，一根铅笔仿佛刻意地压着翻开的某一页。

季灼灼下意识地走过去，轻轻拿起本子，只见上面写道：

“她说参加上轩联赛是件彻头彻尾的蠢事，然而我必须说服她报名。而且我不能去，因为我决定朝着艺考方向努力，只要将来在考试中发挥出色，季灼灼就不用成为美术生了。等到明年，明年我就会向大姨争取的，季灼灼经受过了父母的车祸，在未来上就多给她一些选择吧，我会承受剩下的……”

没有动弹，季灼灼只是无声地把日记翻到下一页，然而寥寥几句话后，却只见一个没有结尾的段落：

“虽然很多人存在的目的是实现别人的理想，连我也是。但我还是希望季灼灼能在有限的可能里把握自己的人生，闭上眼睛就能看到脚前的路，走下去，就太好了。她能”

她能……季灼灼任由混沌的意识如浮藻般任意流动，脑海中却有一句话渐渐回荡起来……她能明白吗，我是这么想的。

“灼灼啊，你刚才想跟大姨说什么？”忙完手头事的大姨在走廊里慢慢前行，冷不防被从什壹房间里冲出来的季灼灼吓了一跳。只见她三步并作两步从自己床上抄起手机，而后狂奔着向一楼跑去，“我去趟上轩！”头也不回地说。

“还是算了吧。”

肖蒲微皱皱眉毛，换了只手撑着被太阳烤了一天的台阶，“今年不行不是还有明年吗？反正我想明白了，你这种人，就算获得大奖也不会快乐的。还记得我们第一次见面时你说的话吗？参赛只是为了什壹，你一点儿想法都没有。”

傍晚自习课的钟声自山坡飘荡而来，被风吹过的树林沙沙作响。

“我知道，虽然有点突然，但这回完全是出于自己的意愿，我想把比赛继续下去。”季灼灼说，可是肖蒲微回头看着她时，却全然没有理会这番话，只是摸着发梢自顾自地继续，“至于说为什么你不可能快乐，”她顿了顿，背过身去，“艺术需要的是坚持、悟性、牺牲、努力和爱。最后一条，在你身上看不到。”

季灼灼能感觉出，就算肖蒲微背朝着自己，她眼中的责问也一刻不歇。时间每流过一秒，季灼灼内心的挣扎就加深一分，目光在闪耀光泽的头发与地上来来回回，她吐露出了实话：“因为我从没想过什壹希望我坚持自己的未来。我总是说着要报恩，没想过并不是所有事都能用东西来衡量或者回报的。如果这么做了，就会违背美好愿望的初衷，反倒是不负责任的表现了……”

“可就算能延期，你也没有名次了。”

“这本来就不是交代也不是报答，只是我想把比赛完成，对过去做个了结。”

听到这句话，肖蒲微回身而来的目光在她脸上停留了几秒，而后她一使劲站起身子，“好吧，那就去绘本组。”

下周这时就是决赛评审的第一天了，两手空空，这次参赛季灼灼基本上已经失败。转到绘本组的话，时间可以延期一周，但也失去了竞争的可能。也就是说，就算季灼灼再努力地画，也只是幅装饰画而已。办理手续的温柔老师为了安慰她，便说起了肖蒲微去年的经历，免不了带出那句一直很神秘的话。

“你嘲笑他不会画画，后来他怎么说来着？”老师扑哧一笑，“‘现在的狂妄小孩，说别人之前从来不想想自己有没有足够的分量’……你还真可以啊。”

等到办理结束，由教学楼后门走出来，落日正从西方的山间缓缓下沉，不远处的田径场被笼罩在一片金红色的光辉之中。望着校门外驶过的大巴，肖蒲微背起手说道："虽然可以不画得那么精细，但最少要十张，你想好画什么了吗?"

"你就一点儿不后悔说了那样的话?"唐突地发问，就算她不会作答，但再也忍耐不住这个疑惑，季灼灼感觉喉咙发紧，只有看着她垂顺的发梢随步伐跳跃。穿过校门，两人一前一后向巴士发车站台走着，肖蒲微的语调十分轻松。

"去年的话? 是有点后悔啦，但你知道吗? 季灼灼，那个老头把我之前的男孩说哭了啊。就因为他觉得用蜡笔画的鱼和去年的主题不搭，于是说那男生配不上一等奖该有的才华。我就反驳说'你要是说了太多的话，最后会连画画都不会了'。结果他生气了，我也当时就被老师们拽出去。"肖蒲微胳膊搭在不锈钢扶手上，眺望着浸渍在夕阳中的枫树叶，"可是他们误会了啊，我是真的觉得不能画到最后却只拿'才华'来衡量别人，画也是有心声的。所以，我希望季灼灼就算将来会一直画画，也一定要带着'爱'努力下去。"

等车的人群向前簇拥，随着大巴驶来，夕阳在金属栏杆上飞快消退，温暖的热度也在两人身上逐渐冷凝。"明天在你上课的画室汇合吧。"肖蒲微垂下双手，在登车前回头向季灼灼问道，"另外，那天你突然撕画到底是什么意思?"

【17】

把所有事向肖蒲微坦白，虽然最后在地铁站分别时她仍一脸难以置信的表情，季灼灼至少觉得心里轻松一些了。但她还是有所隐瞒，没有告诉肖蒲微她感觉身体里有另外一人不是错觉。毕竟这些事，让她知道实在是太残酷了。

“看来人格分裂的人不少嘛。”倒是临走时她这样说，让季灼灼只有报以一个安慰的笑。车门关闭了，她便怅然若失地靠在栏杆上，摸出自己的手机看了看。无来电，权秋现在在哪儿呢？去和所谓的协管员调解这件事，他能平安无事吗？季灼灼抬起头，地铁里的人群困乏而没有生气，她却觉得自己好像得知大家一辈子都不可能知道的大秘密了。

季灼灼迈进家门前，也联系不上权秋的手机，见大姨和姨夫坐在餐桌旁面对一桌热气腾腾的美味，她再三犹豫，还是一个人进屋，坐在了桌旁。“什壹有些事情，这三天都不回来。”

“去同学家了？”

大姨显然没法相信这种笼统的解释，她想刨根问底，姨夫就在一旁劝阻。但大姨最终还是按下了季灼灼刚拿起的筷子，语气里有些愠怒了，“你们这段时间吵来吵去的，到底瞒着我们什么事？”

姨夫劝阻的声音微微提高了。季灼灼眼神瞥见什壹那个盛了热米饭又慢慢凉下的碗，又盯着自己的筷头的一滴水珠，在下定最后的决心。也许一天之内坦白两次有点吃不消，但长远之计除了这个没有其他了。想到这里，她把筷子轻轻搁回了原处，终于提口气说道："大姨，其实什壹早就死了，这段时间和我在一起的是个叫权秋的男生。他答应我如果能帮他找人，就把什壹的身体还回来，所以……"

被开头一句震慑住的两个大人顿时停下争论，就这么听着季灼灼把整件事情的来龙去脉讲述清楚，直到蛋花汤再也不冒热气，他们仍然呆若木鸡。说完后，季灼灼静待着他们反应过来，而后开始更大的一场解释，突然大姨的一阵蹙眉打破了沉默。

"净瞎说八道，这两个孩子又在搞什么鬼呢？"

"谁知道是遇到了什么烦心事，"姨夫的话紧跟而至，"反正海边就这么大地方，既然不是失踪，就让他散散心吧。"

这下换季灼灼哑口无言了。她愣愣地把眼神抬高，经过大姨有些生气的表情，看到姨夫在一旁好生劝着，他偶然间转过头来，悄悄一眨眼。

等到店里打烊，一楼灯光全都关掉后，季灼灼才摸索着走下楼去，穿过黑暗中被路灯映亮一半的前厅，来到后院。檐角的一盏灯开着，伴随夏夜虫鸣的是哧哧的铁铲声，姨夫果然蹲在排水台上刮着烤盘上难处理的煳渣。见季灼灼走来，姨夫换了个姿势，两人谁也不用多说什么便明白谈话的目的。

"你难道不害怕什壹会离开我们吗？"季灼灼问道。初夏的晚风很舒适，她也坐到了水泥台的另一边。想到对方可能是因为现实的冲击过大而假装不相信，季灼灼又把事情解释了一遍。谁知姨夫听完后，表情仍然没有变化，"记得我上楼劝你们别吵架的那天吗？虽然不该偷听，但那天我就知道这事了。虽然一开始也觉得害怕，但谁在年轻的时候都会遇到一些不可思议的事，不是吗？多一些经历是好的。”

“可是……”

姨夫忽然把烤盘调转过来，刺啦一声打断了她的话，他朝上面淋了一些洗涤液。“怎么说呢，人越大就会越觉得身边发生的所有事都应该合乎情理。虽然有点可悲，不过正因如此，等灼灼你年龄大了再回想起这两个月，这些就都变得像做梦，也不会害怕了。”刷掉了最后一块污渍，姨夫长长地松口气，“权秋既然让我们等他，那就等到三天后再说别的吧。”

姨夫用清水洗净烤盘，又擦干了锃亮的盘底。做完这一切，他便坐回原处，点起了一根烟。看着一小团火光亮在空中，季灼灼慢慢低头说道：“大概我现在经历的一切，都是我这么久以来误会什壹的报应吧。我一直以为他挖空心思想让我也成为美术生，谁知道他想着只要自己能考上美院之类的大学，我就不用再为大姨实现梦想了。”

“这么说什壹那小子也误会我们的意思了啊，”咬着烟卷，姨夫含糊地笑了两声，“你姨的确想让你俩成为画家，但也从来没希望你们因此委屈自己的想法。她还以为你们两个孩子是一门心思喜欢画画，谁知道你俩反倒念叨着报恩了呢。”

“当然喜欢了，只不过弄明白这点的话，就会画得更好了吧。”季灼灼望着自己染进颜料的指头，“上轩的画稿虽然撕了，但是我也和朋友想了别的办法继续参赛。题目是我们一起决定的，是个少年少女三人寻找一幅画的故事。我想把妈妈那幅画作为最后一页……毕竟妈妈也希望自己留在人间的画能够完成吧。”

“白色的荚迷花?”姨夫起身，从排水台走下来。还以为她会被问住，姨夫转过头看了看她。其实季灼灼早已拿好主意。

“是金茶荚迷。”

如果世事真能按姨夫所说那样发展就好了，那样季灼灼宁愿变成抵触不合常理事情的人。然而第二天早上她睁开眼睛，什壹的房间仍然空空如也，什么也没有改变。她仰头望见床头那幅妈妈的画，明知道自己应该像和肖蒲微说好那样起床去画室汇合，可脑袋陷在枕头里，她却感到心力交瘁。

十分钟后，季灼灼吃过早餐乘公交出发了，在路上打开手机，静静亮起的屏幕上连一封未读短信也没有。公交车慢吞吞地行驶在车辆并不多的马路上，就这样一路磨磨蹭蹭，到站时果然肖蒲微已经等在站台上了。

“昨天我把这个故事对我在上轩的朋友讲了讲，他们都非常喜欢呢。虽然得不了奖，但到时候说不定能摆在最显眼的地方呢。”画室在右侧，肖蒲微却沿便道一直向前走着，她一指路口的便利店，“去那儿买早饭吧。”

“把一幅水粉画挂到最后当结尾，没问题吗?”季灼灼仍有点不放心，眼睛却不由自主地瞥向了路对面的车站。人来人往的站牌下，一切如故。

“老师看上的就是这个点子，所以只要好好画绝对没问题。那要是能成为优秀装饰画，明年再参赛一定会容易得多，而且不说将来考学，说不定直接就被哪个公司看上然后送出国培养呢……”

听着如此美好的未来，季灼灼只是笑了笑，看她拿起两盒果味酸奶，便说道：“我已经吃完早饭了。”

“嗯，这是买给什壹的。”肖蒲微抬起头，平静地再次强调，“什壹很快就过来。”

话音刚落，只见季灼灼的目光颤抖一下，调头便跑向便利店大门。肖蒲微怎么知道呢，这个路口对于季灼灼来说有多熟悉，熟悉得甚至再也不愿见到了。见她已经飞快地下了便利店台阶，肖蒲微急忙追上去朝她喊道：

“等等，季灼灼！”

【18】

对街人行道的信号灯下果然站着什壹。见季灼灼看到他后也面朝路口停下，肖蒲微松了口气，抬眼望向路对面的什壹。不，不是什壹，他凝视这边的复杂眼神，肖蒲微发现和昨天的权秋一模一样。

昨天晚上肖蒲微走出地铁站回家时，在道旁的梧桐树下看到了他。毕竟刚刚得知他的名字是权秋，肖蒲微并没有直接叫出来，而突然遇到他，她甚至不知道该怎么办。在他面前犹豫着，还是权秋先开口说道：“明天早上季灼灼去画室的时候，无论如何让她去趟便利店好吗？然后就说什壹很快会出现的。别忘了帮他买一份早餐。”

肖蒲微抬头看他，这才发现他并没有戴着眼镜。

“你不是在寻找姐姐吗?”她轻轻问道，远处的地灯照不到这里，阴影中的心照不宣让心咚咚跳个不停，身前的人忽然靠近，她紧闭双眼，只觉得额头被他轻轻吻了吻。然而小鹿乱撞的心忽然就平静下来，她发现这与恋慕不同，少年传达过来的情感只是一种思念。

“所以你要好好对待自己啊。”

手中的酸奶盒忽然滑了一下，肖蒲微一惊，脑海中的夜幕如同被沾多水的画笔冲散的颜料，她吃惊地望着面前逐渐淡去的黛色，只觉得这种感觉十分怪异，又像在等待着什么发生似的，大脑一片空白。很快，原本重叠在眼前的景象便只剩了车来人往的十字路口，她看到什壹从路对面慌忙跑过来，自己却只能僵硬地愣在台阶上。

季灼灼也刚刚回过神来，一脸惨白地抬起手，仿佛要擦掉脸上不存在的雨水似的，仰头却被明媚的阳光晃到。看到气喘吁吁停在面前的什壹，她的声音有些发抖：“你没看到吗？那时候车子居然偏过去了，从那边开走，什么也没撞到。”季灼灼把目光投向了一侧平坦的道路，“所以什壹……”

“抱歉，我睡过站了。不知怎么睁眼居然已经到了总站，只好再坐回来，结果连早饭都没吃成。”什壹的解释仿佛季灼灼只是自言自语，她张了张口，却没出声。两人所处的位置仍然是便利店前的路口，这就说明什壹终于过了这条他原本不可能走过的马路。世界是一片风和日丽，她顿时觉得并不需要再大惊小怪，毕竟他的温和眼神已经回来了。

只是站在便利店台阶上的肖蒲微却仿佛失去了什

么似的，忽然哭了起来。

【19】

两个星期的时间快如飞梭，轰动海滨一中的消息里最让人震惊的，除了季灼灼转战开始着手上轩装饰画，就是什壹新一周重返学校后性格再度大变吧。不过惊讶归惊讶，大家围观两天便也很快消停了，毕竟乖乖上课的什壹才是他本来的样子。更何况，所有人其实再度被蒙在鼓里了。什壹对自己这段时间的所作所为一点印象也没有，好似在地铁上睡过站了两个月一般，因此季灼灼便和他约定好不让任何一个人知道这件事，至于该怎么讲述这次经历，今后的时间还长呢。

肖蒲微的病情似乎也好转了不少，自从那天从便利店回画室的路上她大哭后，曾经身体中不协调的感觉便仿若冰释，她没多久就决定回到爸妈身边了。而且托她的福，顺利递交的画作被整个评委会一致好评，别出心裁的创意既符合了“让世界中心开满花朵”的主题，也让她稳拿了展室楼层的第一块展板，成为一号作品。虽然不及肖蒲微今年荣获的一等奖，季灼灼也很开心，展览会开始后带什壹去看看了。

可是在高兴之余，她的心中却并没有那么轻松。物理课上老师讲到反作用力时，季灼灼却只盯着吊在演示用四轮小车后方的弹簧出神。如果静止不动的弹簧代表“现在”的话，那天她在幻觉中看到的那些逐渐复苏的过去景象，就像是弹簧被压到了极限而展示出的“过去”，原本该撞上什壹的车子在打滑后与他错肩而过，紧接着弹簧松开，过去的一切又开始迅速流转回现在，于是曾经便这样悄悄改写了。

最初季灼灼还担心复杂的时间会因此衔接不上，可她很快发现，就如权秋所说，这些她不敢想象的事对于时间中的协管员来说简直易如反掌。但也正是如此，季灼灼便更加担心权秋，他能顺利逃掉，继续寻找姐姐吗？

可这种心情在第一周结束时突然淡薄了。感觉就像是被什么敲了一下脑袋，原本只是在例行每天早起后的刷牙，当季灼灼望向镜子里的自己时，却忽然感到了姨夫所说的那种感觉，原本历历在目，以为一辈子都不会忘记的遭遇逐渐朦胧了，仔细去想的话，甚至错觉它只是发生在梦中。

但是这样也不错，因为所有回忆都变软了，不管是坐在酒吧外还是权秋嘲笑罐头的样子，连当时因愤怒至极而抱住他的举动，现在想来也只记得他头发的温暖了。心中荡开的小小涟漪，是对曾经在一起时的留恋。他也会如此回忆着吗？

最后，季灼灼在端午节那天接到了肖蒲微的电话。

手机一响，坐在桌前的季灼灼立即抖了手。本来水加多了的红色串进橘黄，原本该金灿灿的龙舟一下子变成诡异的绿色了。扔开细头画笔，她拿起手机时看到日历，才发现今天是上轩获奖展览开幕的日子。可是望着一桌子未完成的点心袋，她知道自己有比赶过去看展览更重要的事。

“我在给什壹的粽子面包画包装袋，没法过去了。下午结束后来我们这儿一趟吧，我会让什壹特意给你烤一包的。”听到大姨在楼下招呼，季灼灼一面应和一面跑下楼，挂机前对电话另一端的人说，“不用谢啊，让他们把妈妈的画多挂几天就好了。”

路过厨房时，季灼灼看到弯腰赶制着粽子馅料的什壹，然而后者并没有看到她，只是专心致志地调配着。站在一旁，以守着烤箱为由偷吃糯米馅料的姨夫抬头瞧见她，想叫什壹，季灼灼却摆手示意他这样就好。生活能够恢复平静已经是种幸福了，直到大姨在前厅又叫一遍，季灼灼才跑到人满为患的收银台后，把即将用光的手绘包装袋补上了新的，顺便把绿色的龙舟放在了最上面。

“外面有人找你啊。”大姨抽空对她说，下巴顺势朝外一努。

擦着汗的送信姐姐正站在榆树荫下的小路上。蝉不知什么时候已经在枝头欢快鸣唱了，看着她手忙脚乱地翻找出一摞信件，季灼灼在上轩展会寄给自己的挂号信上签了名。忽然门口铃铛叮当乱响，什壹从屋里探出头来说道：

“真奇怪，我忽然很想做腌笋罐头。下次试试吗？”

“咦？这话好像听谁说过。”季灼灼回头冲他笑了笑，刚要继续回忆，就又被身后的人扯了回去。从一摞雪白信封中抽出一封特殊的金色信件，送信姐姐简直困扰到家了，“这上面只写了你家地址呢，何况这种信封，我想可能是恶作剧吧……”

先是一阵陌生，季灼灼缓缓接过了信。在双手触碰到金茶色的一闪念，就像是伞状花朵忽然绽满了整棵榆树，一切经历过的场景又都在头脑中鲜活起来，她的疑惑变为了笑容。“不啊，”心中被喜悦填满，季灼灼举高了一点信封，让清晨的阳光穿过几乎透明的花瓣，“这才是世界中心的花朵。”

愣了愣，送信姐姐噗地笑了，声音在疲惫中又明朗起来：

“嗯，是情书也说不定呢。”

第三章

你的一切故事

【1】

我想，大概谁都会有这样一个故事吧？考试失利，等到成绩发放后遭遇亲戚的善意询问："你考得如何，差不了吧?""差太多了。"——很想这样说，可是看到父母在一旁阴沉的脸，又没法这么坦率。几番僵持，亲戚也终于意识到我沉默的缘故，于是笑着安慰："发挥失常也没什么大不了的，下次努力啊。"

我知道，谢谢你们，可，假如这是重大考试呢?

你们就不说话了。这事情是真正发生在我身上的啊。我初三那年中考完败，分数甚至直线滑到了职高分数线之上。第一志愿第二志愿全部落空，当初抱着半玩闹心态所报的第三志愿，反倒成为将我收留的终点。

"那，你现在到哪儿念高中了?"亲戚们又追问道。

"海滨一中。"

“出市区了啊……”他们伎俩不佳，微笑里分明露出怜悯的轻视神情。一切尽在不言中。保持缄默的同时，耻辱感也在胸口蔓延。

从志愿落定的第一天起，全家的气氛就笼罩在死寂中。海滨对我来说并不陌生，小姨住在那儿。那里曾经是外国人的天下，他们搬走后留下了西式建筑，本地居民便在旧址上发展起来，沿海的都是小巧洋楼，其实日子比乡下还平淡。去年夏天我和同学游泳，顺便在姨家住了两周。我们一面吃着冰西瓜一面看学生在滨海路上来往，尽情嘲笑他们土气的白T恤蓝裤子校服，压根儿没想到这将是自己的归宿。

我没参加同学聚会，也没脸走出房间接电话，贴在门上听见妈妈火冒三丈地告诉同学我快病死了，嘭地摔了电话机。

我私下哭着恳求爸爸让我转学，“随便什么高中，只要回到市区。”

爸爸虚弱地看我。家中的情况并不能呼风唤雨，他叹息道：“不太好吧……”

“再怎样也比被骂死在乡下好。”

带着行李去姨家那天，我鼠窜般逃离妈妈铁青的视线，跳进爸爸的小车。自从他答应我找学校后，我已经抱着上最烂中学的必死决心，然而，在高速路上爸爸却开口说：

“你觉得十三中如何？”

“市重点？”我吞咽一下，“与其当重点扶持对象，我还不如在海边凑合上学。这要不是开玩笑的话……”我看看爸爸严肃开车的模样，半是自嘲半是伤心地拉起自己的裤腿，露出比右腿细整整一圈的左腿——“恐怕他们是要拍安全教育片了。”

在别人眼中，我中考惨败的原因是这条腿。体育考试前一周摔趴在跑道上，无比狼狈地办理了免体育课的手续。挫败感归咎于“免体后的沮丧”，这些似乎很讲得通。

只是其中的真实原因，没有人知道。

在海滨一中的入学档案上，我亲自签了“免体”二字。接着向老师浅略地解释伤到的是膝盖软骨，虽没有瘸，但不能再跑步了。谁知她挑挑眉毛，言辞尖锐地说：

“你可好，把我们这儿当成疗养院了。”她知道我是从教学高质的市区来的，我哑口无言，这表现恐怕要扫她的兴了，她讥讽地盖章。就在这时，我身后的门开了。

“你免体后自暴自弃来着，至于吗？还是说你本来学习就不好，一看走投无路了，咬紧牙关踩了自己的鞋带？”这种刻薄简直要烫伤我了。我捏紧拳头，正要反驳忽然觉得喉咙一紧，后衣领被人向反方向拽去。

“她班主任让我把人带走。”似曾相识的嗓音。

“给我等等。”老师站起来，“把免体证明给我留在这儿。”

但那人已经不由分说拉我出门了。温暖有力的手紧紧抓住我的手腕，视线中他个子很高，短发稍长，眼睛在楼道的阳光中反射出熟悉的褐色……我见过他吗？停止脚步的一瞬间，我抽回了胳膊。

男生转过身，皱了皱眉。

他笑了，是令我困惑的弧度。接着，轮廓明晰的眉毛也跟着舒缓，露出角落一块小伤疤。“这么久没联系，我还以为你出国了。”

“你……”他身上穿着的白T恤和蓝色沙滩裤，虽是陌生的校服，却令我无比怀念。记忆不断浮动，出现了田径场，小学教室，还有老师办公桌对面的那张小课桌。我怔怔地张开嘴巴，好一阵才努力集中思绪。

“闫景祺。”惊喜地叫道。

竟然在这里遇到发小，我俩自从小学毕业后就再没有联系了。他身为体育特长生，小学时一直和学习不开窍的我被罚放学做题。如今会在海滨一中再次相遇，实在出人意料。我简单讲述了自己的悲惨遭遇。“要说这边是疗养院也没什么错，我已经打算转学了。”

“这边对免体可不客气啊，”闫景祺蹲下身，半感叹地提起裤腿看看我受伤的地方。“哎，你竟然也有变成免体的这一天。”

他当然记得我因为和免体生打架而被请家长的事。我从小就对他们心怀反感，觉得那么轻易就退出体育课，宁愿在操场上晒太阳无聊发呆，简直跟主动退出人生没什么两样。

“不过没关系，这边也有差不多的人呢。”

闫景祺抬起头来，拍了拍我。只感到一阵渴望太久的认同感淌过心中，我差点哭鼻子，然而，即便如此他也不知道我沦落至此的原因。

体考那天发生的事，我对谁也没有说。

【2】

我对免体生的厌恶，是就算我加入他们的行列，也不曾改变。曾经我像其他人一样，认为病弱的他们非常可怜，可小学时偶然一次，我却发现其实他们之中很少，或是根本就没有真正的患病者。胖墩因为跑不动而假说自己腿部受伤，干瘦的女孩为了免去冬天跑操的苦恼假称贫血，甚至几个有钱人家的孩子仅仅因为懒得下楼集合，一致咬定自己像蘑菇一样不能见光。

他们的免体证明，都是爸爸的好友开出的。那人是个医生，年纪轻轻便事业有成，自己的儿子却是个病秧子。据说那男生考得比我还糟，家人倾尽所有想把他弄到市重点插班，到现在也没有着落。

闫景祺在学校如鱼得水。三年不见，他破了两项全市纪录，摘了五块金牌，初二时老师就说他要是保持这股劲头，首都体院得来找他。然而学校对体育越是看重，免体生就越是遭到冷落。我没有认识的人，不愿去那个自身存在感全无的操场，在海风清新的空气中，我只有坐在教室里。一切都和我没关系。

“嗨，”一颗巧克力豆蹦蹦跳跳地弹到我桌面上。

门口站着的女生揣着裤子口袋，朝我一撇下巴。在她身边，是两个从未谋面的卷发女生。“你，来和她们玩牌吧。”将巧克力豆弹过来的人说。

“你们也是免体?”我问道。两个卷发女的身材已经迈入了超重的行列，她们面面相觑了一下。于是，揣着口袋的人继续解释：“这么热的天，谁愿意跑一身汗。我还要画画，没时间陪她们。”她的声音未落，身子已经调转方向走开了。

“哎，季灼灼……”剩下两个人眼看叫不住她，便将目光转向我，一起笑了起来：“别介意那家伙啊，真是个怪人。”

既然是玩牌，我和她们朝楼道另一头走去。

窗明几净，开放式的墙壁让人经过走廊时能将两旁的教室一览无余。“再找个人吧，”我建议，扭头看见了六班教室里孤零零的人。

“人多会闹腾的，老师可不让免体生待在这啊。”

可是我已经作了决定，从随身携带的铅笔袋中摸出一块橡皮。推拉窗开着，班里的男生就坐在靠窗第二个位子，桌上摊开一本厚书，他却歪头俯视着窗外的某个地方。机会绝佳。我稍一瞄准便将橡皮掷出……

击中他的额头。

身旁两人一声窃笑憋在嗓子里，撒腿逃掉了。我讷讷地等待着对方一脸愤怒地转过来，然而，等到真与他四目相接时，我却感到了他视线中的微笑余韵。只一瞬间，就变为敌意。

“来玩牌吗？”我话未说完，就被拒绝了。他看看窗外，托着下巴的手有点苍白。“你就是那个从市区转来的么，”他问，“十三中？”

我摇摇头，又自嘲地说道：“我可是个免体……”

“过来。”他忽然说，下巴离开了手心。

一声尖锐的哨鸣在楼道里响起。几句粗声粗气的训斥后，刚才那两个女生似乎被揪出教室了。她们解释着，仍然免不了被哄过来。

“我叫麦安杰。”男生说，示意我坐下。只见那两个倒霉蛋被一个戴棒球帽的老头朝楼下赶着，羡慕地看着我们俩。头发斑白的体育老师也注意到这边，他挤出一声嗤笑：

“都在这地方待着了，连自己几斤几两还掂量不出来？一帮免体……屁用也没有。”

教室与走廊之间忽然变成雷区。说话的人得意扬扬，后者却沉默不语。我听不出来的暗示，让麦安杰紧紧攥着手里的签字笔。他的T恤里一定还穿着衣服，洁白得简直刺目。然而白色同时反射掉所有的光线，随着回敬般地抬眼一瞥，仿佛在周身结出厚重的寒霜。

“这么说你见到他了？”

田径队在放学后有例行训练，闫景祺边听边踩在爬梯上系鞋带，做了几个伸膝。“我们还挺熟的，他也是个免体，货真价实的。虽然基本没有老师惹他，但那个赵老头一直看他不顺眼。”

“太不可思议了。”

“什么？”

“你和他啊。”

“什么啊。”再度反问，他似笑非笑地望一眼夕阳。

身为半个青梅竹马，我深知闫景祺从小就被仰慕围聚着，身边从不缺伙伴。实在想不出他和边缘人物在一起的动机。何况这个麦安杰，是只要与其眼神相交，就觉得自己好似陷入空洞的冷淡家伙。他永远闷坐在教室里，在靠窗第二张桌子后。只有注视窗外某个方向时，才露出津津有味的表情。他的手放在一本封皮无字的厚书上。那对人屏蔽了自身一切履历的目光，让人想要探寻他的究竟。

转学去十三中的消息让人惊呆了。

妈妈把印制粗糙的薄纸拍在我面前时，我甚至没当一回事。拿起它一看，才发现这竟然是十三中的补录名额。这正是平凡不过的晚饭时间，妈妈的神情和姨的微笑成了鲜明的对比——要死要活让你爸找学校，这下踏实了吧？

爸爸呼噜呼噜大口吸着面条。原来，友人那病秧子儿子不上学的原因是打算出国，于是之前千方百计得到的插班名额，就落在了友谊万岁的爸爸手中。说不定当初那句"十三中如何"就已然不是玩笑话。

"这个，"我弹着纸片上煞风景的一个大章，"这'免体'是什么意思？"

"叔叔的孩子是免体啊。"爸爸说，"虽然也要参加补录考试，但免体的录取率会比普通学生要高一点儿。"

"可我不要作为免体被人家收留，感觉像被施舍似的……"我的声音在死寂的客厅中嗡嗡回响。妈妈满心期待我的开怀，如今脸上又已阴霾一片。

"颜一啊，不说你上这么个破学校让我们有多丢人。我告诉你，要不是因为你免体，这名额咱们根本用不上！"

什么时候起，免体也成为一种武器了。我张口结舌。

转学的事情掺进生活，好不容易才平定下的心绪，又一下子变得急躁而淡漠。每天早读结束后，走廊中响起的一声声“起立”灌诸脑海，最后的绝对是六班，麦安杰的声音清晰冷静。目中无人的气场有它的资本，麦安杰月考时与第一名只差两分。

而我却再次考砸，和一贯不及格的闫景祺被叫去挨训。回来时半个楼道都已经去操场上体育课，经过六班时，只有麦安杰在他的位置后看书。“哟，安杰。”闫景祺顺手用揉皱的卷子砍他。我想起曾经丢他的橡皮，本想发笑，但见他没看我，便默不作声地低下头。我忽然意识到，对于麦安杰我所知甚少，而且要是转学的话，恐怕将来也没法知道更多了。

实验楼重新装修那天，所有男生被叫去搬桌椅，午饭时的餐厅只剩下女生在吵吵着。然而麦安杰端着两盘饭菜坐下后却显得无动于衷，一手撑在桌面上看手机。这副淡定样子让我都要替他尴尬了，于是便走过去将自己的盘子搁在他的对面。“不去没事吗？”

“嗯。”他没有抬眼。

“不会是借口吧。”

麦安杰的眼神微微有些波动。事已至此，我索性坐了下来，等待这句话挑起他的反驳。沉静片刻，他将两只胳膊都撑在桌上。不露声色，我细嚼慢咽地吞下几口饭，再偷偷瞥他，只见对面早就把目光投向窗外松枝上的两只喜鹊，而举着手机只是为了挡住我！挫败感不禁胜过恼火，于是我便加重了语气，稳稳放下勺子说道：“你可真是啊，太狂妄了。”

他的眼睛忽然露了出来，笔直地注视我。“是啊……”深处在挣扎。他认同地说着，重回冰冷的目光让我吓了一跳。“真是太狂妄了。”

闫景祺知道了这件事。每天放学我都搭他的自行车回家，借口不用伤腿走路。往常我们开心地聊天，今天却格外沉默。的确不应该那么过分，我叹口气对他说了软话。

“你了解他吗？”原以为小学旧友会不了了之，谁知闫景祺头也不回，看来是真的生气了。“不知道就别那么嘴欠。”

“他哪有病，心脏少一块？”

“就是心脏病。先天的。”

玩笑话成真，这三个字震动我一下。然而，不愿认输的抵触感战胜了任何心情。“哦，那又怎样？”

“下来。”自行车停住了。我想狡辩，可对方的语气强硬得像命令：“下，来。”

我悻悻地让健康的腿先着地，“你慢点啦闫景祺，我腿疼。”

“哦，”前面的男生反而推车向前，“瘸点又怎么样，跟上来啊。”

带着无限感伤，我缓缓坐在地上，他也在五米开外的地方停下了。西沉夕阳的晚霞映着我们，经过的学生也投来诧异的目光。好一阵后，我抬头才发现闫景祺望着的是我身后。他张口，却因为被制止而抿住嘴巴。

“动不动就坐到地上了，你还真是和体考的时候一模一样。”我的身后，一双手扶住我。麦安杰一用力，温暖而陌生的皮肤接触在手臂上，短路记忆中一扇大门刹那连通。

原来，我以前见过他的。

【3】

体育中考那天我的境遇，在其他人眼中，只是站在松树旁边黯然地捂着膝盖抹眼泪。而这之前的绝望，就只有将我从水泥地上拽起的他看到。

我初中时因为体育不错，很受老师的照顾。她就算在我免体后，也体谅地将我编进一支体考小队，为的是我可以进场为同学加油。那次中考安排在海滨一中，那是我第一次走进这所总弥漫着海水咸味的学校。然而当天，我和队里其他三个孩子却闯了警戒线。在检录之前到处游逛无可厚非，可偏偏另外三人是学校老师的孩子，向来放松的他们以为在哪所学校都能随心所欲，正在嬉戏打闹的时候，被老师发现了。最闹腾的主任女儿带头逃跑，而我因为腿伤落在后面，很快就摔了跟头。我痛苦地捂腿坐在地上，直到监考组长把那三个带回来。

“记下他们的考号，”他声音威严，“直接取消考试资格。”

主任女儿这才一脸惨白，哭着请求，得到的回应却是老师们的面不改色。正僵持着，小队里另一个男生忽然指着我说：“她是免体。”

我的腿仍以奇怪的姿势扭曲在地上，没法动弹。我没有反驳。接着，所有人看我仿佛稀有动物。“免体你瞎凑什么热闹。”他们轻轻嗤笑。

远处，跑过来的体育老师仿若救星。嗫嚅着，我指向她的方向。

“这孩子真不让人省心！”谁知她停下来后责备地

拍了我的脑袋。“明明免体了还不安分，硬要跟来不说，还带着准备考试的同学违纪乱跑！”

主任女儿瞪大了眼睛，同我一样惊异。前者刚要辩驳，就被刚刚说过话的男生拽紧了衣袖。我顿时明白了。原来我就是替罪羊，像糖纸，防止甜豆豆淘气地掉在地上没法吃了——娄子是免体生捅出来的，理所应当。

监考组长果然摆摆手作罢，其他人也纷纷朝检录区走去。我看着只剩一个背影的那名老师，只得被连哄带赶地瘸腿走向警戒线外的一棵松树，坐倒在地。周围的学生全部忙着自己的考试，关节的疼痛折磨着我，我哭了。这是我头一次感受到免体生遭受的不公对待，背叛，甚至毫无价值。

也就是在这时候，走过来的他弯腰将纸巾包放入我手中。“我拉你起来，别让大家笑话了。”他悄声说，泪眼中我只有点头，只记得他和一个散开长发的女生同行，后者始终冷眼站在远处。我看不到他的脸，但那双手留在胳膊上的触感，却牢牢印在了心里。

“我再也不想中考了。”我对他说。

那件事的确成为我和麦安杰之间的小小契机，隔阂我们的坚冰开始融蚀。某个午休，我和他坐在操场旁卷起的毯子上，远远看着闫景祺和一伙人打篮球。

“现在想想，是那老师最初就计划好了吧。怪不得看你会觉得眼熟，你那个时候就是穿着海滨一中的校服吧？”

麦安杰低头搓着沾在毯子上的一根麦秆，忽然有些欲言又止。“其实我是十三中的，”他说，“初三才转到这儿。”

“转到这儿”有点咬牙切齿。“十三中好吗？”我问。

“讨厌免体生的人是不会喜欢那里的。那里很多人都不上体育课，老师也不管。市重点吗，考试第一，很正常。”

“看来我要是真因为腿伤才免体反倒要被笑话了。他们一定会说，”我清清嗓子变个音调，“‘嗨，你可真够下心思的啊。’”我拍一下麦安杰让他继续，他没忍住，笑场了。

我们笑了起来，淡淡地微笑。心中仿佛窜动着温存，他那份不可亲近与骄傲，尽在这短暂的温暖中崩塌着。我舒心地盘起腿：“说到底，你是差了多少分才从十三中掉到这儿的？你不会是考场上晕过去了吧。”

麦安杰摇摇头，仿佛要把阻塞喉咙的话咽回去，气氛顿时又冷淡下来。并非自负，这次他的语气只是在陈述事实。“当初只报了海滨一中一所志愿，我就是现在也想考回去。”

就是现在也想考回去。这虽然只是平淡的一句，我却能听出压抑在其中的苦涩。他刚才的摇头似乎已经超越对问题本身的否定，一股强烈的情绪奔腾进心中，竟然反而令我自己头脑中的焦虑止息了。

我的话不受控制就脱口：“我正好有个名额。”

【4】

见我突然爽快答应备考，爸爸立即神经兮兮地给十三中打电话确认名额无误。他完全没必要着急，因为想让名额单变作最后的入学证明，还要经过明年五月的补录考试。只有被选拔出的最优三十人可以入校。换作任何人，这时候都会欢天喜地地准备考试吧，何况手里还有辛苦得来的人情卡。最初央求爸爸的是我没错，可是，不是免体。我绝不要贴着“免体”的可怜标签被市重点收留。

只是妈妈并不知道，她还以为我终于跟上潮流了。天气进入十一月，她中考后头一次问我需不需要什么。

“买条围巾吧，好冷。”我说。

其实，爽快答应备考的人是麦安杰。补录考试面向所有的新高一学生，当他报名后进行复习时，我的日子如常，就等到考试那天胡答一气。当难以直视的糟糕成绩公布，我无法入学时，我再说服爸妈把名额单转让给麦安杰。这可能有点幼稚，但等到那时候，爸妈大概也不会吝啬了。

妈妈买来一条纯白的羊绒围巾，我却没法领情。“不是说我最讨厌白色吗？”

“不想要就扔一边。”妈妈悠哉地走掉。

我把白色围巾绕过麦安杰的脖颈，当作合作见证。作为回礼，他将一块眼熟的橡皮交还在我手中。有点羞愧，我们碰了碰手背说道：

“合作愉快。”

就这样，我和他能在走廊相遇时打招呼，下课后一起去办公室问题了。体育课上我们看参考书，对比历年十三中自出题的考试卷，假如这是第五节课的话，我们就提前溜掉，去食堂刷三份盖饭等着闫景祺下课。穿过操场时能看到赵老头在远处的恼怒目光，但就如其他人对心脏病心怀距离感与避忌，他再也没有向麦安杰找过碴儿。

一天，我们正向食堂走着，忽然身后有人叫了我的名字。

一个从未见过的女生向我招招手，麦安杰和她打了个招呼。我走向她的同时，不禁直直地注视着。她比我高，而且很漂亮。黑色的长发散在后背，虽然是很普通的发型，却因无视校规而变得妩媚。她目光冰冷地瞪着我。

“听说你和闫景祺是小学同学？”

她的眼神并不陌生。我忽然想起来了。

“体考的时候你看够热闹了？”

我的话让她眼中闪过一丝尴尬。这是事实，当麦安杰扶我站起来时，她那张脸上的嫌恶就写得一清二楚。

“我和闫景祺相当熟，怎么了？”我坦然说道。她的挑衅肯定只是个前奏，她一定有更重要的事对我挑明。“听说你考到这儿的原因是腿伤。”果然，这就来了。她蔑视地笑两声，强调着，“就因为腿伤。你是觉得自己将来会瘸？”

过于激烈的情绪和压抑着的语气让她咳嗽起来。但她抽眼瞟我，极力掩饰着喉咙的不适，似乎对此有点不满。她很快便再度笑道：“劝你别打闫景祺的主意，他爸爸可没什么正经工作……”

我捕捉她眼中的神情，不知为何，那分明是思慕与畏缩混合的复杂光芒。“也别以为你和安杰在一起就多厉害，只不过是个解闷的罢了。”

我耸耸肩，同时感到心中升起的一股强烈的敌意。“我至少知道自己腿有毛病，不像你，”我望向她，终于决定揭露她的软肋，“你这个哮喘病。”

开学典礼上，当所有学生在校长冗长的演讲中昏昏欲睡时，新生队伍里忽然有一个人咳嗽起来。比起咳嗽可能更像是咳喘，直到医务室老师从操场角落飞奔而来，她才终于痛苦地没了声息。

“啊，安鹊又开始了。”周围从海滨一中直升上来的学生们摇摇头，接着压低声音告诉身边的人，“都成这副样子了还不知道自己是谁呢。”

那就是我第一次听说安鹊这个名字。有关她的传闻很多，但所有人对她初中时忍着哮喘跑步，为了年年争三好生，不放过任何一次志愿者服务的世故样子嫌恶不止，可却又心照不宣地避之不谈。她可不是好学生，体育课上，她和在男生班附近扎堆的女生混在一起，骂骂咧咧，长发随意地搅缠在风中。这帮人是赵老头也没法管的，谁知道她们在校外又有什么勾结。

而我第一次看到她的名字，却是在月考的成绩单上。我起先只看到了自己与麦安杰的距离，然而领先于他之上，紧贴姓名字段的第一行，却清晰地印着“安鹊”二字。

“她竟然问我有关祺祺的事。”

食堂里飘散着辣豆腐皮和烤鱼串的香味，这是提前下体育课的免体生的特权，不用排队便能买到抢手美味。

“祺祺是谁?”麦安杰重新围了一遍围巾。

我意识到自己说漏嘴了，竟然叫出了闫景祺最讨厌的小名。可是看麦安杰胜券在握的淡淡笑容，知道自己只有解释的分了。于是我告诉他，这是父母在最初视孩子为“宝贝”的心愿。闫景祺小时候，的确过了一段自在生活，只不过命运喜爱刁难人，一件发生在他初中时的事毁掉了他所有的幸福。这也是我道听途说得出的，毕竟市区与海边的车程将我们之间的音信全部阻断。

“你不知道是什么事啊……”望一眼不见荤腥的茄子盖饭，麦安杰把目光转向窗外。他手背挨在下巴上，不再出声。

想要在下课的学生们冲进食堂前振作气氛，我于是问道：“安鹊一直都叫你‘安杰’?”

“怎么了?”

听起来好像那家伙的血亲。我拽拽嘴角。躁动已经侵入远处的门口，双手按在震动的桌面，我郑重其事地宣布：“那做好准备吧，麦安杰。以后你就是‘小麦’了。”

麦安杰张开嘴巴。

“哦，你在给他起外号?”闫景祺跑了过来。他边拽起袖子边拉椅子坐下。没影响到他的情绪，真是太好了。然而闫景祺刚要发笑，小麦回过神来，“祺祺?”他饶有兴趣地说道。

身子还没靠上椅背，闫景祺已经哑在原处。眨了眨眼，他接着无比羞恼地转向我："你干的好事吧？"

【5】

伤腿后在市区医院看病，两次得到的结果都是"髌骨脱位，建议手术"。妈妈最后沉不住气挂了昂贵的专家号，结果全家等了一个上午，换来的却只是快要吃饭的医生微微一笑。"反正先做手术再说。"他干脆地开了住院单据。

被折磨得焦头烂额的爸妈，抱着最后一丝希望去了海滨医院。穿着旧白大褂的医生反复解释病情，就像小姨说的那样无比耐心。"半月板好好的，没什么大事。虽然髌骨的伤留着不做手术是个隐患，等她考完试再做也不迟。"最后，我们全家竟然被这番话说到信服。

于是，我只是每个月去做一回穿刺，等到初三毕业时竟然奇迹般地不再疼痛了。手术的事暂时放下，医院却仍然每月都去。从小姨家散步到半山腰的白色建筑，有一次我甚至遇到了拿着心电图回来的小麦。那正是十二月的阴冷天气，他打开的病历本上写着"左心室间隔缺损严重"。然而令我止步睁大眼的，却是他手中那一小袋呼吸类处方药。吸入式沙丁胺醇，俗称万托林，专门缓解哮喘。

"我可不觉得她跑步的时候有什么障碍。"我看看那些小蓝瓶，"干吗和自己过不去？"

麦安杰的眼神在我脸上停留一小会儿。而后，忽然笑了笑反问：

“免体怎么得三好生啊？”仿佛不近人情的是我。

从医院回来，黄昏已经迫近了。最后一点儿懒散的柔光慢慢爬过脚前的落叶。我插兜走着，突然感觉有人跑过了身边。运动衣，漆黑长发束成的马尾随步伐晃动——几乎是每天这时候都能看到的风景。望着安鹊的背影，我的话脱口而出：“得了三好生又能怎样？”

安鹊的双脚朝前走了两步才停下。海水一波一波漫过远处的沙滩，寒冷刺骨。转身前她把口袋里揣着的天蓝色小瓶拿到嘴边吸一口。

“被别人认可就能治好病吗？”我追问。

“我可没空像你这样瘸着条腿到处和人套近乎，我有必须要实现的事。”海风中安鹊回过头来，“我早就受够了。”

三好生备选名额里没有安鹊。似乎是出于安全考虑，学校还是把她划分进了免体生。不论如何这消息都大快人心，我第一时间找到小麦时，他正在教室里看着什么，听到脚步声，连忙将手中的稿纸放在桌上。但我还是看到了，是一封手写信。令人惊讶的是，开头的称谓明显是递交教育局的。

麦安杰抬起头，见我已经看到，只好又把薄薄的信纸拿在手里。“这是安鹊姥姥的请愿书。写给教育局，让他们废除免体制度。”

我不禁愕然。

“实际上，她姥姥一直不觉得安鹊身体不好，跑步也是她在强迫。”麦安杰的声音不大，话里的意味却很残酷，“她认定安鹊都是装出来的。”

当我把这事告诉曾经招呼我玩牌的两人时，她们一致露出了不可思议的神情。此时体育课还未结束，我们走到操场角落的大柳树下，远处就是一帮见习女在和男生打闹，安鹊的长发在其中尤为扎眼。

“为了三好生不遗余力啊，”面面相觑，她们两个眼中的鄙夷难以掩藏，“太搞笑了。”

下午，安鹊的秘密就传遍了海滨一中。紧接着，我听说年级里有两个女生被人打出了鼻血。虽然出手的家伙在平日里就是混混，但议论与推测在每个班级中流传着。午休时我一个人闷坐在班里，忍了好久还是满腔怒火，决定亲自上楼找安鹊。

楼梯口，麦安杰抱着一摞考卷走上来。他好像意识到不对劲的气氛，欲言又止。然而我并未就此打住，三步并作两步向上爬，使不上力的左腿颤得厉害。经过转角，安鹊就站在高处。

“你使唤别人的时候也太不遗余力了吧。”我瞪着她。

“轮不到瘸子教训我。”安鹊抱着胳膊俯视这边，“我不是说了吗，别以为能和安杰说上话就觉得自己挺受欢迎。他啊，只不过是想考回十三中罢了。”

斜下方赶来的脚步顿住了，卷子脱落几张，我看见麦安杰靠在楼梯扶手上。然而安鹊似乎不知道他在一旁，仍然稳稳地说道：“这可是情商问题，你就看不出来他其实对你一点儿也无所谓吗？反正那时候被人欺负成那样，也难怪了，真是有够蠢的。”

“就算很蠢，也比你背地打人好得多，我会把这些都向老师讲的。”

“说你被揍得更瘸了？”

“等着瞧。”我转身走下楼梯。

不管她在后面骂着什么，我就是转身走下去。虽然感觉心中并没多少波澜，可不太协调的步伐还是让我险些摔倒，踉跄时被麦安杰拉住，我挣开他加快脚步。身后的卷子猛地砸落在地，就像那天在教室与赵老头的对峙。

“颜一你给我站住！”声音真的愤怒了。

我不能理解他为什么帮着安鹊。他围着的白色围巾明明那么熟悉，他把我从松树旁拉起的吃力动作也记忆犹新，可是在楼道的刺眼阳光中，我不禁……

——他在利用你。他啊，只不过是想考回十三中罢了。

就像被人扎了一针，注入的说服力催化膨胀。原本不肯相信的话，通通在心中扎根蔓延。因此，当身后的手终于扯住我的袖子，我几乎大喊起来。说的话究竟是什么早已记不清，只是最后，麦安杰的手松开了。我回过头，目光交错的一瞬，我的眼泪迅速筑成彼此间的坚冰。

“嘭！”我推门走进自己班里。

【6】

直到最后，老师也没能得知事情的真相。那两人虽不愿忍气吞声，但谁也没胆量报复。被蒙在鼓里的主任们教训混混一顿算作了事。毕竟被欺负的是免体生，免体生本来就该收敛点。

学期末的总结大会上，年级第一的位置照样印着安鹊的名字。我们在楼道中的一番吵闹就像无足轻重的小插曲，她不仅夺冠，更是破格赢得三好生。颁奖时，她拖了很久才上台，等着老师慌慌张张送来绑头发的皮筋和校服外套。

台下起哄时，她用袖子捂着嘴巴和鼻子，跳动的眼神始终在寻找着……我知道是谁。闫景祺只是不露声色地看着她，而后把眼神转回同班的伙伴身上，若无其事地笑出声。

然而，年级里却从没有传过他们两个之间的流言。安鹊很漂亮，她的趾高气扬在祺祺面前完全收敛了，谁都会猜出她对他怀着怎样的心情。但后者却很少接近她，甚至是心烦，又有些避忌。

寒假中，我几乎每个清晨都能在去学校补习的路上看到她晨跑的身影。她家在坡路上，如果我们在途中相遇的话，说明她起得要比我早很多。规律的步伐声响在海浪里，夹杂着咳嗽，相遇时我们彼此视对方为空气。身为免体却要折磨自己实在痛苦，不过这完全可以解释为因果报应。除了活该，我不知还能怎么形容。

安鹊就在操场上跟着闫景祺跑步。以她的成绩却还要来学校凑热闹，不禁让我为专心训练的祺祺感到窝火，因此我就算忍痛也要在课间去操场走一走，还要忍受他跑过我时的一番嘲笑：“你的智商终于连文化课都应付不了了？”

我瞥他一眼，“闭嘴。”

这样安鹊虽然走开，可是她又会从别处击破我的战略。午休时麦安杰穿着大衣在看台上翻书，她便坐在不远的地方，将头发安静地捋过耳背。

我现在可以认定，安鹊是在故意让我不爽。可是心中也有隐隐的担忧，自己这样下去会离小麦好远。寒假之前我们忙于复习，我几乎每天都和闫景祺被老师留下。寒假中，明明上学的路是同一条，我却很少碰到他。他只有自己一个人住。所以当祺祺开玩笑地让他来学校玩时，小麦一口答应。仿佛是要摆脱寂寞似的，他总是夹着那本厚书在紧闭的校门口独自等待，声控路灯随跺脚声亮起一阵，迟来清晨的夜色朦胧。

闫景祺整个冬天都把自己投入在训练中。他一共参加了两次市长跑比赛，一次破了纪录，另一次却因为失误连铜牌也没得到。赵老头在责怪他波动太大的同时，把责任归咎到我和麦安杰身上。“你和他们两个在一起？你和免体在一起有什么好结果？”

闫景祺伸伸懒腰走到一边。虽然我和小麦谁都没有说话，但对他波动大的原因，彼此略知一二。靠近观光区的那条马路上，总有一个佝偻后背的男人在巷口修自行车。那就是闫景祺的爸爸，头发花白，与小学毕业那天送我去车站的样子判若两人。我一直记得他是小学的体育老师，和人打招呼时精神抖擞。可是现在他就算抬头看到我，也只会含糊地笑笑。祺祺对此只字不提，抱着奖杯从摊子前走过时，也没有见到父母后的一句问候。

他爸爸握着焦黑的自行车链笑着。

“饿死了，”闫景祺打破沉默，“我们去吃烧烤吗？”

小路寂静，只有自行车轮空转着。

“小麦说呢？”我转过头。

麦安杰在后面摇摇头。身体原因，他没法随心所欲地吃喝。为了不让我们扫兴，他尽量装作若无其事，可每到这时候，我还是不得不转开眼神。我没办法看他。每当他和我们告别后一个人走进院子，我内心的疑虑与责怪就通通止息。

“现在你做出的一切……真的只是为了去十三中吗?”

我在心中默默地想。

闫景祺推来一辆自行车，我坐在后支架上。我们向着小吃街的方向出发，经过路边叶子稀疏的道旁树。出了巷口，视野立刻被大海填充，我用手挡住粼粼的光辉。

“你想太多了。”闫景祺的声音从前面传来。

我放下手。

“我是说，吃饭。小麦从来不出来凑热闹，我早就习惯了。据说心脏病不能吃太咸也不能太油腻……你是不是在生这个的气?”

“我才没有这么小气。倒是你，干吗装出一副这么了解他的样子啊?”

“我可是知道他为什么要坐在靠窗第二个位置。”

“为什么?”

“那是看到操场的最棒视野啊。”闫景祺顿了顿，“小麦一来海滨一中就坐在那儿了。”他扬起头回瞥我一眼，“他喜欢看我跑步。”

“你不害臊吗?”我抱着胳膊，却没法不笑，“你怎么不说他是为了你才转过来的? 多贴心啊。”

自行车歪歪扭扭地继续向前，闫景祺却忽然沉默了。“是为他爸妈。”他挺直脊背骑自行车，“实话说啊，我和他就是连一学期的同桌也没坐过。一点也不铁。他有个妹妹，身体很健康，他来海滨一中完全是被迫。所以他既不想交朋友，又不想被任何人看成朋友。我问过他，你怎么这么狂妄……他说什么呢，”

缺油的自行车轴承吱呀作响，行至上坡路时再也无法行进。闫景祺跳下来推车的同时，轻轻说道：

“我没有那个时间啊。”

夕阳掉进海里。忽然，前方的坡道上出现一个老人。在那片寒冷的黑灰色路面上，粗声喘气的臃肿老人让我吓了一跳。直觉告诉我那是安鹊的姥姥，她一双眯起的眼睛打量闫景祺，手里紧攥着一条干毛巾。错肩而过的时间只有短短几秒。我回头望望，四下里找不到安鹊孤单的身影。等到我再回过头时，老人已经走下了坡路，回头时的目光汇聚在闫景祺脸上。

【7】

我虽然因安鹊的话黯然，但是想要帮助小麦的心情却没有改变。那时候，恐怕是我把考十三中的事想得太天真了。海面的冬雾散去，连同水鸟的叫声渐向北方后，三月的一场雨让春意迅速蔓延。然而整个三月，我都没再见到麦安杰。家里出了情况让他不得不回去。等到四月份再见时，正好赶上一年一度的运动会。

仗着腿伤，我连入场式也没参加。麦安杰错过排练，走上只有我一个人负责看包的看台，闫景祺跟在后面，将我手中的参赛名单抽走。

“安鹊报名800米长跑了。”我抬头告诉他们。

闫景祺哼了一声，“她自己看着办。”这反应似乎太激烈了。麦安杰坐在隔我一个人的水泥台阶上，淡淡说道："让她跑吧。"前者抬头看他，但是小麦的眼睛停在一本厚书的某一页上，直到对方无趣地走开。

我一面合上名单纸，一面感到了由心而生的尴尬。想想那副了然于心的信任表情，我垂落目光瞥见无字的封皮。

"你回市区好久啊。"我问道。

"给妹妹复习数学，她这个月要参加市区比赛。"

"就为这个，也太过分了吧？"

代替麦安杰回答的是一阵忽然而至的风。风声在吹乱他头发的同时，也让没压住的书页翻飞，几张图案掉了下来。小麦弯身去捡，整本书便摔落在地。

泛黄发脆的扉页上写着"心血管疾病学"。我捡起一张纸，用蓝色圆珠笔摹绘的心脏剖面图赫然入目。我瞪大眼睛："你将来要当医生？"

麦安杰犹豫了一下，接着他拿过书，"是安鹊，"他说，"不是我。"

800 米准备检录了。看台与后院的小通道附近，传来叫麦安杰的声音。一个从没见过面的染发男生拍拍手笑着。

"我去一下。"麦安杰带上了他的厚书。

十分钟后还不见他回来。我身后的看台上堆满了书包和脱下的外衣，与只隔一道扶手栏杆正练习着加油口号的高年级看台比起来，仿佛开了静音的电影画面。突如其来的空旷让我在恍惚中隐隐有不好的预感。远处的赛道旁边，祺祺正和几个男生推搡着。

通往后院的楼梯处传来恶劣的嬉笑。

我起身丢下外套。视线逐渐远离了阳光，在转角处连通操场和后院的通道里，一小群同年级的学生围聚着。刚才笑着的男生脸上已经没有了一丝善意。“你知道老师给我什么处分吗，严重警告。就因为你旁边那女生的闲话。”

“话是我说出去的，”小麦的声音接着响起，“这事和颜一没关系。”

“你说该怎么办，安鹊?”男生回过了头。

视线中出现了安鹊。她在最外围抱着胳膊，自然弯曲的长发挡住眼睛。其他不良学生极力憋着笑。最后我才看到被他们围在中间的小麦，他夹着书的手臂插在口袋里，面朝他们。

800 米喊了第三遍检录。

“听说你还想考到别的学校，嗯?”男生又回过头打量着麦安杰，“你到底有点自知之明吧，都免体成这德行了还想怎么混啊?我看你要是装得残废一点还能……”话音未落就变成了喉咙里一声闷叫。

麦安杰用厚书角最坚硬的部分挥过去。幸亏后者躲得及时，不然脸上绝非留下两道红痕那么简单。男生抓过麦安杰的领子把他摔在地上，重重的一声。我猛地加快脚步，只恨自己没法冲过去。那伙人恐怕被突然出现的我吓了一跳，立刻有女生惊呼：“那个瘸子!”

我给她一巴掌。旁边的人一拳报复回来，我被撞倒了，与此同时麦安杰爬起身，借着惯性将厚书挥向那男生的脸。他自己不可能有打赢的胜算，但掷出的书却给出沉重的一击，顿时鼻血奔腾，高涨的咒骂鼓动耳膜。我还没回过神，麦安杰的身子就又一次撞在坚硬的地面。这次比较重，他按在地上的手攥紧了。

“你找死啊！”有女生尖叫起来，“他有心脏病！”

麦安杰想站起来。没了书，他剩下的只有吓唬他们了。然而下一秒就有人几步跑上来，迅疾的身姿像击溃豺狗们的狮子，闫景祺把男生扑倒在地，拳头击落的同时，后者的眼镜瞬时飞撞到墙上。隔着空气我都能感觉到麦安杰蹲身时心脏的胡乱蹦跳，可我的眼睛却盯在闫景祺身上无法动弹。他击打着，拳拳到肉，脸上的表情却仿若看一幅风景画似的平静。

安鹊捡起可怜兮兮躺在地上的厚书，转身跑掉。

“安鹊！”我愤怒地爬起来。趁乱逃跑的目的很明确，既是在现场不留下任何踪迹，等到处罚时也可以装作事不关己。膝盖疼得厉害，我走了两步不得不停下，大声说道：“你那三好生比人命还重要啊！”

她果然转过身来。然而她大步走回来，推了我一个猝不及防的踉跄。“我不是说了吗！”她紧紧抱着麦安杰的书，“你这种为一点小伤就放弃中考的人，没资格管我的事！”

“开什么玩笑！”我也反手抓住安鹊的胳膊。她比我高一点，但我不想在气势上也输给她。“你以为我是在为腿哭鼻子吗？你知道我伤腿后什么时候才哭了吗？不是去医院看病，排队，也不是被父母埋怨……告诉你，是在上扶梯之前！当我疼得迈不开腿，差点趴在地上的时候，旁边两个人竟然就笑着看着我。”

不知是寒冷还是气愤，安鹊的身体微微发抖。

“可是我从扶梯上下来了。我知道我受了伤，所以我就踏踏实实地免体，我才不会没头没脑地逞强，像个笨蛋一样！”

这些话，我也是第一次对别人说。赛场的欢呼声与头顶婆娑的树冠包裹了我们，扫过眼前的一缕头发让安鹊颤动了一下，随即抽出了手臂。

“你给我道歉，你去对小麦道歉！”我站在原地愤怒地喊道。

安鹊没有答复我，我兜里的手机却振动起来。

【8】

“你准备做腿的手术吧，十三中已经录取你了。”

那一天中剩下的时间，我都深陷在对这一句话的愧疚之中。我不知道发生了什么，让妈妈竟能在补录考试前敲定这件事。我措手不及，唯一能做到的就是和闫景祺去了趟医院看小麦。他被诊断为心动过速，一个人边输液边坐在病床上。四月傍晚的暮色和煦，他的厚书躺在床头柜上，书皮脏兮兮。安鹊肯定来过了，她安然无恙，闫景祺却因为差点打断那男生的鼻梁遭到处分。

“下次不要这样了。”

小麦对闫景祺说话的时候，我就站在隔帘另一边，手脚冰凉攥着手机。我能看见洁白被单的一角，和他粘着胶布的手背，吊瓶中的液体以相当缓慢的速度滴着，他的声音很平静。“我自己有把握，吓吓他们罢了。他们不敢把我怎么样……颜一也是。”

我硬着头皮掀开帘子，接着吃力地为他当时替我说话而道谢。小麦却安慰地抬起头，说道：“别自作多情了，好吗？就当这是报答吧，考十三中的报答。”

他笑了，我有点惊讶，僵着表情。随即眼泪模糊了视线。

这之后的一个月，十三中的校服和学生证送到了家里。我才知道，让我免除考试这件事早在得到免体名额起就开始运作了。然而我在海滨一中上学，看不到爸爸不止一次很晚回家，醉得东倒西歪，惨兮兮的，家里的私藏也不停地向外送。等到招生办终于满意地破格收留我，妈妈便进行下一步计划，不由分说推我上了手术台。

依她的意思，手术恢复期只有三个月，九月初我正常上学的时候，虽然还要再多免体一学期，但融入大家是迟早的事。可是，我却没法扫去心情的阴霾。

“我要是跟不上进度，就把名额给我们学校那个男生吧，他真的非常非常想考过来。”

“你是不是脑子有毛病?”妈妈头也不回。

手术后小麦代替暑假集训中的闫景祺看望我，我爸妈那时都在病房。上下打量麦安杰捧着花束的样子，妈妈笑声很大地说：

“颜一你瞧瞧人家，一看就是好学生，你高二可得开个好头啊。”她又和蔼地转向麦安杰，语气却异常冷淡，“你也是，谁不想上好学校，是不是?”

我张张口却如鲠在喉，舌头麻木。

没动弹，麦安杰把鲜花轻轻放进妈妈怀中，“我知道了。”他说，“谢谢。”

【9】

新学期，我头一次成为了令家长舒心的孩子，可对小麦的许诺却成为梦话，整个假期我都没有联系他。我就是现在也想考回十三中。这句话中的含义仿佛被无限放大，深邃如黑洞。

教我的班主任曾经是麦安杰班的数学老师，戴着一副眼镜的斯文样子，知道我认识小麦后，便随口感叹了两句。真是可惜啊，十三中的政策是毕业生保留直升名额，就算志愿单上不填，假如过分数线的话也会收到留校邀请。也就是说，小麦是自愿放弃了这个名额，才如同抛弃自己一般去了海滨一中的。

他说着这些话，我眺望着操场上跑过的一群学生。午后太阳毒辣，他们的纯白短袖校服刺得人眼睛发痛。而我这份出神被他认为是忧虑，于是他放下红笔后微笑着劝说，让我不要因为免体而有负担，因为这边的师生从来只把免体当借口，甚至还会因此觉得这人学习不错呢。这究竟是什么逻辑？

我没法融入到新环境中。我放学后走在车水马龙的街上，一个人在食堂买饭，在图书馆看到落满灰尘的厚书时，思绪都会一下子被拉回海滨。可我是城市的孩子啊。生活中任何一个细节都能让我陷入回忆，短暂却纵深到深渊，像鱼钩一样钩在喉咙，痛苦不堪。我无数次灵机一动想要回海边，可又深知让父母过分操劳的我早已没有这样的权利。何况就算回去，要怎样面对小麦呢？

祺祺是唯一能让我好受一些的媒介了。田径队每周都会抽出两天来十三中的塑胶跑道训练，他已经知道了我心中的疙瘩，所以每次都能带来一些有关小麦的消息。直到有一天训练后，他拧上水龙头却没有动弹。

连接操场和教学楼的通道里有水池和更衣室，每次他洗脸洗手时，我就拿着他要换上的干净短袖等在一边。清凉的水珠从发梢滴落，他一边用毛巾搭在头上一边随口问我，要不要一起吃饭，去食堂。

“去食堂?”我知道这话并不随意。

他点点头，故意一脸轻松地把毛巾拿下来，“另外，他俩又闹起来了。”

他爸妈的关系从什么时候开始不好的呢?那已经不是我单凭小学时光就能知晓的事了。在他爸爸还是带领小孩子跑步的体育老师时，他家里的和睦几乎可以作为班里的典范。可是现在，健壮的男人却成了捣弄自行车内胎的老头。

我望着他在远处窗口的身影。时间过了六点，但夕阳的余光依然洒在角落。他转身回来时竟然端着两份芦笋鸡丝。

“你……”我惊呆了，突然这样清淡是怎么啦。我望着他，却听祺祺一边分给我双筷子一边淡淡地说道：

“初三我和小麦第一次见面，就是因为这个。我那天也在这里训练，在食堂插队，结果差点和人吵起来。小麦站在第一个，他就回头问我要不要和他拼在一锅炒。‘如果你不介意的话，’他那么说着。于是我就吃了芦笋鸡丝，和他面对面坐着。我着急去操场，几乎狼吞虎咽地吃完就走，这时候他忽然说，‘我也要去海滨一中了’。好像我们有多熟似的。那只是他在自言自语吧。

“我以为这事到此为止，结果比赛结束，我却在操场边上看见了他。小麦和他爸妈在一起，很生疏的样子，他妈妈揩着眼泪。那时候刚过初三的国庆假期。他对我招招手，然后超大声地喊一句‘我们将来是同学了’。我到现在也没再听见他那么大声地说过话。”

闫景祺开始吃饭了，风卷残云，一盘清淡的芦笋鸡丝已被他解决掉。我看着他埋头专注的样子，又看着自己面前。原本平淡无奇的饭菜，一下子仿佛被赋予了什么特殊的神圣意义。

“你也知道，我们这边对市区学生本来就不友好，别人知道他是市重点来的，就更排斥他了。什么绊人，扎车胎这种事，那些浑蛋都干过。直到最后我看不下去，让小麦高中考回市区，他才告诉我这是他爸妈的决定，但是他绝对有一天会考回十三中的。”

“是他爸妈要放弃他了吗？”我一时间有些语塞，小麦被家人轻视的原因不说也能知道，都是因为该死的免体。和我不一样，那免体是一辈子的。一股绝望的悲哀逐渐聚拢在心里，思维也接近凝固。闫景祺放下筷子时，我才怔怔地回到昏暗的现实中。夕阳已经落尽，食堂里不知什么时候只剩我们两人了。

华灯已经初上。我的自行车在早上被隔离墩撞坏，现在我只能推着它走向车站。祺祺和我朝相反的方向坐车，在路口分别时，他耸耸肩插着口袋，对我说道：“车子带回去让我爸看看吧？”

“太麻烦了。”

“反正就当给他找点事做。”他说，笑了笑。夜幕已经完全降临，街上的路灯坏掉，我看不清他的脸，只有他的眼睛反映出一点点熟悉的光亮，于是我便在黑暗中问道：

“你还好吗？”

我听见他清清嗓子，但没说话。在我的车来的时候，他的发梢被车灯照耀出的光泽，转瞬即逝。

【10】

就像麦安杰所说的，十三中是个免体特区，甚至可以说，是个免体生的圣地。这里的学生以免体当作不上体育的借口，而学校为了保持升学率，便也默许老师们占用体育课的时间补习。只有外人到访的时候，大家才被哄出来在操场上站队摆样子。体育老师打开名册点名，他们工资照拿，因此没什么意见。而队伍中的人便交头接耳。“你是腰扭了还是弱视呢?”互相打趣。而当我说我真的因为腿伤而免体时，他们便夸张地感叹：“真的是啊！”并没有恶意的话让我微笑了。可是，这些明明是单纯形容身体状况的词汇，刺耳的余韵却在耳畔挥之不去，心里的某个角落结出疙瘩。他们没有切身体会过免体的绝望滋味。

和我有这种心情的，恐怕只有安鹊一个人了。我身在补录班，每周末都必须参加校内的补习。班上的学生在课间围聚着讨论补录考试，顺利入学的我可不想露馅，于是便走进楼道。在那些也来这儿补习的缩头缩脑的外校生中，一眼就看到安鹊。

她也看到我，但是很快便转开眼神，下巴挨在手机上，在窗户旁发呆。她千里迢迢来十三中补课并不让人吃惊，我在意的是她态度的转变——失去了曾经主动来找碴儿的气焰，仅仅是因心事而显得茫然。这美丽冰冷的样子让十三中的男生偷偷瞥她，然而其中一人说了句什么，其他人便大声叹息着一哄而散。

“我就说啊，真的是哮喘病。没意思了。”

大理石的静谧走廊中，安鹊回身走进了教室。

我猜，安鹊最近的日子很难过。假如问问闫景祺，一定能得到答案，可是我又担心事情会被引向另一个方向，我不想让祺祺再担心什么了。爸妈关系不好，他平时不光要训练还在暑假时兼职打工。还在海滨一中的时候，我就曾经见到他拿着一碗浇菜的米饭，走到巷子里送给他爸爸。那时候他目光沉默地盯在那个笑呵呵的男人脸上。他心里一定因此而恼火，但在学校，却还要假装开心。只有在看到安鹊的时候，他才能显露出面对父亲时才有的沉默神情。

学期要结束时，我找到了直面安鹊的机会。即将迎来最后一次补习班课程，安鹊却在那个周五的傍晚出现在办公室中，亲手将一张假条递给老师。那是为当义务讲解员而开出的请假条，老师看后便望向坐在一旁帮忙登成绩的我，问我海滨一中的事有这么多吗。我说活动从来都是自愿报名，没人强迫的。

“要说原因，”我的眼神瞥着不远处那串银色的细小手链，“是为了得三好生嘛。”

安鹊的头发垂下来。她整个头垂下来，手链随着弄别发梢的动作而轻颤着。与此同时，我将记分册交给老师，走出办公室时感到从未有过的心满意足。

我身后跟上了脚步。安鹊努力快走的身影经过我身边，忽然间，我打算和她讲个明白。膝盖还有些疼痛和吱嘎的涩音，但我也极力快走起来，就这样经过空荡荡的教学楼走廊时，一把抓住了安鹊的背包带。但安鹊没松手，她也反手死死拽着明艳的带子，继续不停地向楼门口挪步，直到脚下忽地一滑，就像早就预谋好，连带我也跟着失力，最后我们重重跌倒，我扯动她的背包，里面的东西噼噼啪啪摔出来。

安鹊想爬起身，但我也扑去拽住她，这次是脚腕，她又滑了一跤。

“直说吧，你想让我道歉吗，我道歉你又能怎样！”

她冲口而出这句话，完全出乎我的意料，我松开了手。

“反正你们所有人都在等着这一天吧？这下子，你不光和闫景祺关系那么好，还能看我在体育课上跑死了，高兴了吧？”她和我隔开一段距离，接着用尽力气说道，“我现在不再是免体了，你高兴了吧！”

“你胡说什么。”我也对她喊道，可接着便紧闭了嘴巴。空气中传出的是隐隐的哨音，安鹊的手放在喉咙上，她弯下腰，呼吸时的哨音逐渐变成痛苦的喘息。嗓子仿若紧缚，她痛苦地咳嗽，一声接一声，这种像是要把什么内脏呕出来的咳嗽令我吓呆在原地，只是看她手指紧抠在腰上，摔倒在地。一切都来得太突然。我不禁上前要抓住她，可是我没法动弹。她拼命喘气，但却只是出气大入气小，她的长发散乱在地板上，她的眼睛睁很大地望着前方。

“里……里……”艰难的声音气若游丝。

我恐惧万分地爬着翻找地上散落的东西，好不容易将万托林塞了过去。我们的手在相接的一刻，她指头冰凉，整个人蜷在地上。我听见猛力呼吸的几声，喘气终于被一阵咳嗽代替。长发挡住她的侧脸。

我呆呆地望着她，不知自己是站是坐。我不知道我在害怕什么，但总觉得看到了一些生命中令人无可奈何的脆弱。

不知过了多久，她才红着眼转过头来，先我一步站起身，样子狼狈却无比安静地扶着墙壁继续走向大门口。片刻后我机械地挪动脚步，还未出教学楼便看到了闫景祺。

时值寒冬，他羽绒服的拉链却敞着，靠在水池旁。一定很冷，他抱撑着水池的手指节冻得通红。可是他却一动不动地盯着安鹊，一开口便声音很大：

“为什么不反对他们?”

隔着门帘，我双手扶在玻璃上。可是安鹊说的话，我还是一句也听不清。哈出的白气晕在玻璃上，让闫景祺发现了我。他招手，我沸腾的情绪不知怎么就冷却了。安鹊几次欲言又止，但最终肩膀松下力气，抓着皱褶的荧光色背包，愤怒地大喊：

“是他们开的证明，他们找的医生。”

我走出门帘的同时，她似乎彻底放弃了，不顾寒风吹打脆弱的脖颈，大衣领子歪到一边就大步走向了校门。闫景祺的声音响了起来，是对我的。可是我的双脚不受控制地移动，等我意识到在追她时，安鹊已经被我叫得回过了头。我气喘吁吁。她还在咳嗽。

“什么证明?”我问道。

【11】

公交车驶进终点站时，路灯灯光已经成为夜色发亮的光团。算上堵车，时间至少九点了，重回熟悉的车站，时隔半年，广告箱里却还贴着那张海滨浴场的宣传单。周围下车的人匆匆消失，我俩半是默契半是疲惫地走在唯一这条小路上。小姨家黑着灯的房子出现在不远处，等到顺路停在这座旧宅前，我敲门却没有人响应。

这之前，我一时冲昏头脑便送安鹊坐车回家，免得她半路上又咳嗽起来。然而这番好意却让自己落入无家可归的窘境。一个人面门而立，我能感觉到安鹊没走，我转过身，见她抱着胳膊站在栅栏门外。她只是冷眼看着我，却轻轻扭了一下头。

以前小姨就说过，海边的房子都是外国人留下来的，这些吱嘎作响的陈旧房屋，由新住进的居民进行改造。虽然外表还是原样，内部已经修葺一新了。然而当我站在安鹊家里，仰头打量这间二层小楼时，却仿佛处在已经静止的时间里，久未修整过的横梁上，甚至有燕子泥巢的建筑地。安鹊的姥姥姥爷在屋里看电视，漆黑的卧室里只有荧光屏幕闪烁。

“他们不会出来的。”安鹊一面围上围裙，一面把头发束在脑后，“上楼等着吧，我来做饭。”

她走进厨房，然后又回过头来，“你不给爸妈打个电话？”

盖着绣花布的电话在茶几上。吃过饭后，我给妈妈拨了电话。一双粗笨的腿在我转身时经过旁边，老人的身影出现在我的眼前。她神经兮兮地打量我，厨房响起了洗碗声。

“你们这些孩子真奇怪，三天两头往我家跑，告诉你，康复证明可是医生开的，跟我说没用。”

我的嘴巴一下子咧开了。而对方咯咯地从嗓子眼挤出笑声，稳稳又僵硬地坐在了沙发上，磨损的沙发显出污浊的光泽，小声笑道：

“这样她可就离不了我了。让她再想把我这孤老婆子抛在这，这下她可得死心塌地伺候人啦……”

我吞了口口水站在原地，安鹊姥姥平静又木讷地呆坐着，直到一双豆大的发亮眼睛将我瞪得后退一步。她继续笑着朝我招招手，“来，告诉我那男孩是谁?”

我回头却只看到幽暗中的二层。

“那男孩，”她说着攥紧了沙发的皮料，声音变成令人毛骨悚然的耳语，“呵，他是不是心脏病?”

安鹊上前一把抓住我的胳膊，从沙发拽向楼梯。

二楼比想象中要狭窄一些，除了安鹊的卧室，就只有一件堆满杂物的储物间。寒夜的风无休无止地灌入尽头关不严的窗子，走廊冷得像间冷冻室。没有沙发，安鹊便拉开柜子，把多余的一床被褥铺在地上。接着，她把自己的被子也从床上搬下来。我连忙推辞，谁知她熟练地抻平床单，说道：

“姥姥半夜会进屋来看，让你一个人睡地上的话，她又要骂了。”

“你姥姥总是这样?”

“她就是不想让我上大学，离开海边。”

我站在一旁看了她一会儿。我听出了怨恨的语气，问道：

“康复证明的事……是真的吗?”

安鹊用力拍拍蓬松的枕头，脱掉外衣和长裤，只穿一件宽松的圆领 T 恤，不慌不忙地钻进被子里，关灯躺下。接着，她的声音才从枕头上传来：“你觉得我有哮喘病吗?”

她刚才差点在地上喘到死掉的样子还历历在目。

想到那副悲惨样子，我没作声。

“她是在逼我。我姥爷有病，妈妈又不带他们到市里住，她就赌气，就想把我拴在这里。当初她逼我免体，现在又给我开出康复证明。连你都怀疑我是装出来的，海滨一中那些人知道这事后，只会觉得我更恶心吧？”安鹊翻了个身，手机咔嗒一声扔在地板上，“等我在体育课上跑出点什么事，学校让我退学的话，她的目的才算实现，我就永远辍学伺候他们两个了……”

安鹊的语调很平板，甚至有些云淡风轻。一个人要在心里把这些澎湃的情绪品味咂摸多少遍，才能最终笑着对别人讲出悲哀的事呢？我穿着裤子将棉被盖在身上，屋里的温度对我来说还没法像在家一样安眠。我看看她，安鹊的眼睛被窗外的路灯映照得发亮。

“怎么还不死啊。”有点纳闷地说。

她哈哈大笑起来，接着又翻了个身，留给我一个长发搅缠的背部。“吓你一跳吧？只是觉得有点辛苦。”

“还有人关心着你啊，”我望着天花板，直直地躺在气味陌生的被褥里。

安鹊枕在胳膊上的头埋进了枕头，她的笑声笼罩上一层模糊的睡意，“是啊，谢谢你，颜一。”她话说到末尾声音已经听不清楚，这下子彻底安静了。长久以来视为敌人的人感谢了我，让人百感交集。忽然，一阵沉闷的振动声从地板传来，手机亮了。我仰起头看屏幕，发件人的名字就是在黑暗中也静静地陪伴着温柔。

麦安杰的生日正好在寒假的第一周，我还记得。去年他没有说，我也没问，就让这天过去，并且在日记中写道：明年补偿。可是当今年我返回头看这句话，却感到一阵苦涩和尴尬。送什么呢？挂件，或是文具？原本设定的是些更亲密的礼物，可在整整一个学期都没见的情况下，最后的决定是一套心血管图书。再没有什么好过这个的了。可是当我提出要买时，却得知这套书的下册已经断货了。而且价钱也稍稍令人吃不消，和闫景祺商量一下，决定一人出一半钱。

“只送上册是不是有点恶搞啊，”他在电话里说道。

“这样下次送礼也敲定了，一举两得嘛。”

闫景祺笑起来，“你是怕他明年没盼头儿了？”我的嘴角也露出笑容，不经思考便顺口说道：“我就担心下册是被安鹊买走了。”

他的笑声一下子停滞了。我连忙抬起头，说道：“我是说，我之前在她家里住的时候……”

“她爸妈在吗？”闫景祺的声音很冷静，我不禁想不好怎样回答，彷徨地打量了书店对面的购物街。这家商场在新年期间很火爆，对面显眼徽标的苹果商店人满为患，不停有人从门口进进出出。

忽然，我看到有一个藏蓝色大衣的熟悉身影。那人闯入视线，手中提着两只小巧的专卖店口袋，两眼完全没有留恋在两旁的商铺上，步伐却不快不慢显得从容。我虽然不知道应不应该如此，还是不顾闫景祺嚷嚷，提着沉重的大纸袋走出了书店。

“小麦！”

我想，除了我和闫景祺，恐怕没有第三个人再这么称呼他了，因此当他转过头时，眼中的惊讶完全大过了烦恼，一点不尴尬地叫了我的名字。麦安杰脖子上的围巾掩在大衣领子里，是我送他那条。

“你一个人吗?”无从开口的恐惧就在他停步等我的几秒钟烟消云散了，我开口便笑了起来，“你在给谁买礼物?”

“妹妹。”小麦把其中一个袋子里的东西拽出一角，是绯色浮雕城堡的手机壳。

“真不错。”我说了这句话，然后，把自己逼到了绝路。真该死，居然沉默了。周围的人来来往往，我俩杵在原处望着对方，尴尬之外显得太蠢。于是我们一同望向了购物街的远处，我听见他说道：

“上学还能适应吗？十三中?”

我转头望着他，小麦也转向我，只是眼睛看过来，连带头稍稍侧了侧。接着，他无比坦率地笑了，却有点寂寞地把手中袋子的封口黏住，与另一只稍沉的合拢在一起。

“我最近在想，去那里的话，还是你比我更合适啊。”

【12】

将书送给麦安杰的同时，我和祺祺也收到了对方的礼物。那正是我回到海滨的寒假第一天，中午刚过，近乎白亮的天光下，我们三个站在硬邦邦的水泥地上交换包装彩结的礼物，极目便可穷尽海天那一条湛蓝的分割线。

小麦整个过程中一直保持着饶有兴趣的神情看我俩拆礼物，直到鲜明 logo 的小盒子呈现在眼前，闫景祺简直吓了一跳。

“这也太烧了吧。”他喊着。

我再度打开玻璃盖，白色小方块的崭新屏幕耀过一圈闪亮的光辉。再看闫景祺，他瞠目结舌地紧握着手里的粉色小盒子。

“你们自己分吧，”麦安杰慷慨地摊手。这几乎没有悬念，我把白盒递给旁边的人，谁知祺祺的喉咙鼓动一下，一把抓紧了手中明艳的粉色。

“我要这个了。”

我和麦安杰吓了一跳，只见祺祺无比认真地不肯再松手，只有阳光让本就小巧的桃粉色更加跳曳妖娆。我移开目光，麦安杰的双眼里倒映着一片清澈的粉红，说道：

“你是变态吗。”

“我就是喜欢这个啊。”闫景祺也挺了挺后背。

接下来就是我比较苦恼了。他们知道我不喜欢白色，但我拿着那个小方块，只有谢谢了他的新年大礼，麦安杰眼中流露出的柔和神情只得使我就这么忍气吞声，何况，只要他喜欢我们送他的礼物就行了。

“没有人送你下册吧？”我眼睛看着别处，“没有就好。”

中午饭是一起在餐馆里吃的。现在迎着寒风朝回去的方向走着，闫景祺明显有些肚子疼。于是，我们在避风的转角稍作休息，旁边就是安鹊的家。然而越不愿见到的人，越是要在不该出现的时候拦路。只见门口那棵一人环抱粗细的树下，安鹊一身运动衣瑟瑟发抖。这有点反常，她刚跑步回来，却空着手被锁在门外了。

“姥姥可能出去了，”安鹊两手合在口鼻上哈气，“我没拿钥匙。”

我和小麦轮番敲门，的确是无人回应，打电话也没有人接。“你姥爷难道一起出去了？”我拉紧大衣，对她的默默摇头感到无能为力。被汗水浸湿的发梢被冷风吹干，她一定冷得够呛。

“窗子开着啊。”麦安杰仰头望着树杈间半开的窗子。

闫景祺忽然开始脱外衣。他连手套也摘掉，只穿一件衬衣便活动了一下关节。他的外套扔给麦安杰，我们看出他要做什么。只见他挽起袖子后退几步，接着向前猛冲，借着惯性几步便蹿上了树，看起来轻而易举。接着他两手扒住最近的那枝树杈，双脚晃悠着将自己的身子悠上去，再爬向更高处，手脚并用，我们三个在下面瞪大眼睛。只见他稍有些摇晃地站起身，随即稳住并挪向窗子，然而有力的双手刚要扒住窗台，便仿佛受到震慑般顿在了原地，目不转睛地喃喃说道：

“这……不是有人吗？”

道路尽头有车子驶来，一辆灰色的小轿车行进在纤尘不见的冷酷路面上，令人怀疑是某个幻觉。但是当车子戛然停下，却有一个中年女人气势汹汹地走下来，随即下来的是驾驶室铁青着脸的男人。

安鹊叫他们爸妈。

他们却顾不上安鹊，那男人把安鹊从自己的必经之路上推开，赶在女人前用双手猛力地拍击屋门，

“房子是我的!”他大声喊着,“不接电话就算了,不想见我们有本事搬出去!”

“一面白住着一面还盘算着把房子租出去,你们别以为拿着安鹊就能治住我们,告诉你,把她留在这儿是让你们别太孤独!”

我和麦安杰一动不动地站在原地,被这震得耳朵嗡嗡响的吵骂声吓呆了。忽然老人的身子从二楼探出来,声音不大却十分冷硬地骂道:

“狗屁,你现在说得好听了,当初因为这孩子的身体原因才把她留在这儿,别以为我们老两口不知道,她在这儿就得伺候我们,我爱怎么管她是我的事!”

“你以为康复证明是闹着玩儿的?”男人发狂一般指着空空的二楼,“到时候闹出人命你进了监狱,我们可不待见你……”

女人和男人轮番上阵,但门就是纹丝不动。我有点被吓住了,又觉得有必要说点什么,麦安杰却抱着闫景祺的外套碰碰我,十分镇定地摇了摇头。我无奈地看安鹊,她远远地一人站着,我忽然觉得她好单薄。

“太过分了,”女人终于累了,她面朝紧闭的大门,擦掉因愤怒和一些别的因素——我不知道的其他心情——的眼泪,接下来的每个字都从牙缝里硬生生挤迸出来:“我告诉你,自从那件事过后,我们早就不在乎安鹊的死活了!”

男人拉着她朝轿车走去,女人却执拗地边走边回头,忽地尖叫起来。

闫景祺忽然从树上跳下来,着地后身子前倾,索性一把揪过了那女人的头发。男人见状一拳打在闫景祺身上，后者回身推他一个踉跄，双眼瞪着女人吓傻的脸："你有种把最后那句再说一遍。"

凭他压抑这么久的愤怒，照面揍一拳是理所应当的，闫景祺拳头捏得咯吱作响，却扔开她，拼命忍耐着揪过了男人的衣领。

"你觉得那是白救的吗，那是白救吗？你想看她死在那才好吗！"

我意识到事情的不对劲，并且很快意识到了接下来发生的事一定会超出我的想象，变得非常恐怖。因为男人看着他，眼中浮现出了认出熟人的复杂神情，他挣脱对方的手，护着女人走进车子，因恐惧而僵硬的脸上滑过一丝扭曲的轻蔑笑意。"是你啊，原来是你啊……你爸爸还好呢？"他闪进车子点燃发动机，车子开始起步。

闫景祺拔腿上前，走上前，由走变跑，狠狠拍住了后备箱盖。

"别说那种沮丧的话啊，寒假我回海边，我们四个一起玩吧，叫上安鹊，我们四个。"

面对麦安杰怅然若失的一番话，那时候，我并没有用沉默让伤感溜过去，而是如此对他说。谁知，麦安杰的神情却更加伤感了，"安鹊是不会和闫景祺在一起的。"

我露出的表情比我想象中的更惊讶。这之前，我猜过安鹊和闫景祺从小便认识，我也猜过他们之间一定有什么没法妥协的牵绊。我曾经想问他，每次却都以担心他会因此烦心而就此作罢。只是这次，在喧闹的购物中心，在独自面对麦安杰的时候，我想知道。

麦安杰摇了摇头。摇头并不代表着他不知道，他是在问我真要听吗？

我深吸口气向他询问了原因。

“那还是初一的时候了。祺祺和人比赛游泳，游到了离岸边很远的地方。他爸爸见他们回不来了，跳到海里救他们。那是深秋，旺季已经过去，海里几乎没人，浪非常大。他爸爸本来就发着高烧，等把两个孩子带回岸上，神智就已经不清醒了，大病一场，后来就再也没有好过。至于另外一个孩子，也因此咳嗽不停，得上了哮喘。”

那就是安鹊。我有十分的把握麦安杰会点头。我于是低头没有看他，没想到闫景祺还有如此不幸的过往。原来那就是闫景祺生命中翻天覆地变化的开始。我想起他爸爸修车时愚钝的微笑，想起小学时他肩膀能驾着我们两个人去海边吃烤鱼的模样……新年的商店街，到处都洋溢着节日气氛，店员要是注意到我们两个，绝对会大跌眼镜的。

“为什么会这样呢，”我自言自语，麦安杰却还是听见了。

“就像是被抛弃了一样。”

“你们简直是畜生！”

闫景祺的拳头猛地锤击后备箱，轮胎尖叫一声，随即加速。片刻后，男人伸出脑袋大声说道：“滚开。”

然而闫景祺也加快了步伐，终于追上车子，不由分说拉开了后车门。女人尖叫不断，而安鹊也撒腿追过去，只是一张口便咳嗽起来，痛苦的声音传遍整条冷彻的午后街道。我和麦安杰连忙追上去，身边忽地经过一个蹒跚着跑动的臃肿身影——安鹊的姥姥紧紧攥着蓝色小药瓶，一脸心力交瘁。

“你给我记着，下次有你好看！”

闫景祺几乎在咆哮，没想到车子戛然停下，跑下来的男人几乎做好准备和他拼个你死我活了。男人前一秒还骂着，接着便漏出一声惊呼。因为闫景祺摔倒在他面前，紧紧捂着肚子。

【13】

身为将来的运动员，说不定切掉阑尾也不是件坏事。闫景祺被送到医院后，当天就做了手术。闻讯赶来的是他妈妈，她慌张地闯入了安鹊妈妈静静守候的病房，门关上了，我从窗口看到楼下一刻钟前还气焰嚣张的男人，他汗水黏住发丝，大口吸烟，有意避开闫景祺的爸爸。后者老实地呆坐在一张石凳上。

赵老头也来了，他做的第一件事不是迈进病房，而是直接走到我和麦安杰前，两手无奈地塞进裤子口袋。对此我和小麦没有抬头。他对免体生的不屑与轻视人人皆知，就像最初那次他经过教室时的瞪视，曾经我和小麦下课前溜进食堂，他也总一副恨不得抓到我们的表情远远斜视着。而这次，他却疲倦地松了劲，身子倒退坐在走廊对面的长椅上。

“知道吗？你们是免体生。”

赵老头的手仍蜷缩着，他打量着我们，“你们两个永远赖在班里不上体育课，我也从没有说过你们。我不知道你俩因为什么免体，但是很快就高三了，闫景祺是体育生，他将来考的学校和你们不一样……”

“我和颜一没有妨碍他。”小麦打断了赵老头，双眼平稳冷静地抬起，但对方抱起胳膊，明显不吃他这套。

“你能把学分给他吗？”他轻轻地说，扯动嘴角露出一个苦笑，“他得靠跑出来的成绩考学，比你们困难得多。你们讨厌体育课，还得熬多久？最多一年。他可得跑到高考，还要兼顾学习。身为老师，我太知道这最后一年半对他来说多重要了。”

赵老头说话的时候，胸前的银哨子随他有些拖长的呼吸微微晃悠，折射出黯淡的光。没有医生护士经过。整段时间里只有我们三人面对面，几乎整个空间都消失不见了。

“现在是在上学，你们好歹坚持一下……别耽误了他。”

我拿着小麦送的礼物回了远在外地的姥姥家，结果，春节期间收到的新衣也是白色的。“还以为你开始喜欢白色啦，什么啊，原来是送错颜色了。”妈妈和姥姥的笑声让我心中烦闷。实际上，我也不知道祺祺为什么会抢走那只粉色的。我只能和海边的三人电话联系，闫景祺为了开春的统考几乎没有一天休息，安鹊和姥姥的争执还在继续，这是她第一次直面自己的命运。我在安逸的家中想着那天睡下时，她那句迟疑着的微弱自嘲，心中难免感到痛切。

然而春天来到时，她终于赢得了胜利，不光康复证明被驳回，她父母也终于妥协，答应把两个老人接到市区。于是，现在安鹊和小麦一样，都只有自己一人住了。我原本说好开学前看他们一回，但十三中的补习班却把计划打消，我提前回到了那群优越的市重点生当中，听着他们拿免体打趣的笑话。

“没想到他在海滨一中都混不好啊，真惨，被家里人逼走，像个缩头乌龟一样躲在海边，太逊了……”

“他不是被妹妹逼走的吗？听说是真的心脏病。”

“哎，骗的就是你这种人啊。我看他是假装高调，不信我们去问瘸腿女，他要是在那边还在免体才怪呢。”

“问什么，谁在乎他啊。”一群人笑起来说道。

那天放学后，我被班主任留了下来，原因是课间对本班同学动手。老师摘去眼镜一脸困扰地搓着鼻子，“你怎么能肯定就是在说麦安杰？”

“不会有错。”

“就算这样，他已经毕业了，本人又不在，你还为他辩解什么呢？”

远处的哨声响起来，是体育老师象征性地表示下课，其实学生们早就懒洋洋地朝教学楼走了。我低下了头。是啊，所有老师都知道，他们的学习都比我好，他们就算免体也是假的，只有我才是那个真正被当成笑料的蠢蛋。

“你应该对免体生友善一点儿嘛！”他笑眯眯地戴上镜架，朝远处走来的女生招手，“尹江娈，来搬卷子。”算是彻底把我忘掉。

四月底，我逃学回海滨一中参加体育节，没有请假。小麦告诉我的时候稍带几分罕见的兴奋——闫景祺破天荒参加了400米接力跑。赵老头因此气得够呛，因为他五月份就要参加一个非常重要的全国越野赛，现在不去山地练习，却还在塑胶跑道上瞎玩闹。但是闫景祺不以为然，高三很快就要来临，这可能是高中最后一次体育比赛了，他所做的是为让小麦高兴一点儿。事实的确如此，麦安杰那天拿着相机，比赛还没开始就等在看台上，正午的太阳耀得地面晃眼，他的白T恤像是由内到外散发着光芒。“他来这儿真的是因为妹妹吗?”

闫景祺做了几个扩胸伸展，他刚听完我讲述十三中的遭遇，同我一起望着麦安杰的方向。“如果来十三中是因为妹妹，也没什么说不通的。”

“父母有了第二个孩子，他一定会被冷落的吧。”我也静静想。远处的人群已经聚集起来了，穿着可爱春装的学妹们迫不及待等着比赛开始。

关于那场奔跑，我的印象中剩不下什么。只记得闫景祺自从最后一棒上场，就博得了女生们一致的尖叫。场面有点傻，我想在最外围抱臂的安鹊大概也有同样的想法。但是如果投入其中的话，就另当别论了。就像从始至终一个姿势站在我身边的小麦，只是指头扣着相机，注视相机中的屏幕。他专注地垂着眼睛，我能看到他睫毛下的小小阴影。我好想拍拍他，可他的心思已经飘到了远处。

一阵震动耳膜的声音浪潮，比赛以闫景祺领先第二名半圈毫无悬念地结束了。欢呼胜过了一切，他高兴地举起双手拍了拍，浪潮随着他而阵阵涌动。天气被比赛搅得燥热，但学妹们仍是紧紧裹着短款外套，远处一片跳动的粉色。

领奖的过程中，我和麦安杰都没能靠近他，直到相机的闪光灯平息下去，闫景祺才兴冲冲地朝我俩跑来。颁奖领导在背后微笑着，就连摄影老师也眯眼将镜头再度对准了他。小麦把矿泉水瓶递了过去，然而，与之交换，闫景祺二话不说便把金牌挂在了对方脖子上。这一行为让还在瞩目他的人吓了一跳。

“你不是一直想体验下这种沉甸甸的感觉吗？”闫景祺拍拍他。

麦安杰又是惊讶又是不甘，接着忽然抬手掐他一下，让闫景祺捂着胳膊朝后跳了几步。“你干吗？你这是祝贺方式吗？”我们都笑了。

“我在想，要怎么样才能像你这样跑步。”小麦说。

“闫景祺你反应太过了吧，”我挖苦他，“小麦将来戴的可是和人类医学有关的奖章哦，才不是这种汗臭味的呢。”

小麦把金牌从脖上摘下来，却被闫景祺一把按了回去。“至少先照一张啊，”祺祺说着便招呼来旁边一个男生，后者接过小麦的相机，犹豫着举在眼前。

恭敬不如从命，小麦无可奈何地叹气，转个身站在我们之间。

闪光灯闪过一下。

麦安杰将奖牌取下来，其他的只字未提。对此祺祺有些不满，我连忙解释道：“小麦也很关心你啦。当初你在医院的时候，赵老头想拆开我们，他可是一点儿都没有犹豫哦。”原本出于好意岔开话题，但看到闫景祺脸上露出天真孩子般惊讶的神情，我不禁就开心地继续说道：“不要再生安鹊的气了，就算你爸爸不被理解，这里可还有我们呢。”

一阵突如其来的沉寂夹杂在我们三人之间。“谁说的？”闫景祺看了看我，又将目光转向麦安杰，闪亮的奖牌因为猛转头而激烈地碰撞着胸口。

【14】

“对不起。”

我最终还是向他道歉了。越野赛那天天气阴沉，闫景祺随着参赛者的人潮走向起跑点，我们两个就回头朝他招招手，抬起手的同时，我的话冲口而出。

问题没有结果。那天的质问让我没敢出声，然而，质问只不过是质问，闫景祺的眼睛注视了一会儿小麦，就把相机猛地塞入他手中，奖牌晃荡地走人。耿耿于怀的是我，我始终想对小麦说点什么。现在他巧妙地躲避开穿明黄色衣服的志愿者，进入了赛场的山坡间。

“可是，你关心他没有什么错啊。”我快走两步跟上去。

发令枪响在身后。转过缓坡，再没有人能看到我们了，当然我回头也不见随队伍冲出跑道的闫景祺。麦安杰没有向后看，只是迈步走着，朝着我们和祺祺约好见面的地点——行程一半的小树林旁边。

“这是抄近路吗？”我问道。

“当然了，他们要绕整个山才能跑回来。初中时他在这儿比赛，当时我就走的这条路，但是没见到，走到一半的时候撞上了志愿者……”

“别告诉我！哎，到时候我说不定又说漏了，还要添麻烦。”

我抬起头，风从我们之间经过，撩起他额前的头发。他慢慢走着，一手拿着长柄雨伞，另一手揣在口袋里。头顶的云层压得很低，山雨欲来。

“你是担心我还是他?”麦安杰鼻子哼一声，不知是叹气还是笑，“他是生自己的气，我从一开始就知道。”

他即便现在也这么冷静。不知不觉，我的脚步慢下半拍。荒废的山坡保持着原始的样子，极目之处不见一丝人迹，四溢着的野草和草本小花摇曳，原本应是黑漆漆的枯树洞也被潮湿柔和的绿色苔藓覆盖了。

“我就知道。之前就是这样，”麦安杰踢开了脚前的一枚松果，空旷的蹦跳声在山谷间回响。“他知道我是强迫转到海滨一中的，也知道我爸妈怎么对我，他不会怪我，一直觉得我可怜。就算我从来没有把他当朋友看待……我知道这样让人难过，可是觉得自己已经这副样子，怎样都无所谓了。”

我拨开草丛，在曲折的山路上慢慢走着。

“我妈妈怀我那阵，和我爸整天吵架，没日没夜地抽烟，盯着电脑。医生说心脏病一多半是那时候造成的。她后来哭了一场，我小时候也从来没少过什么。我理解她，但是不能原谅啊，你知道吗?她对我好不是因为愧疚，她只是在感谢我。她觉得多亏了我得的病，才能让爸爸良心发现，决定回家。”小麦空着的手轻轻抚过及腰深的野草，“即便这样我也没说什么。可是后来她还是变了。她和我爸爸两个重归于好，生下妹妹，这次怀孕时她好好养着，只是不停地把我叫过去哭。‘没有你我就没有今天啊，’我还记得她那么说。实话说，那个孩子，我一直没觉得自己和她有什么关系。但是他们把好东西全都给了她，甘愿掏钱让她上私立学校，到后来甚至觉得我碍事，把我赶到海滨了……”

“你只要做个手术就会好起来的！只要做了手术，一切都会没事的。”我大声地告诉他，“等你把病治好了，一定会比妹妹还要优秀的。你看，我的腿就是啊。”

“那我早就没可能了吧。”小麦走上了一处缓坡，“先天的情况就比同样疾病的人糟糕，这种病，反而是年龄越大手术风险越高。最佳治疗时间是出生后的三个月，而那段时间，我妈只顾哭我爸，根本管不上我的死活。虽然现在他们定下了手术时间，就在高考完。可是说到底……我还是被抛弃在海边了。”

小麦说着脚步缓乏下来，撑着斜坡坐下。一声雷滚过，紫色的小花在风中撕搅着。他抬眼看到我，我想我那时候的表情一定万分悲伤，不然他不会笑的。

“这么站着是要做什么？也没有这么悲惨啦，比起安鹊已经好很多了。她初一那年掉进水里，接着就被她爸妈嫌弃，才真是可怜呢。她爸妈觉得辛辛苦苦养她这么久却摊上了治不好的哮喘病，干脆彻底丢掉她，让她伺候老人去了……可能最初就不喜欢女孩子。”

我脑中闪过的是闫景祺追车的样子。

“所以她才想当医生吗？”

“医生啊……”麦安杰睁大眼睛，又低下头，“说起来，她要是当了医生说不定会更好，就像你去十三中也比我要合适似的。当初想考十三中，的确是想过要利用你来着，真是对不起。我将来恐怕……”

“你现在坐在这，将来也能好好的。”我喉咙发堵，不知不觉便咽住了声音。随着沉默一同降至的是雨水，还有头顶小路上传来的哧哧喘气声。我们两个吓一跳，还以为是领先的运动员已经经过了。然而一转头，却发现有个男人失魂落魄地看着我们。安鹊的爸爸。麦安杰撑开伞，我们起身。

“你们看到这儿的引路志愿者了吗……”男人用我们能听到的嘀咕声询问。他竟然没认出我们，捂了捂雨点打落的头顶，便匆匆忙忙地朝远处跑去了。

男人几乎刚走，穿着明黄色衣服的身影就出现在小路尽头。安鹊举着志愿者专用的双人伞，飞溅的泥水打湿她的裤腿。看清她在雨中跑来的样子，站在原地的小麦和我大吃一惊。万万没想到她会在这当志愿者，而当安鹊看到我们后，表情也染上了惊慌。

“你们看见我爸爸了?”她还没有靠近我们便急促地问道，“刚才有人从这儿经过?”

我一指远处的那片林子——所有选手赛跑的必经之路，“他在找你。”

“糟了，他不知道我换了路线。这里信号太不好，完全联系不上。”安鹊急忙打着伞转身跑向林子，几步后又转回身，这次问出了重点，“你们怎么在这儿?”

男人一声嘶哑的呼号响在寒风凛冽的林子里。小麦立即拉着我朝那方向跑去，而我的大脑却在腿迈开后几秒才反应出她那话中的暗藏杀机——闫景祺正从那边的林子里跑过来。

“你们根本就不把她当一回事！我爸当年救人反倒多此一举了?”

等我和麦安杰喘着粗气赶到现场，安鹊爸爸已经被闫景祺扑倒在了泥泞的地上。雨这会儿下大了，在偏离赛道，长满荒草的泥土上，男人踢腿挣扎，两人从坡上滚了下去。男人身上沾了更多的泥巴。陆续从远处经过的选手没有注意到这边，雨点击打在头顶的伞上，似乎就是这世界的唯一声音。

“你要是自己厌世的话，我现在就能把你揍醒。我爸当年救她，可不是看你们两个撒泼耍无赖的！”闫景祺身上的运动衣湿透了，有一段距离，我和麦安杰看不到他的表情，更看不到紧贴地面的男人的神情。随后只听男人声音愤怒地说道：

“和我们有什么关系，要怪去怪那臭老婆子！是她把安鹊扣下的！”

“那你就眼睁睁看着她被当作道具来用？”

领子被人揪着，男人终于恼羞成怒：“反正我当年又没让你爸救人，他就算现在成了什么样子，和我们无关！”话音刚落就狠狠撞在地上。

“安鹊！”男人叫喊着，“你快点报警！”

安鹊摇头着，她一动没动。这场面简直像是她和闫景祺两个人正在设法置这男人于死地。只听安鹊说道：“你啊，早就不打算理我了吧。”她脸上的表情很怪，“姥姥扣着我？你知不知道，我这么多年来一直一个人硬撑着。你们讨厌我姥姥，就把我扔去陪她，你们甚至都没有带她看一次病，开过一次药！别总是说，身体都成这副样子了，还有什么好努力的，我倒要说，你们这种人身为家长，简直不如直接杀掉我，简直是太丢人了！别以为摊上我这种孩子是你们的委屈，我也不想有你们这样的家长，滚开啊！没有谁对不起谁，是你们活该！”

安鹊颤抖地后退一步，男人的双眼震惊地圆睁着。片刻后，安鹊双手紧紧攥住了伞的把手，“闫景祺，给我狠狠打他！把你心里所有的怒气都打给他！打他！打他！打到警察都来了才好……”话的尾音变成了哭声，安鹊蹲在地上，满脸泪水。

“打啊。”她大声说道。

闫景祺的拳头已经捏紧了。望着男人一脸错愕而虚弱样子，他松开了攥着他衣领的手。“知道当时我爸为什么要救她吗?”

“当然是怕出人命……”男人的嘴角拧出怪异的讽刺弧度，闫景祺以同样的表情回敬：

“就是要证明这世上不全是你这种浑蛋。”

他的拳头挥动。这挥拳的动作，仿佛被雨水牵绊禁锢了一般漫长。就像划破空气的阻力，他将打中对方，反弹的气流将他的未来推向岔路的彼方。仿佛触发多米诺骨牌的机关，只要轻轻拨动其中一个，其余的都会以浪潮之势不可收拾地倾倒，最终改写了整幅图案。

拳头锤进泥土里，狠狠地，距离男人的眼睛只有几寸。“给我撤销康复证明。”他说。

雨水的禁锢解除了，倾斜的骨牌牵引回位，平稳地继续站立着。雨滴打在男人的镜片上，他在泥巴的障碍中不可思议地瞪视着眼前。

闫景祺站起身，拳头血流不止。

接着，他脱掉了鞋袜子扔在一旁，向远处的赛道跑去。已经差了太多，他不可能追上其他的选手，而且就算跑回去，这么狼狈也没有任何意义。更何况，颠簸的步速告诉我……

我忽然感到脸上掉下雨水。身边的麦安杰向前跑动几步，失去雨伞遮蔽的我感到肩膀瞬间冰凉，眼睁睁看着他爬坡去追他，扔开雨伞，然后裤管被溅起的泥巴打得透湿。小麦踉跄地追上了闫景祺然后一把拉住。后者可能是在说话，也可能只是闭紧嘴巴摇头。下一秒，小麦张开胳膊抱住了他。

起先发愣并有些抵抗，闫景祺不断推着他，然而他的怀抱实在是太坚决了，而闫景祺也只得在这份沉默中放弃般地垂下双手。

我感觉水流顺着头发不断地滴答。身上太凉了吗，雨水反而以一种奇异的方式温暖着我。我抬起头，分明是双人伞撑在了头顶上。安鹊就在旁边，把伞朝我的方向打了打。

【15】

这就是最后的日子了。

高二的暑假，我至少有一个月过得格外开心，甚至心情从没有如此舒畅过。安鹊终于重回了我们的行列。她虽然不是免体生，但终于不用进行危险的长跑了。当我和闫景祺都在关注她的秋季运动会报名，并说什么也要加以阻拦时，麦安杰却更加在意她将来想当医生的愿望。

“如果只是为了我的话，不要这样。”

只是当他说出这话时，却是在医院的病床上。自从那次淋雨后，他大病一场，接着便陷入了无休止的热伤风中，心跳快的时候只有留院观察。我们三人结伴看他，他身边永远放着那本厚书和那份生日礼物。这次，他把它们推到了安鹊面前。

“如果派得上用场你就拿去看，反正现在是暑假。”

“你送她了？”我指着那份生日礼物。

“再看就差不多背下来了，”麦安杰抬起头说道，“你们两个啊，我可等着下册哦。”

“我会还给你的。”安鹊却低头收下了珍贵的书本。直到现在我都在怀疑，那时候她是不是故意这么做的，是不是故意设下这个阴谋，足以让他伫立在一个地方并流下眼泪的致命骗局。

“谢谢。”安鹊垂着眼，始终没有和他四目相接。

开学后，我回到了十三中。市重点的高三气氛紧张，闫景祺就算一周有三天都来训练，我被扣在教室里和大家做题，等到结束时他早就跟校车走掉了，很难再见上一面。他之所以比以前收敛多了，也是那场越野赛所致。连终点也没能跑到，气得跳脚的校领导差点把他开除。多亏赵老头一个劲儿说好话，他才勉强没把海滨一中的校服脱下来。他说十月份有一场能扭转局面的全国赛，到时候让我们三个一起为他加油。我答应了，并且，虽然身边还是那些借着免体胡闹，对患病痛苦一无所知的人，我也再没有对他吐苦水。

我差点告诉爸妈，我想回海滨一中上学。我想高三在那度过。然而，一想到曾经爸爸一脸犹豫却声音坚定地答应给我找插班校，通过并不坚实的关系千方百计让人对我满意，我就差点掉泪，在心中骂自己真是太不懂事了。

于是，在上轩学园隆重举办田径赛的那个周末，我冒死从补习班上逃跑，和等在校门口的小麦汇合。

闫景祺已经入场做准备了，只有我们两个留下来苦等安鹊。可是当比赛离开始还有最后五分钟，她仍然没有出现。

并且这之后再也没有出现。

假如事情只是这样，或许我对她的憎恨不会如此深重。现在回想起来，那时真不应该只让麦安杰一人留在门口。这所学校就是他妹妹的学校，他并没有对我们说。在我去找闫景祺时，他也只是稍微叫住我一下，然后便摇摇头作罢。接下来发生的事我无从得知，只是当比赛开始十五分钟后，我再去找他，发现校门口站着的那个制服女生正对她的学生会长轻松地嬉笑，然后大笑。

她开口说话。

混血少年的眼角在微风中瞥向了身前的男生。

风搅乱小麦的头发，望着光鲜亮丽的妹妹，他几乎失魂落魄。

我把他从校门口拽走，身后的人仍然嘁嘁喳喳打闹着。由抓着的手所感受到的迟钝步伐，我知道他就像我一样，也把无知少女的话深深记在心里了。

“你怎么到现在还没上十三中啊，哥哥？都已经高三了，你还准备赖着复读吗？”

安鹊消失了。消失不是失踪，她没有和我们之中的任何一人打招呼，就彻底离开了我们的生活。她突然退学，电话打不通，连她在海边的房子也变卖出去。老师们只知道她去市区了，可是城市那么大，有那么多所学校，我找到她的可能微乎其微。

安鹊将我们一起度过高三的梦想击溃了。直到现在，我也认定她才是导致接下来发生每件事的元凶，那第一枚骨牌。我认为，假如那天她出现的话，我们就不会等在门口，小麦就不会遇到妹妹，就听不见那句令他伤心绝望的话，也不会病倒。她不光自己溜掉，也把那两本书——连麦安杰最珍视的厚书也一并夺走了。

淋雨后藏在身体里的感冒病毒跳出来，心情也不好，麦安杰的感冒很难痊愈。直到新一年的寒假，麦安杰断断续续地上学。寒假来临之前我终于向爸妈提出回到海滨一中。十三中有全程补习班，说出这句话需要百倍的勇气。我也讲了小麦的事，就连妈妈听后也陷入了沉默。

“回去的话，”妈妈一脸若无其事，甚至有点疲倦地削着一个苹果，“这是高三，你一定会后悔的。”

我坚持了。

那一年的生日礼物，我和闫景祺共同送了他下册。但是没有了另外两本，这书也只是被他小心翼翼地放在床头柜上，躺在整套的习题卷中，无限突兀。整个寒假我们几乎都待在一起，我们经常去他家，他妈妈也来照顾他。每次我们过去，闫景祺都会带很多吃的，小麦就不紧不慢地把它们都抱到自己身边。即便我告诉他身体不好可不能再吃了，小麦也总说着“不吃白不吃啊……”而和他闹着抢食物。

因此，每次回家的时候，我们都以为小麦的身体还非常好。只有偶尔他发呆的时候，半是自言自语地说：“高考结束再做手术吧，考不上十三中至少能考上好大学。”我望着他，问道：“那样会不会有点晚？大不了复读，千万要以身体为重啊。”这话让他耿耿于怀。小麦自顾自地笑了一下，然后便转头瞧着窗外枯黄的树叶。

时好时坏的病情拖到了寒假的尾巴。一个春节后的平常傍晚，我接到了闫景祺的电话。他一句句说了很多，混杂在我呼出又扩散在夜晚的白气中，那声音在颠簸中听得断断续续。

直到我赶到巷子转角缓下脚步，红蓝的寂静灯光在空气里交相闪烁着，我看见了站在车子外围的闫景祺，越过他的肩膀，是我从没见过的小麦爸爸，他像是从市区赶来，他们在哭。

我高中的故事，便戛然结束了。

【16】

“颜一，你大概什么时候能回到学校？”

这个老师打电话要我参加开学典礼的时候，我正在寻找一套合适的衣服换上。我不认识她，那也不是我的新学期。她可能曾经是我的班主任，可能不是，我记不得了。海滨一中的时光就像柜子里那套皱皱巴巴的校服一样，在高三下半学期的昏聩潮水中被彻底湮没。

“我需要准备演讲稿吗？”

“不用，”老师说道，顿了顿，“实话说让你回来，是看在你学校不错的分上。好运气是没什么‘经验’可谈的吧。”

的确，没参加十三中寒假补习的我，一开学就掉到了班级的最后。然而在志愿填报时脑中灵光一现，最后又摊上好运气，扩招的商学院正好新开辟了一门专业，而我就顺利收到了意想不到的贵重请柬，成了全十三中唯一去澳门上大学的笨蛋学生。听上去显赫的成绩，让半个母校的海滨一中邀请我回去演讲。没什么好拒绝的，因为闫景祺也受邀其中。高三下半学期他以势如破竹的气势夺得一场又一场比赛的冠军，我都是听说的，简直像打了鸡血。

“我看闫景祺的学习心得都比你多。”老师的笑声格外谦虚。

“当然啊，他当然是有心得了。”我一边提上鞋子一边说。

关于开学典礼上的演讲内容，闫景祺事先与我商量过很多，甚至连穿什么衣服都苦恼地思考一番。最后我们决定还是穿校服回去。“不知道老师能不能接受。”他也常常这么感叹一句，然后拿出他的随身听。

“你的还带着呢?”他问。

我点点头拿出来，两只白色拼在一起，打开就是我们在体育节上的合照，带着金牌的人在阳光下困惑地望着镜头。

我还记得，在遥远寒假里的某一天，祺祺无比窘迫的样子。他递出下册书，而后接过对面的人递来的洁白小方块。

“算我们交换了，不要用粉色的了，好吗?”

小麦靠着窗子旁边，探手把小粉块搁进了一旁的抽屉。“说吧，那天你到底为什么拿这个?”

闫景祺支吾起来，“我是……”他又泄了气似地垂下手，“不想让你得逞嘛。她不喜欢白色啊。”

麦安杰睁大眼睛笑起来，似乎又有些无可奈何。我吃惊地看看闫景祺。

“不好意思。”闫景祺扭过身嘟囔着。

“不好意思的话，就下楼给我们买点饮料上来吧?”麦安杰的眼里闪着得意，他拿起一块祺祺带来的点心吃掉。

印象中的他，从来没有这么快乐过。在我们面前表现出吃很多，其实都是故意做出来的样子。后来小麦的妈妈见到我们，说每次一等我和祺祺走后，小麦就要去吐。在我们面前极力保持的精神状态，直到他后来因为病情加重，不得不在医院住几天的时候，也只是执拗地安慰我们。“跑步的时候可别想着我，分神了。”“颜一还是早点回十三中补课吧。”

我们说服小麦答应提前手术。然而正是因为病情的稍微稳定让人放松，当他回家的第二天，她妈妈出去买东西，小麦就从书桌前的椅子上摔了下来。一个人躺在冷冰冰的地面上，一定非常难过，而且孤独到难以忍受吧？医生说，如果他自己想要活下去的话，一定有办法抢救的。

那天我和闫景祺站在救护车灯光闪烁的房子门口，脑海中浮现出的就是这些。

田径队的人对闫景祺崇拜不已，毕竟他考上了首体这种令人难以企及的学院。他被一群学弟学妹围聚的时候，我在旁边打开了他的演讲稿。只见纸上的手写字迹非常认真，却短短的只有半页纸。

实话说，老师叫我这种人回来，我实在觉得讽刺。设置在看台中心的话筒离操场很远，也看不到排队学生的表情。夏天的尾巴拖在蝉鸣的树梢上，滔滔不绝讲着应试技巧的优等生我并不认得。安鹊和小麦离开后，海滨一中的前三名仍在不断惨烈地更替着，而我就是即兴发挥也只有给学弟学妹提点用不上的建议，或者告诉他们怎么去免体。

“颜一，”闫景祺忽然把头侧向我这边，他清了清嗓子，“如果你再见到安鹊，你要怎么办？”

这问题好怪，我皱了皱眉，没法坦率地说出心中所想。的确，她从最初就妨碍着我们，始终游移在敌友不清的界限之间。事到如今，还带着小麦最心爱的东西跑掉了。

“如果我说她是去准备出国，要考那边的全额奖学金才退学呢。”

“你在说什么？”我看着闫景祺仿佛与他不曾相识。忽然，优秀毕业生名单中出现了安鹊的名字。很清晰的，考取的是一所美国医科大学的预科生，接下来便是闫景祺，然后是我。我听台下一片躁动和哗然。

“为什么不告诉我？”我在闫景祺走向话筒前问他。但他没回头。

我愣愣地望着他调高一点儿麦克风的角度，耳边的嗓音逐渐扩散为一阵阵遥远而模糊的扩音。

那天闫景祺真的去楼下买饮料了。他说着就把白色的小方块揣进兜里，离开了呆呆望着他的麦安杰和我。这下子，反倒是我们两个有些尴尬了。我转过头来，坐在他的床边，他盘腿坐着，腿上摊开的是那本书。孤零零的下册。

“要是没有你们两个，我真是不知道要怎么办了。”

“妈妈就是到现在也没有让你回家吗？”

“我不愿意回去啊，”麦安杰低头说。“他们觉得给我找到最好的医生做手术，就是对得起我了。你知道我为什么那么想考十三中吗？”

不等我回答，他就叹口气回答道：“因为不想死在这。”

他即便说着这样的话态度也仍然坚定，身子向后倾，两手撑住了枕头。

“等到安鹊回来，我一定要……”

“安鹊有她的办法的。她想考医科大学，就当是把那些书送给她了吧……”

“我就知道，你们不论做什么，都比我更合适。”麦安杰好似认输地笑了，他继续笑着，仿若错觉，在冬日近乎白亮的天光下，忽然亲了亲我的脸颊。

“上天拿走的，将和我得到的一样多，至少将来要再见你一面。”

闫景祺的演说稿读到了结尾。但是他没有离开话筒，反而握住了它。我们这一届的学生早就各奔东西，操场上认识他的两个年级中，也恐怕没有几个知道他为什么忽然沉默下来。现实中，有人气的永远是长跑少年，而不是少年身边的病秧子。

“……但是，给我最大动力的人，”闫景祺握着话筒说道，“我至今都没有说过谢谢。虽然这可能只是一句话，但是，我其实没有机会了。我真的很想告诉他，其实有人在乎他，他也有朋友。大家都是真心和他交往，现实也并不是……并不是像他自己想象的那么糟。如果他能够知道这些就好了。所以，在这里我想说……”闫景祺深深呼吸一口气，然后垂下了演讲稿的手，连带T恤的袖口下垂。

“小麦，我爱你。”

全场轰动了。闫景祺站在原处，保持刚才的神情望了一会儿底下的人。然后，把麦克风的话筒按了下去。音响里听不到他的喘气声了，然后他让过身打算和我交换位置。他走过来，但是迈了一步便停下了。我望着他。

这几秒变得格外漫长。我好像在等待什么，但又不确定，因为连流动在四周的风都像是在昭示着某种——

预言般的变化。吱呀一声，我们两个都很明确地听见了，老旧窗子被人推开的动作。三楼靠楼梯的第一间教室，最靠窗子一排的第二个座位，看田径场的最佳位置。

我感觉到瞳孔中的跳动，想起了曾经那个被阳光挡住的约定。我和闫景祺以极快的速度对视一眼，然后，我拔腿冲向了看台下。人群还停留在热烈的联想的气氛中，除了老师，我突然冲下来的动作几乎没有被任何人发现。靠墙的赛道上摆放着四辆崭新的山地车，这是奖励给我们这些回校演说的优秀生的礼物。我跨上其中一辆，让颠簸中的风鼓动着我的衣服，拼命地骑向教学楼，一脚才着地便快跑起来。

但是太慢了，我怕那点渺茫的希望也转瞬即逝。于是我开始提气，稍微尝试着，像五毫米钉鞋刺穿赛道的力度，竟然奔跑起来。我的胸腔几乎要炸掉，我每一个步伐都彰显着我双腿肌肉的完美配合，柔韧，坚强，没有一丁点儿免体的痕迹。经过日光中裂开的水泥地，曾经在午休时令人昏昏欲睡的转交平台，经过终日阴冷的背光楼道，那间跳闸时吓死人的开水房……最终，最终的最终，停下了脚步。

在三层的尽头，安鹊站在那扇双开门前。

呈现在我眼前的依然是乌黑的头发，垂顺的发丝在微风中轻轻拂动。只不过，末梢只能微微扫到衬衫领子。洁净的套装穿在身上，她看到我，连发呆时那点平静也烟消云散。我的眼泪一下子便浮上眼眶，紧咬牙齿，用尽全身力气把她扑倒在冰冷寂静的楼道里。

“你这个浑蛋！”献出我的问候。

在没有人看到的校园里，我们就这么近乎搏斗地滚作一团。彼此都没有手下留情，甚至被满心的愤怒驱使着，想要置对方于死地。为什么她在反抗，难道她一点儿不愧疚吗。就这么走掉，甚至连小麦离开后也没有露面，她哪儿来的力气？我不知道自己下手有多重，直到脸颊被她抓伤一道才松开手。

安鹊的头发难看地纠缠在脸上。我们彼此气喘吁吁地靠墙坐下，她这才将紧攥的手机摔进我怀里。“你知道些什么！”

我猛然低头，直对上了亮起的手机屏幕，是短信。

——回来吧，安鹊不要再为我而浪费自己的时间了。

我怔住了。发信时间正是，那晚的一个小时之前。

“所以我才必须这么做！你们安慰他再多有什么用，只不过是满足自己罢了，没有人帮他，那么我就去实现他的愿望！没有别的选择，你根本就不知道这些心情！”安鹊一边说一边任由眼泪流下，根本无须抹掉，因为泪水噼噼啪啪掉落地面。我从没见人哭得如此伤心。仿佛把这辈子积蓄在心里的苦痛都化作眼泪流出来了。

很久后，我才听见自己喉咙嘶哑地问道：

“书呢？”

开学典礼结束的掌声从遥远的地方传来。接着麦克风一阵嗡鸣，赵老头整队时的含糊口令带着回音。

我站在原地一动不动地看着她。安鹊费力地起身，拍拍套裙上的灰尘。她没再抱怨也没有回答，回头看了我一眼。喉咙里又嘶嘶地有些阻塞，她平静地对我讲了最后一句话。

“在我成为医生之前，我们大概再也不会见面了。”

安鹊转身自楼梯走下去。扭到的左脚踝让她的步伐有些艰难，而有跟的鞋子也再也无法让她像曾经那样无拘无束。

我爬起身朝反方向跑。没有时间了，六班的班门就在眼前，我伸手推开它。

果然，在成排的紧闭窗子中，只有那一扇开着。周围的空气仿若凝滞，我一步向前踏去，断定假如我触摸到离我不到十米远的靠窗第二张空白课桌的话，一定会发生些什么，实现我们的约定。

“你在干吗，为什么突然就跑掉啊。”

可是，闫景祺的声音却在身后响起了。

蝉鸣声一下子就拉回耳边，我忽然觉得好热。我放下手转回头来，只见教室里只有我们两个和静静敞开的这扇窗子。

大概是我太渴望了。

开学典礼就在我有点戏剧性的表演中结束了。我和闫景祺成了那天最轰动的人。校长把自行车给我们的时候，明显有点不高兴，但这与我已经无关了。我只是推车和闫景祺走着，向着大门外我们各自的目的地。这里的事，已经成为历史。

“我刚刚看到安鹊了。”我边走边说。

闫景祺嗯了一声，并没有再多的话。

我抬手遮挡一下眼前。阳光太温暖了，无私沐浴着世间的同时，稍微有些模糊的眼里忽然闪进几个鬼鬼祟祟的学生。

“你还记得吗？小麦父母来收拾他的东西那天，天气就这么好。”闫景祺说道。

我说我记得啊，那天中午我也在场。班主任很有心，把那位哭泣的母亲带进了办公室。所以学生来往的温暖楼道中，谁也不会注意到一个一身西装的男人蹲下身子，低头从柜里掏着书本。而躲在远处望着这一幕的我们两个，就只有看着他的手腕上不断反耀着光芒。那样的光芒，就像现在这么耀眼吧。

“说起来，他爸爸那块手表真是棒。”

几个学生走近了。他们小心翼翼地打量我们，最前面的那个扭过头凶巴巴地命令道：“你们被老师发现是假装免体就惨了！给我装得像一点啦……”就在说话之间，便与我们擦肩而过了。

我好想转头看看他们，说不定能在他们身上找到曾经自己的影子。不过这样有意义吗？我不知道啊，我只知道这一切皆与我无关。我说过的，每一年，每一年的兔体都在继续，不论是自愿还是被强迫，不论是因此受到折磨和伤痛还是以此为一项殊荣，兔体生的存在永远不会消失。虽然将来还会遇到难题，过来人却因为经历这些，得到了成长。只是，我希望我们的成熟不要再建立在谁的悲伤上了。虽然这样想着，但是……

我的故事，已经是过去的故事了。

于是我转过头，继续与他肩并肩前行着，只不过放下了手扶住车把。为此，我不得不低头闭上了眼睛。

“是啊，名贵的手表呢。”